WILLIAM FAULKNER

SANCTUARY

圣殿

[美] 福克纳 著　陶洁 译

上海文艺出版社

图书在版编目(CIP)数据

圣殿/(美)福克纳著;陶洁译.—上海:上海文艺出版社,2014
（企鹅经典丛书）
ISBN 978-7-5321-5491-3

Ⅰ.①圣… Ⅱ.①福… ②陶… Ⅲ.①长篇小说-美国-现代 Ⅳ.①I712.45

中国版本图书馆 CIP 数据核字(2014)第 220986 号

William Faulkner
Sanctuary

Simplified Chinese Copyright © Shanghai 99 Culture Consulting Co., Ltd. 2015

"企鹅经典"丛书由上海文艺出版社联合上海九久读书人文化实业有限公司及企鹅图书有限公司共同策划。

"企鹅"、㋐®和相关标识是企鹅图书有限公司已经注册或者尚未注册的商标。未经允许，不得擅用。

总策划：黄育海　陈　征
特约策划：邱小群
责任编辑：望　越
封面设计：丁威静

圣殿
〔美〕福克纳　著
陶洁　译
上海文艺出版社出版、发行
地址：上海绍兴路 74 号
新华书店经销　利丰雅高印刷（深圳）有限公司印刷
开本 890×1240　1/32　印张 9.5　字数 159,000
2015 年 1 月第 1 版　2015 年 1 月第 1 次印刷
ISBN 978-7-5321-5491-3/I·4378　定价：40.00 元

企鹅经典丛书
出版说明

　　这套中文简体字版"企鹅经典"丛书是上海文艺出版社携手上海九久读书人与企鹅出版集团(Penguin Books)的一个合作项目,以企鹅集团授权使用的"企鹅"商标作为丛书标识,并采用了企鹅原版图书的编辑体例与规范。"企鹅经典"凡一千三百多种,我们初步遴选的书目有数百种之多,涵盖英、法、西、俄、德、意、阿拉伯、希伯来等多个语种。这虽是一项需要多年努力和积累的功业,但正如古人所云:不积小流,无以成江海。

　　由艾伦·莱恩(Allen Lane)创办于一九三五年的企鹅出版公司,最初起步于英伦,如今已是一个庞大的跨国集团公司,尤以面向大众的平装本经典图书著称于世。一九四六年以前,英国经典图书的读者群局限于研究人员,普通读者根本找不到优秀易读的版本。二战后,这种局面被企鹅出版公司推出的"企鹅经典"丛书所打破。它用现代英语书写,既通俗又吸引人,裁减了冷僻生涩之词和外来成语。"高品质、平民化"可以说是企鹅创办之初就奠定的出版方针,这看似简单的思路中植入了一个大胆的想象，那就是可持续成长的文化期待。在这套经典丛书中，第一种就是荷马的《奥德赛》，以这样一部西方文学源头之作引领战后英美社会的阅读潮流，可谓高瞻远瞩，那个历经磨难重归家园的故事恰恰印证着世俗生活的传统理念。

经典之所以谓之经典，许多大学者大作家都有过精辟的定义，时间的检验是一个客观标尺，至于其形成机制却各有说法。经典的诞生除作品本身的因素，传播者（出版者）、读者和批评者的广泛参与同样是经典之所以成为经典的必要条件。事实上，每一个参与者都可能是一个主体，经典的生命延续也在于每一个接受个体的认同与投入。从企鹅公司最早出版经典系列那个年代开始，经典就已经走出学者与贵族精英的书斋，进入了大众视野，成为千千万万普通读者的精神伴侣。在现代社会，经典作品绝对不再是小众沙龙里的宠儿，所有富有生命力的经典都存活在大众阅读之中，它已是每一代人知识与教养的构成元素，成为人们心灵与智慧的培养基。

处于全球化的当今之世，优秀的世界文学作品更有一种特殊的价值承载，那就是提供了跨越不同国度不同文化的理解之途。文学的审美归根结底在于理解和同情，是一种感同身受的体验与投入。阅读经典也许可以被认为是对文化个性和多样性的最佳体验方式，此中的乐趣莫过于感受想象与思维的异质性，也即穿越时空阅尽人世的欣悦。换成更理性的说法，正是经典作品所涵纳的多样性的文化资源，展示了地球人精神视野的宽广与深邃。在大工业和产业化席卷全球的浪潮中，迪士尼式的大众消费文化越来越多地造成了单极化的拟象世界，面对那些铺天盖地的电子游戏一类文化产品，人们的确需要从精神上作出反拨，加以制衡，需要一种文化救赎。此时此刻，如果打开一本经典，你也许不难找到重归家园或是重新认识自我的感觉。

中文版"企鹅经典"丛书沿袭原版企鹅经典的一贯宗旨：首先在选题上精心斟酌，保证所有的书目都是名至实归的经典作品，并具有不同语种和文化区域的代表性；其次，采用优质的译本，译文务求贴近作者的语言风格，尽可能忠实地再现原著的内容与品质；另外，每一种书都附有专家撰写的导读文字，以及必要的注释，希望这对于帮助读者更好地理解作品会有一定作用。总之，我们给自己设定了一个绝对不低的标准，期望用自己的努力将读者引入庄重而温馨的文化殿堂。

关于经典，一位业已迈入当今经典之列的大作家，有这样一个简单而生动的说法——"'经典'的另一层意思是：搁在书架上以备一千次、一百万次被人取下。"或许你可以骄傲地补充说，那本让自己从书架上频繁取下的经典，正是我们这套丛书中的某一种。

上海文艺出版社编辑部
上海九久读书人文化实业有限公司
二〇一四年一月

目 录

圣 殿　　　　　　　　　　　　　　　　1

侦探故事里的希腊悲剧　　　　　　*安德烈·马尔罗*

第一章

金鱼眼站在环绕泉水的屏障似的灌木丛外，望着那个在喝水的男人。一条不很明显的小道从大路通向泉水。金鱼眼看着这个男人——一个又瘦又高的男人，没戴帽子，穿着一条灰色法兰绒的旧裤子，胳臂上搭着一件粗呢上衣——从小路上走过来，在泉边跪下，喝起水来。

泉水从一棵山毛榉树的根部边涌出来，在带旋涡和波纹的沙地上向四周流去。泉水周围有一片茂密的芦苇和黑刺莓藤以及柏树和胶树，阳光投射其中，显得散乱而又无根无源。在丛林里某个地方，某个隐蔽秘密而又很近的地方，有只鸟叫了三声就停下了。

泉边，喝水的男人把脸俯向水中的倒影，由于他在掬水喝，倒影被弄得支离破碎、不计其数。他站起身来的时候，发现其中还有金鱼眼的草帽的破碎倒影，尽管他没有听见脚步声。

他看见泉水对面站着一个身材矮小的男人，两手插在上衣口袋里，嘴角斜叼着一支香烟。他身穿黑色西服，上衣高腰紧身。裤腿卷起了一截，上面粘结着泥土，下面是一双也粘结着泥土的鞋子。他脸上有一种古怪的、没有血色的颜色，好像是在电灯光下看到的颜色；在这宁静的阳光下，他那歪戴的草帽和略显弯曲的胳膊使他像是从铁板上冲压出来的，既歹毒又深不可测。

在他身后，那只鸟又唱了起来，单调地重复着三声啁啾：这声音毫无意义却又十分深沉,出自随之而来的充满渴望与和平的宁静,这种寂静仿佛把这块地方孤立起来,与世隔绝,而过了一会儿,寂静中响起一辆汽车的马达声,它沿着一条大路开过去,马达声渐渐消失了。

喝水的男人在泉边跪下。"我看你那个口袋里有把枪吧。"他说。

在泉水的另一边,金鱼眼仿佛用两团柔软的黑橡胶端详着他。"是我在问你,"金鱼眼说,"你口袋里装的是什么?"

对方的上衣还搭在胳臂上。他抬起另一只手朝上衣伸去,上衣的一个口袋里撅出着一顶压扁的呢帽,另一个口袋里插了本书。"哪个口袋?"他说。

"别拿出来给我看,"金鱼眼说,"告诉我就行。"

对方住了手。"是本书。"

"什么书?"金鱼眼说。

"就是本书嘛。大家都读的那种书。有些人读的书。"

"你读书吗?"金鱼眼说。

对方的手在上衣上方僵住了。他们两人隔着泉水相望。淡淡的香烟烟雾缭绕着金鱼眼的面孔,面孔一边的眼睛眯起来对付烟雾,好像一个面具上同时雕刻出两个不同的表情。

金鱼眼从后裤袋里掏出一块脏兮兮的手绢,铺在脚后跟上。然后他面向泉水对面的男人蹲了下来。这是五月的一个下午,四点钟左右。他们这样隔着泉水面对面地蹲了两个小时。那只小鸟不时地在沼泽深处啼叫几声,仿佛受着一只钟的指挥;又有两辆看不见的汽车沿着公路开过来又走远了。小鸟又叫了。

"你当然不会知道这鸟叫什么名字的,"泉水对面的男人说,"我想你对鸟类一无所知,除了旅馆休息厅笼子里的鸟和放在盘子里价值四块钱一只的鸟。"金鱼眼一声不吭。他穿着紧绷绷的黑西服蹲在地上,右边的上衣口袋下垂着,紧贴着身子的右侧,一双洋娃娃似的小手把香烟不断地又拧又掐,还不时向泉水里啐唾沫。他的皮肤白里透青,带着死灰色。他的鼻子有点像鹰钩鼻,下巴则完全没有。他的脸一下子就到头了,跟放得离热火太近而又给忘掉的蜡做的洋娃娃的脸差不多。他的西装背心上横挂着一根白金链条,像蜘蛛网似的。"听着,"另外那个男人说,"我叫霍拉斯·班鲍。我是金斯敦①的一个律师。我从前住在那边的杰弗生②;我现在正要上那儿去。这个县里,人人都会告诉你我从来不伤人。如果是为了威士忌③,我才不在乎你们酿了多少,卖了多少还是买了多少。我只不过在这儿喘口气,喝点水。我没别的目的,就是要进城,去杰弗生。"

金鱼眼的眼睛像两团橡胶,好像一碰就会掉下,可是用大拇指一撅便又复原,但留下了拇指上的涡纹。

"我要在天黑前赶到杰弗生,"班鲍说,"你不能这样把我留在这儿。"

金鱼眼还是叼着香烟,往泉水里啐了口唾沫。

"你不能这样拦住我,"班鲍说,"也许我会跳起身来就跑。"

金鱼眼用他那橡胶似的眼睛盯着班鲍。"你想跑吗?"

---

① 这是密西西比河三角洲一个由作者虚构的城市,位于密西西比州北部。
② 这是作者虚构的约克纳帕塔法县的首府,其原型为作者在那里过了大半生的奥克斯福(位于密西西比州北部)。
③ 美国在第一次世界大战以后的1919年通过禁酒法。1920至1933年为禁酒时期,然而此法令并未奏效。不少人酿私酒以牟取暴利。此处班鲍表示他不会因为金鱼眼酿私酒而去告发他。

"不想。"班鲍说。

金鱼眼转移视线,不再看他。"嗯,那就别跑。"

班鲍听见那鸟又叫了起来,他努力回忆当地人给这种鸟起的名字。又一辆汽车在那看不见的公路上驶过,声音消失了。在他们的所在地和汽车声传来的地方之间已经差不多没有太阳光了。金鱼眼从裤兜里摸出一块廉价的怀表,看了一眼后又随随便便地放回口袋,好像当它是个镚子儿似的。

从泉水通来的小路和沙土岔路交会的地方,最近有人砍倒了一棵树,把路拦断了。他们跨过这大树继续向前走,公路现在已在他们的身后了。沙地上有两道浅浅的并行的凹痕,但没有蹄印。在泉水汇成的溪流渗透沙地的地方,班鲍看到汽车轮胎的痕迹。金鱼眼走在他的前面,绷紧的西服和硬邦邦的草帽使他有棱有角,轮廓分明,像个现代派的灯座。

沙地走完了。前面是条上坡的弯路,从丛林里延伸出来。这时四周几乎断黑了。金鱼眼转过脑袋瞥了一眼。"老兄,出来吧。"他说。

"我们干吗不直接翻山过去?"班鲍说。

"从这么些树木里穿过去?"金鱼眼说。他低头朝山下望去,丛林已像一池黑黝黝的墨水,暮色中,他的草帽猛地动了一下,掠过一道暗淡而歹毒的微光。"耶稣基督啊。"

天色几乎断黑了。金鱼眼的脚步已经放慢。他现在跟班鲍并肩而行,金鱼眼带着既狠毒又畏缩的神情东张西望,班鲍看见他的草帽随着他脑袋的转动而左右摆动。这草帽才够到班鲍的下巴颏。

接着,有样东西,一个迅捷如风的黑影,对着他们俯冲过来又继续向前，带着一双无声无息的绷紧的羽毛翅膀，留下一阵疾风扑打着他们的面庞。班鲍感到金鱼眼的整个身子猛地一下靠在他身上，一只手紧紧地抓住他的上衣。"这不过是只猫头鹰罢了，"班鲍说，"没什么，就是一只猫头鹰。"接着他又说，"人家把那卡罗来纳鸱鹕叫做鱼鸟。对，就是叫鱼鸟。我刚才在泉水边就是想不起来这个名字。"这时金鱼眼还偎靠着他，搜着他的口袋，像猫那样透过牙齿发出嘶嘶声。他闻起来有股黑色的味道，班鲍想；那味道就像人们托起包法利夫人的脑袋时从她嘴里流出来又顺着她新娘婚纱流下去的黑乎乎的东西①。

过了一会儿，在黑魆魆的、参差不齐的树丛上方，在日渐暗淡的天穹的衬托下，浮现出一座光秃秃的四四方方的大房子。

这座房子是片废墟，内部破败不堪，兀立在一片未经修剪的柏树丛里，光秃秃的，荒凉无比。它叫老法国人宅院，在内战前修建，是这儿的一座有历史意义的建筑物；当初是坐落在一片土地中心的种植园宅院；原来的棉花地、花园和草坪早已还复为荒草杂树，邻近的老百姓五十年来不是把木料一块块拆下来当柴火，便是每隔一阵子暗暗怀着信心去挖掘金子，因为据说格兰特②发动维克斯堡战役经过该县时，宅主人曾经把一批金子藏在地下的某个地方。

三个男人正坐在门廊一端的椅子里。敞开的过道深处看得见微弱的灯光。过道一直朝后穿过整座房屋。金鱼眼走上台阶时，那三个人看

---

① 在福楼拜的《包法利夫人》中，包法利夫人服砒霜自杀，在棺木中被人抬起头时，嘴里淌出黑色的液体。见该书第 3 部第 9 章。
② 格兰特（1822—1885），美国南北战争时期联邦军总司令。1869 至 1877 年任美国第 18 任总统。

看他和他的同伴。金鱼眼没有停下脚步，便说："教授来了。"他走进屋子，走上过道。他一直朝后走，穿过后门廊，拐个弯，走进有灯光的那间屋子。那是厨房。一个女人站在炉灶边，她穿了件褪色的印花棉布衣裙，光着脚穿着双男人的高帮劳动靴，没系鞋带，走动时啪嗒啪嗒地发响。她转过脸，看了金鱼眼一眼，又回过头去对着炉灶，灶上有一锅肉正在嘶嘶作响。

金鱼眼站在门口。歪戴着的草帽遮住了半边面孔。他没掏出烟盒就从口袋里摸出一支香烟，把香烟捏挤一番，然后插在嘴里，在大拇指甲上啪地划了根火柴。"屋前来了个家伙。"他说。

女人并没有回头张望。她翻动着锅里的肉。"干吗告诉我？"她说，"我可不伺候李的顾客。"

"这是位教授。"金鱼眼说。

女人转过身来，手里悬空拿着一把铁做的叉子。炉灶后的阴影里有只木箱。"一位什么？"

"教授，"金鱼眼说，"他带着本书呢。"

"他来这儿干吗？"

"不知道。我压根儿没想到要问他。也许读那本书吧。"

"他上这儿来了？"

"我在泉水边发现他的。"

"他是存心来找这栋房子的？"

"不知道，"金鱼眼说，"我压根儿没想到要问他。"女人依然盯着他看。"我会让他搭卡车去杰弗生的，"金鱼眼说，"他说要上那儿去。"

"干吗跟我说这些事儿？"女人说。

"你是做饭的呀。他也要吃的。"

"好吧。"女人说。她转过身子对着炉灶。"我做饭。我做饭给骗子、食客和蠢货吃。不错。我是个做饭的。"

金鱼眼站在门口注视着她,香烟烟雾缭绕着他的面孔。他两手插在口袋里。"你可以走。我星期天送你回孟菲斯。你又可以去拉客卖淫了。"他注视着她的脊背。"你在这儿长胖发福了。呆在乡下歇工休息。我不会告诉曼纽埃尔街①上的人的。"

女人手拿铁叉转过身来。"你这个杂种。"她说。

"说得好,"金鱼眼说,"我不会告诉他们鲁碧·拉马尔流落在乡下,穿着双李·戈德温扔掉不要的鞋子,自己动手劈柴烧火。我不会的。我会告诉大家,李·戈德温发了大财呢。"

"你这个杂种,"女人说,"杂种。"

"说得好。"金鱼眼说。说罢他转过头去。门廊里传来有人拖着脚走的声音,接着一个男人走了进来。他驼背弯腰,穿着工装裤。他光着脚;他们听见的正是他光着脚走路的声音。他长着一头给太阳晒焦了的浓发,乱蓬蓬、脏兮兮地缠结在一起。他两眼苍白,显得热烈兴奋,柔软的短须跟弄脏的金子颜色差不多。

"那家伙要不是个人物,我就不是人。"他说。

"你想干什么?"女人说。穿工装裤的男人并不回答。他走过金鱼眼身边时,看了他一眼,眼神既诡秘又机灵,仿佛他准备为一个笑话放声大笑,正等着大笑的时刻。他迈着蹒跚的狗熊般的步子走到厨房的

---

① 二三十年代孟菲斯的一条妓女集中的街。

另一端,仍然带着那股既机灵而又兴高采烈的神秘劲儿,当着他们的面掀起一块松动的地板,拿出一个一加仑的酒罐。金鱼眼注视着他,两手的食指插在背心里,那支香烟(他没用手摸一下香烟便把烟抽掉了大半支)的青烟缭绕着他的面孔。他表情凶恶,也许可说是歹毒;沉思默想地注视着那穿工装裤的男人带着机灵而谨慎的神情走回来,笨拙地用身体的一侧挡住了那酒罐;他用那种机敏而又准备随时放声大笑的神情一边注视着金鱼眼,一边走出厨房。于是他们又听见他光脚在门廊上走的声音。

"说得好,"金鱼眼说,"我不会告诉曼纽埃尔街上的人,鲁碧·拉马尔还给哑巴和傻子做饭呢。"

"你这个杂种,"女人说,"杂种。"

第二章

女人端着一盘肉走进餐室,金鱼眼、从厨房地下取酒罐的男人和那个陌生人已经在一张用三块糙木板和两个支架钉成的桌子边就座了。她走进搁在桌上的那盏灯的灯光里,面色阴郁但不见苍老;她的眼神是冷峻的。班鲍注视着她,发现她在把大盘子放到桌上时并没有瞧他一眼,只带着女人特有的对餐桌作最后巡视的不露声色的神情。她站了一会儿,然后走到墙角,俯身从一个打开的包装箱里取出一副盘子和刀叉,拿到桌边,以一种突兀而又不慌不忙的了结一切的神情,把它们放在班鲍的面前,她的衣袖拂过他的肩膀。

她正放刀叉时,戈德温走了进来。他穿着一条沾满污泥的工装裤,面孔瘦削,显得饱经风霜,下巴颏上满是一片黑色的胡子茬儿;鬓角的头发显得花白。他搀着一位老人的胳臂走进来,老人蓄着长长的白胡须,嘴角处的胡须有点脏。班鲍看着戈德温把老人扶进一把椅子,老人很听话地坐着,神情自卑、急迫而迟疑,这是一个生命中只剩下一种乐趣、外界只能通过一种知觉来和他建立联系的人的神情,因为他又聋又瞎;他身材矮小,秃顶,丰满红润的圆脸上,有白内障的眼睛像两团浓痰。班鲍望着他从口袋里掏出一块肮脏的布,往里面吐了一块嚼得几乎已经没有颜色的烟草,然后把布折起,放进口袋。那女人从大盘里舀了一勺放到他的盘子里。别人早已在默默无言地一口口吃着,但老人还只是坐着,脑袋俯向盘子,胡须微微颤动着。他颤巍巍、怯生生地用手在盘里摸索,摸到一小块肉,便吮吸起来,直到女人回到他身边,敲敲他的指关节,他这才把肉放回盘子里。接着班鲍看着女人把盘里的食物,肉、面包等等都切成小块,浇上芦黍糖浆。班鲍不再看下去了。吃完饭以后,戈德温把老人领了出去。班鲍注视着他们两人走出房门,听见他们顺着过道走去。

男人们回到门廊上。女人收拾好桌子,把菜盘端进厨房。她把盘子放在桌上,走到炉灶后的木箱前,俯身站了一会儿。然后她回过身来,给自己盛了一盘子食物,坐在桌边吃晚饭,接着凑着油灯点了支香烟,把盘子洗刷好收起来。然后她顺着过道朝外走。她没有走到门廊上,就站在门口,听他们讲话,听那陌生人讲话,听他们传酒罐时发出的沉重而轻柔的声音。"那个傻瓜,"女人说,"他想干什么……"她倾听这陌生人的嗓音;那是个急促的、略带外乡口音的嗓音,是一个只爱多说话而没有太多其他爱好的人的嗓音。"至少不是好喝酒的吧。"女人在门里边悄悄地自言自语。"他最好赶快动身赶他的路,到他家的女人们能照顾他的地方去。"

她倾听他说话。"从我的窗口可以看到葡萄棚,到了冬天,还可以看到那吊床。不过在冬天就只有吊床了。因此我们知道大自然是个女性;因为女性的肉体和女性的季节是串通一气的。所以每年春天我可以看到那亘古不变的生命酵素复苏了,又一次把吊床遮得无影无踪;这绿色织成的陷阱里孕育着骚动。那就是葡萄树的似锦繁花。这没什么了不起:不过是一股主要从叶子而不是从花里流出来的狂热的蜡一般的血,一点又一点地把吊床遮盖起来,到了五月下旬,在暮色里,她——小蓓儿——的嗓音跟野葡萄本身的嗡嗡声差不多了。她从来不说,'霍拉斯,这位是路易斯、保罗，或者某某人'她总说，'这只不过是霍拉斯。'只不过是，你明白吗；在暮色中她穿了件小小的白色衫裙，两个人羞怯庄重，颇有戒备，还有点不耐烦。即便她是我的亲生骨肉，我都没法不觉得自己是个外人。

"因此，今天早上——不对；那是四天以前；她是星期四从学校回家的，而今天已经是星期二了——我说，'宝贝儿，要是你是在火车上碰到他的，那他说不定是铁路公司的人。你不能把他从铁路公司里带走；那是违反法律的，跟拆掉电线杆上的绝缘器一样。'

"'他跟你一样，不见得不如你。他在图兰大学① 念书。'

"'不过你是在火车上碰到他的啊，宝贝儿，'我说。

"'我在比火车还要糟糕的地方都碰到过他们。'

"'我知道，'我说，'我也碰到过。不过你不该把这种人带到家里来，你知道。你该干脆跨过他们的身体继续往前走。你不该把拖鞋弄脏，你知道。'

"当时我们是在客厅里；快要吃晚饭的时候；当时家里只有我们俩。蓓儿②进城去了。"

"'什么人来看我，干你什么事？你又不是我的父亲。你不过是——不过是——'

"'什么？'我说，'不过是什么？'

"'那就去告诉母亲吧！告诉她好了。你真是打算这么干的。去告诉

---

① 在新奥尔良，是由美国大商人保罗·图兰（1801—1887）把他在该地的房地产捐献而创办的。
② 班鲍的妻子，小蓓儿是她和前夫所生。

她吧!'

"'可这是在火车上啊,宝贝儿,'我说,'要是他走进你在旅馆里的房间,我就干脆杀了他。可在火车上,我真恶心死了。咱们把他送走,从头做起吧。'

"'你有什么资格谈在火车上碰到什么人!你有什么资格!你这没用的东西!没用的东西!'"

"他有神经病。"女人一动不动地站在门里边说。陌生人还在滔滔不绝地说话,一串又一串,又快又漫无边际。

"接着她连声说,'不!不!'我抱住了她,她紧紧地靠在我身上。'我不是这个意思!霍拉斯!霍拉斯啊!'我闻到了被摧毁的鲜花的香味,那纤弱败死的花朵和泪水,接着我在镜子里看到了她的脸。她身后有一面镜子,我身后也有一面,她正注视着我身后那面镜子里她自己的模样,忘掉了还有一面我可以看见她面孔的镜子,看见她装模作样地望着我的后脑勺。大自然是女性的'她'而进步是男性的'他',原因就在这里;大自然创造了葡萄棚而进步发明了镜子。"

"他有神经病。"女人站在门内边听边说。

"不过还不完全是这么回事。我想我心神不定也许是因为春天到了,或者也许因为我四十三岁了。要是我能找座山,在上面躺一会儿,我也许就没事了——都是那块土地的问题。既平坦又丰饶,还很邪恶,因此似乎刮阵风都能生财。就好像你能把树上的叶子摘下,送银行换现钱一样,一点都不觉得奇怪。那片三角洲①。整整五千平方英里的土地,没有

---

① 指密西西比河河口的那片大三角洲。

一座山，有的只是印第安人堆起的小土堆儿，在大河泛滥时可以站一站。

"所以我想我只是想要座山；不是小蓓儿使我离开家门的。你们知道是怎么一回事吗？"

"他是有毛病，"门内的女人说，"李不该让——"

班鲍没等人回答便说下去。"那是块带胭脂迹的布。我还没走进蓓儿的房间就知道会找到这么块布的。果然不出所料，塞在镜子后面：那是她化妆打扮时用来擦掉多余脂粉的手绢，塞在壁炉镜架的后面。我把它放进衣物袋，拿了帽子就走出家门。我搭了辆卡车走了一阵子才发现身无分文。这也是问题的一个方面，你们明白吗？我不可能用支票去兑换现金。我不可能走下卡车回城里去取点钱。我没法那么干。所以我从那天起不是走路就是求人让我搭段便车。我在造纸厂的木屑堆上睡了一夜，在一个黑人的小木屋里睡了一夜，还有一夜是在铁路专线上的一节货车里过的。我只想找座山躺一躺，你们明白吗？躺一下，我就会好的。你跟自己的老婆结婚，你是白手起家……也许是一点一滴从头做起。你要是娶了别人的老婆①，你的出发点也许比那个人的白手起家要晚上十年。我只是想找座山，在上面躺一会儿。"

"这傻瓜，"女人说，"可怜的傻瓜。"她站在门里边。金鱼眼从后边顺着过道走来。他一言不发地走过她身边，走上门廊。

"来吧，"他说，"咱们装车吧。"她听见那三个人走了。她站着不动。接着她听见那陌生人摇摇晃晃地从椅子上站起来，在门廊上走过来。她看见他了，在比黑夜稍亮的天空的衬托下显出一个模糊不清的侧

---

① 指蓓儿以前结过婚。

影:是个穿着不成样子的衣服的瘦子,一头越来越稀的乱发;而且相当醉了。"她们没给他好好吃饭。"女人说。

她轻轻地靠在墙上,身子纹丝不动,他面对着她。"你喜欢过这样的日子吗?"他说,"你干吗要这么过?你还年轻;你可以回到城里,轻而易举地过上好日子,连眼皮都不用抬一下。"她一动不动,轻轻地靠在墙上,两臂在胸前交叉着。"你这可怜的吓破胆的傻瓜。"她说。

"你知道,"他说,"我没有勇气:我身体里没留下勇气。整台机器都在,可就是开动不起来。"他用手摸她的面颊。"你还年轻。"她没有挪动身子,感到他的手在摸她的脸,触摸她的肌肤,仿佛他想要弄明白她骨骼的形状和位置、她肌肤的质地。"你今后的日子长着呢,实际上正是如此。你今年多大了?还没过三十吧。"他的嗓门不高,几乎是悄声低语。

她开口说话的时候一点儿也没有放低嗓门。她没有挪动身体,两臂仍在胸前交叉着。"你干吗要离开你的老婆?"

"因为她爱吃虾,"他说,"我吃不下去——你知道,那天是星期五,我想到我得在中午时分到火车站去,从火车上搬下一箱虾,拎着它走回家,一路走一路数着步子,走一百步换一只手,而——"

"你每天都这么干吗?"女人说。

"不。只在星期五。可我已经这么干了十年,从我们结婚开始。可我还是受不了虾的气味。但我不大在乎把那只箱子拎回家。这我受得了。糟糕的是纸箱漏水。在回家的路上,纸箱老是滴水,滴个没完,直到过了一阵子,我觉得仿佛跟着我自己上火车站,站在一边,看着霍拉斯·班鲍从火车上拿下那只箱子,拎着它走回家,每走一百步换一下手,我就跟在他身后,心里想,这里埋葬着霍拉斯·班鲍,埋葬在密西西比州一条人行道上一连串逐渐消失的臭烘烘的小水滴里。"

"噢。"女人说。她静静地呼吸着,两臂交叉。她走动起来;他后退一步,跟着她顺着过道朝后走。他们走进点着灯的厨房。"我这副模样,您别见怪。"女人说。她走到炉灶后的木箱前,把它拉出来,俯下身子站着,两手裹在前襟里。班鲍站在屋中央。"为了不让耗子咬他,我只好把他放在这木箱里。"她说。

"什么?"班鲍说,"那是什么?"他走过去,走到能看见箱子里面的地方。箱子里躺着一个熟睡着的、还不到一周岁的孩子。他低头静静地望着孩子消瘦的小脸。

"噢,"班鲍说,"原来你有个儿子。"他们低头看着孩子瘦削的、熟睡着的小脸。外面传来一阵响声;有人踏上了后门廊。女人用膝盖把木箱推回墙角,这时戈德温走了进来。

"好啦,"戈德温说,"汤米会给你带路,领你去卡车那里。"他又走掉了,走进大屋子。

班鲍看着那个女人。她的两手还裹在衫裙里。"谢谢你给我吃晚饭,"他说,"也许有一天……"他看了她一眼;她正打量着他,脸上的神情并不太阴郁,而是相当冷峻宁静。"也许我能在杰弗生为你办点事。给你捎点你需要的东西……"

她倏地把手一转,从衫裙里抽出来;又急忙藏起来。"老是泡在这种洗碗水里,加上洗衣服……你可以送我根橙木棒[①]。"她说。

[①] 修指甲用的橙木做的细棒。

汤米和班鲍沿着一条被废弃的道路，一前一后地从房子走下山。班鲍回头望望。天穹下，这破败的、光秃秃的房子耸立在茂密的树枝交叉纠结的柏树丛里，看不见灯光，荒凉而又莫测高深。脚下的路像是大地上的一条疤痕，是被雨水冲刷侵蚀出来的，它作为路则太深，作为渠又太直，路面上布满了冬天融雪引发的山洪所冲出的一道道小沟，里面长满了蕨类植物，堆满了腐烂的树叶和树枝。班鲍跟在汤米的身后，在难以辨认的小径上行走，人脚把烂草踩踏干净露出了泥土。头顶上方，相互交叉的拱墙似的树木由天空衬托着，显得稀疏。

下山的坡度加大了，道路曲曲弯弯。"我们大概就是在这儿看到那只猫头鹰的。"班鲍说。

走在他前面的汤米哈哈地笑起来。"我敢说，把他也吓得半死呢。"他说。

"对。"班鲍说。他跟着汤米的模糊不清的身影向前走，竭力小心翼翼地走路，小心翼翼地讲话，带着喝醉酒的人才有的那种叫人讨厌的谨慎的神情。

"他要不是天底下最容易担惊受怕的白种男人，我就不是人，"汤米说，"他当时从小径上坡走到门廊前，那条狗从屋下钻出来，上前去闻闻他的脚后跟，哪条狗见了人都会这样干的。可是不骗你，他竟吓得往后直躲，好像那不是狗而是条毒蛇，而他又偏偏光着脚没穿鞋，接着他掏出他那把自动小手枪，把狗打死了，没错儿。他要是不害怕，我就是见鬼了。"

"那是谁的狗？"霍拉斯问。

"我的。"汤米说。他咯咯地笑起来。"一条老狗，即使想咬人，也伤不了谁。"

下坡路变得平坦了。班鲍小心翼翼地迈着步,脚踩到沙子里发出沙沙声。在沙土的淡淡的反光里,他现在可以看清汤米了,他正像头骡子似的在沙地上行走,跟跟跄跄,一步一拖地走着,似乎不很费劲,他的光脚丫子在沙地上嘶嘶作响,脚趾头每往里一勾便向后轻轻地扬起一股沙子。

那棵放倒的树横躺在路上,黑糊糊的一大堆。汤米跨了过去,班鲍紧跟着,他还是小心翼翼地,战战兢兢地把身子钻过浓密的、尚未枯萎而还有清香味的枝桠和树叶。"又是——"汤米说。他转过身。"你行吗?"

"没事儿。"霍拉斯说。他找到了重心,没有倒下去。汤米继续往前走。

"又是金鱼眼干的好事,"汤米说,"其实把路拦断没什么用。他故意这么干,让我们得走上一英里才能到卡车那里。我告诉过他,乡亲们到李这儿来买酒,都有四年了,没人来找过李的麻烦。除了他那辆大汽车在这儿开进开出,别人没干过什么事儿。不过这些话金鱼眼都听不进去,没人拦得住他。他这个人要不见了自己的影子都害怕,我就不是人。"

"我见了也会害怕的,"班鲍说,"要是他的影子是我的话。"

汤米压住嗓门大笑起来。小径变成了黑色的地沟,路面是沙土,带着难以捉摸的死寂的光亮。"那条小径大概就是从这儿折向那泉水的。"班鲍边想边寻找小径穿进树丛的地方。他们继续向前走。

"谁来开卡车?"班鲍问,"孟菲斯还有别人来吗?"

"当然,"汤米说,"这是金鱼眼的卡车嘛。"

"这些孟菲斯人干吗不呆在孟菲斯,让你们在这儿安安稳稳地造酒?"

"那儿才有钱可挣哪,"汤米说,"在这儿卖掉个半升三两的赚不了多少钱。李在这儿卖酒只不过是为了办事方便,也可以赚几个小钱。酿好一批酒,马上全部脱手,那才来钱呢。"

"噢,"班鲍说,"不过,我宁可饿死也不要跟那个人打交道。"

汤米哈哈一笑。"金鱼眼这人不坏。他就是有点古怪。"他向前走着,身影在小径、沙路的晦暗的反光里显得模糊,轮廓不清。"他要不是个人物,我就不是人。是不?"

"对,"班鲍说,"他绝对是个人物。"

卡车停在路口,那儿又是土路了,路面开始上升,通向砾石铺成的公路。有两个男人坐在挡泥板上,在抽烟;头顶上方,树枝稀疏处露出星光,天色已经过了午夜。

"你们真能磨蹭,"一个男人说,"不是吗?我本来打算这时候在进城的路上快开到一半了。城里有个女人正等着我呢。"

"是啊,"另外那个男人说,"正朝天躺着等你,可有人趴在她身上哪。"第一个开口说话的人狠狠地骂了他一句。

"我们是拼着命赶来的,"汤米说,"你们倒抽起烟来,干吗不干脆挂盏灯?要是我跟他是警察的话,我们会把你们逮住,错不了。"

"嘿,去你的吧,你这长着一头乱草的杂种。"第一个说话的人说。他们掐掉香烟,钻进卡车。汤米压低嗓门大笑起来。班鲍转过身子,伸出右手。

"再见,"他说,"非常感谢你,先生叫——"

"我叫汤米[①]。"对方说。他那没有力气的、长满老茧的手摸索着握住班鲍的手,很庄重地紧握了一下,才慢慢地抽掉。他站在那儿,在微弱的路面反光中只是一个矮胖的轮廓不清的身影,这时班鲍抬起一只脚去踩卡车的踏脚。他踉跄了一下,又站稳了。

"博士,小心些。"卡车驾驶室里有人说了一句。班鲍钻进车子。第二个开口说话的人正把一管滑膛枪靠在椅背上。卡车发动起来了,让人心惊胆战地爬上坑坑洼洼的斜坡,开上砾石铺成的公路,然后拐弯朝杰弗生和孟菲斯方向驶去。

[①] 班鲍虽然和汤米一起赶了这一段路,但显然彼此尚未作过自我介绍。

第三章

第二天下午,班鲍到了他妹妹的家里。她家在乡下,离杰弗生有四英里;那是她丈夫的亲人的宅院。她是个寡妇,有个十岁的儿子,跟她儿子和丈夫的姑婆一起住在一栋大房子里。姑婆九十岁了,在轮椅上过日子,大家叫她珍妮小姐。她跟班鲍在窗口,看着他妹妹和一个年轻人在花园里散步。他妹妹守寡已经有十年了。

"她怎么还不再嫁人?"班鲍说。

"我正要问你呢,"珍妮小姐说,"年轻女人是需要有个男人的。"

"不过可不是这一位。"班鲍说。他望着那两个人。男的穿着法兰绒长裤和蓝色的上衣;年轻人肩膀挺宽,身子有些发胖,一副趾高气扬的神气,有点像大学生。"她好像很喜欢小孩子。也许这是因为她已经有个亲生儿子了。这一位是谁?还是去年秋天的那一位吗?"

"他叫高温·史蒂文斯,"珍妮小姐说,"你应该记得高温的。"

"是啊,"班鲍说,"我想起来了。我记得去年十月里的事。"当时他回家路过杰弗生,在妹妹家过了一夜。就是透过这同一扇窗户,他和珍妮小姐当时望着这同样的两个人在同一个花园里散步,当时那里正盛开着晚秋十月才有的鲜艳而香味不浓的花朵。当时史蒂文斯穿着一套棕色的衣服,那时霍拉斯还是第一次见到他。

"他春天从弗吉尼亚州回了家才出来走动的,"珍妮小姐说,"你上次看见的那个是琼斯家的孩子;赫谢尔。对。是叫赫谢尔。"

"噢,"班鲍说,"是弗吉尼亚州的名门望族,还是不过是那儿的一个可怜的过路客?"

"在那儿上学,弗吉尼亚大学。他去那儿上大学。你不记得他了,因为你离开杰弗生的时候,他还是个兜尿布的娃娃。"

"可别让蓓儿听见你这番话。"班鲍说。他望着那一男一女。他们朝楼房走来,在拐角处消失了。过了一会儿,他们走上台阶,走进房来。史蒂文斯走了进来,头发油光光的,圆圆的脸上充满自信。珍妮小姐伸出手来,他笨拙地弯下身子吻了一下。

"您长得一天比一天年轻漂亮了,"他说,"我刚才对娜西莎说过,要是您肯从轮椅上走下来,当我的女朋友,她就一点希望都没有了。"

"我明天就下轮椅,"珍妮小姐说,"娜西莎——"

娜西莎身材高大,黑发宽脸,神情迟钝而又安详。她穿着平时常穿的白衫裙。"霍拉斯,这位是高温·史蒂文斯,"她说,"高温,这是我哥哥。"

"你好,先生。"史蒂文斯说。他跟班鲍紧紧地握握手,动作迅捷、有力,还颇有感情。这时班鲍的外甥,班鲍·沙多里斯走了进来。"久仰大名。"史蒂文斯说。

"高温上的是弗吉尼亚大学。"那孩子说。

"啊,"班鲍说,"我听说过。"

"谢谢,"史蒂文斯说,"不过并不是人人都能进哈佛大学的。"

"谢谢夸奖,"班鲍说,"是牛津①。"

---

① 英语里,牛津大学(Oxford)同美国密西西比州立大学所在地奥克斯福是同一个词,发音、拼法完全一样。

"霍拉斯总对人说他去奥克斯福,让人以为他指的是州立大学,这样他就可以跟他们讲这两家大学的区别了。"珍妮小姐说。

"高温常去奥克斯福,"孩子说,"他在那儿有个心上人。他带她去参加舞会。对吗,高温?"

"对极了,小弟弟,"史蒂文斯说,"是个红头发的姑娘。"

"住口,鲍里①。"娜西莎说。她望着她哥哥。"蓓儿和小蓓儿好吗?"她差一点说出些别的话来,但是住口不说了。她还是望着她哥哥,目光严肃而专注。

"要是你老巴不得他离开蓓儿②,他会这么干的。"珍妮小姐说。

"总有一天他会这么干的。不过到那时候,娜西莎还是不会满意的,"她说,"有些女人就是不喜欢让一个男人去娶某一个女人。可要是他突然抛弃了她,所有的女人都会生他的气。"

"你就给我住口。"娜西莎说。

"好吧,"珍妮小姐说,"霍拉斯蹦啊跳的,想挣脱缰绳已经有些日子了。不过你最好别太使劲,霍拉斯;缰绳的另一头也许没有系住。"

过道对面响起一只小铃的响声。史蒂文斯和班鲍都走过去想抓珍妮小姐轮椅的扶手。"先生,请允许我来推好吗?"班鲍说,"因为我看起来是这儿的客人。"

"好啊,霍拉斯,"珍妮小姐说,"娜西莎,你让人到阁楼去把箱子里的两支决斗手枪拿来好吗?"她转脸对着孩子。"你先去通知他们把

---

① 娜西莎的儿子班鲍·沙多里斯的爱称。
② 在福克纳写《圣殿》前的一部作品《沙多里斯》中,娜西莎反对哥哥跟蓓儿、一个离过婚的女人结婚,称她为"肮脏的女人"。

音乐奏起来,再准备两朵玫瑰花。"

"奏什么音乐?"孩子问。

"桌子上就有着玫瑰花,"娜西莎说,"是高温送的。去吃晚饭吧。"

班鲍和珍妮小姐透过窗子望着那两个人。娜西莎还穿着白衫裙,史蒂文斯穿着法兰绒长裤和蓝色的上衣。"还是这位弗吉尼亚的绅士,那天吃晚饭时,他告诉我们那儿的人怎样教他像绅士那样喝酒。你往酒里放只甲虫,得到的是一只金龟子科甲虫;你往酒里泡个密西西比人,得到的可是位绅士啰——"

"高温·史蒂文斯。"珍妮小姐说。他们望着这两个人在房后消失了。过了一阵子,他们才听见有两个人顺着过道走来。他们进得房来,却是娜西莎和她的儿子,不是史蒂文斯。

"他不肯留下来,"娜西莎说,"他要去奥克斯福。大学里星期五晚上有舞会。他跟一位年轻小姐有约会。"

"他在那儿将有足够的地盘可以像绅士那样喝酒,"霍拉斯说,"或者像绅士那样干别的事情。我看这就是他提前去那儿的原因。"

"要带个老相好去参加舞会,"孩子说,"星期六他要去斯塔克维尔,去看棒球赛。他答应带我去,可你就是不让。"

第四章

晚饭后出来开车兜风穿过校园的城里人、只顾想心事而对周围事物视而不见的大学教员、正赶着去图书馆攻读硕士学位的研究生都可能在某个晚上见到谭波儿。她一臂夹着匆忙中抓到的一件外套，修长的腿儿因奔跑而呈金黄色，是个在所谓"鸡舍"的女生宿舍亮着灯的窗户前快步如飞的侧影，消失在图书馆墙边黑暗里的身影，而人们最后的惊鸿一瞥也许是她跳进等候在那儿的马达尚未熄火的汽车并迅速转身坐下时所露出的短衬裤之类的东西。那些汽车是城里的小青年的。大学里的学生不可以有汽车，而男生们——不戴帽子，穿着膝盖下扎紧的灯笼裤和色彩鲜艳的圆领毛衣——满怀愤怒和优越感蔑视那些城里的小青年，他们把帽子紧紧地扣在搽了发蜡的脑袋上，上衣有点过紧，裤管却有点过大。

这种情景往往是在星期日以外的夜晚出现。在两周一次的星期六晚上，在字母俱乐部的舞会上，或者在每年三次的正式舞会上，城里的小伙子们戴着式样相同的帽子，穿着衣领角往上翻的衬衣，摆出懒洋洋的、满不在乎而又好斗的姿态，注视着她倚在穿着黑色礼服的大学生的胳臂上走进体育馆，随着飞快旋转的金光闪烁的音乐旋律消失在令人目不暇接的熠熠光彩之中，她纤巧的脑袋高高昂起，嘴唇涂得猩红，下颏线条柔和，没有表情的眼睛东张西望，冷静、谨慎却又在搜索捕捉着什么。

后来，纵情吹奏的音乐声穿越玻璃门窗而出，小伙子们隔着窗户望着她从一双黑袖子的怀抱迅速地转到下一双，在迅速旋转的过程中，她的素腰显得纤细而急迫，她的双脚随着音乐节拍填补那节奏中的间断。他们弯下身子对着酒瓶喝上一口酒，点上一支香烟，然后站得笔直，一动不动，在灯光的衬托下，他们那往上翻的衣领、戴着帽子的脑袋，就像一排用黑铁皮做的、钉在窗台上的、戴了帽子和蒙着布的胸像。

乐队奏起《甜蜜的家》①时，总有三四个小伙子懒洋洋地靠在出口处，面色冷峻好战，因睡眠不足而略显憔悴，注视着晚会结束时从消退的动作与杂声中走出来的一对对舞伴。这天晚上，有三个年轻人看着谭波儿和高温·史蒂文斯从舞厅里走出来，走进拂晓前的料峭春寒中。她的脸色相当苍白，刚施过脂粉，红头发的发卷也已凌乱。她那瞳孔大得出奇的眼睛茫无表情地看了他们一眼。然后，她有气无力地举手挥了一下，谁也说不上是否是在对他们招手示意。他们没作任何反应，冷冰冰的眼睛连眨都不眨一下。他们看着高温伸手挽住她的胳膊，看见她钻进他汽车时一刹那间暴露的腰侧和大腿。这是辆车身很长很低的敞篷小轿车，车上装着一盏簧灯。

"这狗娘养的是谁？"一个人说。

"我父亲是位法官。"第二个人用轻快的假嗓门尖刻地说。

"去他的。咱们进城去吧。"

他们一路走去。有一回，他们对着一辆小汽车大吼大叫，但汽车没有停下来。在跨越铁路路堑的桥上，他们站停下来，对着瓶子喝酒。最

---

① 这支脍炙人口的歌曲由英国作曲家亨利·毕晓普（1786—1855）作曲，约翰·潘恩作词，为毕晓普的歌剧《米兰姑娘克拉莉》的主题歌。

后一个人想把瓶子往桥栏杆外面扔出去，第二个人一把抓住他的胳臂。

"给我吧。"他说。他小心地把瓶子砸碎，把碎片撒在路面上。其余的两个人望着他。

"你太损了，不配参加大学舞会，"第一个人说，"你这可怜的杂种。"

"我父亲是位法官，"第二个人边说边把玻璃碎块的尖头朝上放在路上。

"来车了。"第三个人说。

这辆车有三只前灯。他们靠在栏杆上，拉下帽檐挡住车灯的强光，看着谭波儿和高温从身边驶过。谭波儿低着脑袋，跟高温靠得很近。汽车慢慢地行驶着。

"你这可怜的杂种。"第一个人说。

"真的吗？"第二个人说。他从口袋里掏出样东西，一下子抖开来，把这带有淡淡香味的极薄的纺织品在他们面前挥动。"难道我没跟她好过？"

"这都是你自己吹的。"

"道克是在孟菲斯搞到这条女人内裤的，"第三个人说，"是从个该死的妓女身上扒下来的。"

"你是个好撒谎的杂种。"道克说。

他们望着那片扇面形的光亮、那变得越来越小的红宝石色的尾灯在"鸡舍"前停了下来。车灯熄灭了。过了一会儿，车门砰地关上了。车灯又亮了；汽车开走了。它又开回来。他们站成一排，靠在栏杆上，歪戴着帽子，挡住车灯的强光。那些碎玻璃闪烁出大小不一的亮光。汽车开过来了，在他们对面停了下来。

"你们几位先生打算进城吗?"高温边说边打开车门。他们靠在栏杆上,半晌,第一个人粗声说了句"多谢",他们便上了车,另外两个人坐在折叠尾座上,第一个人坐在高温身边。

"往这边开,"他说,"那边有人打碎了一只瓶子。"

"谢谢你的提醒。"高温说。汽车向前行驶。"你们诸位明天去斯塔克维尔看球赛吗?"

尾座上的两人一声不吭。

"不知道,"第一个人说,"恐怕不去。"

"我对这地方一点都不熟悉,"高温说,"我今晚上把酒都喝完了,可我明天一早有个约会。诸位先生能告诉我哪儿可以弄到一夸脱吗?"

"恐怕太晚了。"第一个人说。他转向另外两个人。"你知道在夜里这个时候他可以找谁买酒吗,道克?"

"卢克也许肯卖。"第三个人说。

"他住在哪儿?"高温说。

"往前开,"第一个人说,"我给你指路。"他们穿过广场往城外开了大约半英里。

"这是去泰勒镇的那条路吧?"高温说。

"对。"第一个人说。

"我明天一早得开车去那儿,"高温说,"要在专列进站以前赶到那儿。你们诸位不去看球赛,对吗?"

"恐怕去不了,"第一个人说,"在这儿停下。"他们前面是个陡坡,坡顶有几棵得了矮株病长不高的栎树。"你在这儿等着。"第一个人说。高温关上车灯。他们听得见那人往陡坡上攀登的脚步声。

"卢克的酒好吗？"高温问。

"挺好的。我看跟别人的酒差不多。"第三个人说。

"你要是不喜欢的话可以不喝。"道克说。高温笨拙地转过身子看看他。

"他的酒跟你今儿晚上喝的一样好。"第三个人说。

"那酒你本来也可以不喝的。"道克说。

"这儿的人好像不如那边学校里的人，不会酿好酒。"高温说。

"你是哪儿人？"第三个人问。

"弗吉——噢，我是杰弗生人。我到弗吉尼亚州上的大学。那儿教你学会喝酒。"

另外两人没说话。第一个人返回来了，人没到坡下先送来薄薄一股泥土。他手里拎了只装水果的广口瓶。高温举起瓶子对着天空照了照。酒是浅色的，看上去没问题。他打开盖子，伸手递去。

"喝吧。"

第一个人接过瓶子，递给尾座上的两个人。

"喝吧。"

第三个人喝了一口，但道克不肯喝。高温喝了一口。

"老天爷！"他说，"你们这帮人怎么喝得下这种玩意儿？"

"我们在弗吉尼亚可不喝败胃的劣酒。"道克说。高温转过身子看看他。

"住嘴，道克，"第三个人说，"别理他，"他说，"他闹肚子疼，疼了一晚上了。"

"狗娘养的。"道克说。

"你是在骂我吗?"高温问。

"当然不是,"第三个人说,"道克挺好的。来吧,道克。喝一口吧。"

"我才不在乎呢,"道克说,"递过来。"

他们回到城里。"那饭馆大概开门了,"第一个人说,"就在车站那儿。"

这是个卖甜食和便餐的铺子。店内空荡荡的,只有一个穿着油污的围裙的男人。他们往屋后走,走进一个只有一张桌子和四把椅子的小间。男招待拿来四只玻璃杯和几瓶可口可乐。"领班,给我来点糖、水和一个柠檬。"高温说。那人把东西送过来。其余的人看着高温做酸威士忌鸡尾酒。"他们教我这种喝法。"他说。他们望着他喝酒。"对我来说,这酒劲头不大。"他说着又往杯子里倒满了酒。他把酒又喝了。

"你真是能喝。"第三个人说。

"我是在一家名牌大学里学会的。"室内有扇高窗。窗外的天空亮了一点,显得更清新一些。"再来一杯,先生们。"他边说边把自己的酒杯斟满。其余的人也各自多少倒了些酒。"在大学里,大家认为宁可醉着倒下去也比小心翼翼地喝一两口要好。"他说。他们看到他又把这杯酒喝了下去。他们看到他鼻尖上顿时冒出汗珠。

"他也就只有这点本事。"道克说。

"谁说的?"高温说。他往玻璃杯里倒了小半杯酒。"要是我们有点好酒就好了。我听说我家乡那边有个姓戈德温的人,他会酿——"

"他们在大学里喝这一点儿酒就算干一大杯了。"道克说。

高温看看他。"你是这么想的?瞧吧。"他往杯里倒酒。他们看着酒逐渐上升。

"小心些,伙计。"第三个人说。高温把酒倒到齐杯沿,端起杯子慢慢地把它喝光。他特意挺小心地放下杯子,接着同时感觉到自己仿佛到了户外,有一股灰白色的令人耳目清新的凉意,有台火车头在岔线上拉着一长串黑糊糊的车厢在呼呼喘气,而他正在对一个人说他是怎么学会像绅士那样喝酒的。他在一个黑暗狭窄的充满尿臭和消毒粉气味的地方,还在跟人说喝酒的事,一边向一个容器里呕吐,一边对人说他一定得在六点半钟赶到泰勒镇去接专列。呕吐恶心过去了;他觉得非常困乏无力,巴不得躺下来,但又努力控制住了这一欲望,接着他靠在墙上,划了根火柴,在火光中慢慢凝目注视有人用铅笔在墙上写的一个名字。他闭上一只眼睛,摇摇晃晃地靠在墙上,淌着口水,辨认出那个名字。他然后瞪着眼看着,摇摇头。

"是个姑娘的名字……我认识的姑娘的名字。好姑娘。好朋友。跟她约好了,带她去斯塔……斯塔克维尔。没有人陪伴监护,明白吗?"他靠在墙上,淌着口水,嘟囔着,就睡着了。

他马上使劲挣扎想醒过来。他觉得好像马上醒过来了,但又感到时光一直在流逝,而时光正是他必须醒过来的一个因素;要不然他会后悔莫及的。很长一段时间里,他知道自己的眼睛睁开了,可一时看不见东西。等到视力恢复了,他又看得见了,但并没有马上明白自己已经醒了。

他一动不动地躺着。他觉得仿佛摆脱了睡眠就是实现了他为之醒过来的目的。他躺在低矮顶篷下面一个窄小的空间,望着一栋陌生的房子的正面,房子上空有些被阳光照得呈玫瑰色的小云朵在飘过去,头脑里空荡荡的,没有任何感觉。后来,腹部肌肉的蠕动完成了他失去知觉前就已经发作的恶心,他便用力撑起身子,趴倒在车厢底上,脑袋砰的撞在车门上。这一撞倒使他彻底清醒了,他打开车门,半个身子摔出去,然后使劲站了起来,踉踉跄跄地转身朝车站奔去。他摔倒了。他双手双膝趴在地上,带着难以相信和绝望的神情望着空荡荡的铁路岔线,再抬头望望满是阳光的天空。他站起身子,又往前奔,无尾礼服上污迹斑斑,硬领崩开了①,头发乱糟糟的。我晕过去了,他悻悻然地想道,我晕过去了。我晕过去了。

月台上空荡荡的,只有一个拿把扫帚的黑人。"老天爷,这些白人啊!"他说。

"火车呢?"高温说,"那专列。停在那条轨道上的那列火车。"

"开走啦。大约五分钟以前。"黑人举着正要扫地的扫帚,望着他转身跑回汽车前,跌跌冲冲地坐了进去。

广口瓶横在车厢的地板上。他踢开瓶子,发动了汽车。他知道他应该吃点东西,但时间来不及了。他低头看了一眼酒瓶。他的五脏六腑都抽紧起来,直冒凉气,但他还是举起瓶子喝了起来,大口大口地喝着,硬是把酒咽了下去,接着往嘴里塞了支香烟来抑制一阵阵的恶心。他几乎立刻觉得舒服多了。

他以每小时四十英里的车速穿过广场。这时是六点十五分。他加快速度上了去泰勒镇的道路。他又喝了些酒,但没有放慢车速。等他赶到泰勒镇,火车刚刚驶离月台。最后一节火车出站时,他把汽车冲到两辆大车之间,刹住了车。火车尾端的通廊的门打开了;谭波儿跳了下来,

---

① 当时流行的硬领是用扣子扣在衬衣上的。

跟着火车跑了几步，这时有名列车员俯下身子，对她挥挥拳头。

高温已走下汽车。她转身朝他走来，走得飞快。接着她收住脚步，停下了，又走过来，瞪大了眼睛看他那狂暴的脸色和乱蓬蓬的头发，看他歪歪扭扭的硬领和皱巴巴的衬衣。

"你喝醉了，"她说，"你这蠢猪。你这肮脏的蠢猪。"

"昨天夜里过得开心极了。你一点都不知道。"

她四下看看，看看那阴暗荒凉的黄色车站，看看那些穿着工装裤、慢吞吞地嚼着口香糖、注视着她的男人，又顺着铁轨看看那越来越小的列车以及当汽笛声传过来时已经消散得差不多的那四股蒸气。"你这头肮脏的蠢猪，"她说，"你这副脏样哪儿都去不了。你连衣服都没换一下。"她走到车跟前又停了下来。"你身后藏着什么东西？"

"我的水壶，"高温说，"上车吧。"

她看看他，她的嘴唇涂得猩红醒目，无檐帽下，她的眼睛显得警惕而冷峻，一绺红色鬈发掉在帽子外面。她又回头望了望车站，在清新的晨光里，车站显得又荒凉又丑陋。她跳进汽车，把两腿蜷曲在身下。"我们离开这儿吧。"他发动马达，掉转车头。"你最好送我回奥克斯福。"她说。她又回头看看。这时车站在阴影里，被高空中一片飞速而来的云彩笼罩着。"你最好送我回去。"她说。

当天下午两点钟，高温驾驶着汽车高速穿过一片无人照料的沙沙作响的高大的松林，从砾石路拐上备遭冲刷侵蚀的河岸间的一条狭窄的小路，向下朝着长着柏树和胶树的河滩方向行驶。他在无尾礼服里面穿了件工人穿的廉价的蓝色衬衣。他两眼充血肿胀，下巴颏布满了发青的胡茬，当汽车在布满旧车辙的路面上不断弹跳时，谭波儿使劲绷紧身体揪住座椅，她望着他，暗自想道，我们离开邓姆弗莱斯镇以后，他的胡须长长了。他喝的是生发油。他在邓姆弗莱斯买了瓶生发油，喝了下去。

他感觉到她的目光，转脸看看她。"别生气了，好吗！开到戈德温那儿买瓶酒要不了多少时间。十分钟都用不了。我说过要在火车开到以前把你送到斯塔克维尔，我一定会赶到的。你难道不相信我？"

她一言不发，想着那已经停在斯塔克维尔车站的插着三角旗的火车；想着五彩缤纷的看台；那乐队、咧着大嘴的金光锃亮的大喇叭；散布在绿色棒球场上的运动员们蹲伏着，嘴里发出短促的叫声，仿佛被鳄鱼在沼泽中惊扰的鸟儿，不甚明了危险的所在，一动不动地摆好姿势，用短促而无意义的叫声，悲哀、谨慎而又凄凉的叫声来互相鼓励。

"还想在我面前摆出你那天真纯洁的架势。别以为我昨天跟你那两三个油头粉脸的小青年呆一晚上是浪费时间。不要以为我请他们喝酒只是因为我慷慨大方。你真不简单，对不？你以为可以跟随便哪个有辆福特汽车的、容易上女人当的乡巴佬鬼混一星期，然后在星期六来糊弄我？别以为我没看见厕所墙上写着的你的名字。你不相信？"

她一言不发，只是坐稳身子防备摔倒，因为汽车开得太快，从这开出的道路的一侧不时地给弹到另一侧。他依然盯着她看，根本不去把稳方向盘。

"老天爷啊，我倒想看看女人能——"路变得平坦了，成为沙地，路面坡度完全成了弓形，完全被两旁杂乱丛生的藤丛和荆棘所包围。汽车在凌乱交叉的车辙里东歪西倒地摇晃着前进。

她看见了那棵横在路上的大树，但她只是又一次坐稳了身子防备摔倒。在她看来，这是她参与其中的一系列事件的合乎逻辑而带有毁灭性的结局。她坐着，紧张而默默地观望着，看着显然是眼望着前方的高温以每小时二十英里的车速向着大树冲去。汽车撞上大树，反弹回来，又撞了上去，朝一边翻倒了。

她觉得自己在空中飞了起来，肩膀猛地撞击了一下，给撞得麻木了，她仿佛看到有两个男人从路旁的藤丛里向外张望。她跌跌撞撞地爬起身来，脑袋向后扭着，看见他们跨上路面，一个穿着套紧身黑西服，戴着顶草帽，嘴里叼着支香烟，另一个光着脑袋，穿着工装裤，拿着一杆滑膛枪，长着胡须的脸上渐渐地显出目瞪口呆的吃惊表情。她继续向前奔跑，浑身好像散了架，脸朝下摔倒，但还在奔跑。

她没有停顿地转过身子，坐了起来，张开了嘴尖叫起来，但发不出声音，连气都喘不上来。穿工装裤的男人还瞪大眼睛望着她，傻乎乎地张着嘴，唇边的胡须短而柔软。另一个男人正俯身审视翻转的汽车，过紧的上衣在肩部勒出一道道皱痕。接着马达停止了运转，只有一只朝天的前轮还在懒洋洋而缓慢地转动着。

第五章

穿工装裤的人而且还光着脚。他走在谭波儿和高温的前面,手里的枪前后摆动着,八字形的脚显然在沙地上走得一点都不费力气,而谭波儿却每走一步都陷得很深,沙子快埋到她的脚踝。他不时回头看看他们,看看高温血迹斑斑的面孔和污迹斑斑的衣裤,看看穿着高跟鞋的谭波儿走得踽踽而吃力。

"这路走起来挺费劲,是不?"他说,"要是她肯把高跟鞋脱了,走起路来就会轻快些。"

"是吗?"谭波儿说。她停下脚步,拉住了高温双脚轮流独立着,把轻巧的舞鞋脱下。那人望望她,又看看她的鞋子。

"这鞋能搁得下我两个手指头才怪呢,"他说,"能让我瞧瞧吗?"她递过一只鞋。他慢慢地翻来覆去地端详着。"真他妈的开了眼啦。"他说。他又一次用暗淡而无表情的目光打量谭波儿。他的头发不加修饰,像一团乱草,顶部颜色稍浅,越向耳根和颈部,散乱的鬈发就颜色越深。"这妞儿还真是个高挑个子呢,"他说,"长着这么细的腿儿。她有多重?"谭波儿伸出一只手来。他慢吞吞地递回鞋子,打量着她,来回端详她的腹部和腰部。"他还没在里面撒种结果吧?"

"快,"高温说,"咱们走吧。我们得找辆车,在天黑前赶回杰弗生。"

他们走完沙路时，谭波儿坐下来，穿上鞋子。她发现那人在打量她抬起来的大腿，就把裙子猛地往下一拉，跳起身。"好了，"她说，"走吧。难道你不认识路了？"

房子出现了，高踞在柏树林之上，从黑糊糊的柏树的缝隙里可以看到更远处一个在午后阳光照耀下的苹果园。房子坐落在荒芜败落的草坪上，周围是被废弃的庭园和东歪西倒的外屋。但四周没有任何耕作的迹象——没有犁耙或农具；四面八方看不见一块长着庄稼的土地——只有一座在灰暗阴沉的树丛中的荒凉而饱经风霜的废墟，微风吹过树丛，掀起阵阵低沉而悲哀的声响。谭波儿收住了脚步。

"我不想到那儿去了，"她说，"你去找辆汽车吧，"她对那男人说，"我们在这儿等着。"

"他说要你们俩都上屋里去。"男人说。

"谁说的？"谭波儿说，"难道那个穿黑衣服的人以为他可以指挥我们吗？"

"啊，走吧，"高温说，"我们就进去见见戈德温，弄一辆车吧。天不早了。戈德温太太总在家吧，对吗？"

"有可能在。"男人说。

"走吧。"高温说。他们朝房子走去。那男人走上门廊，把枪放在门内侧。

"她就在这一带，"他说，他又看了谭波儿一眼。"你太太也不必烦恼，"他说，"我看李会送你们进城的。"

谭波儿看着他。他们严肃持重地彼此对视，像两个孩子或两条狗那样面对面相视。"你叫什么名字？"

"我叫汤米,"他说,"你不必烦恼。"

过道敞开着,直通屋后。她走了进去。

"你上哪儿?"高温说,"干吗不在外边等?"她不予回答。她顺着过道朝后走。她听见身后高温和那男人说话的声音。阳光照在后门廊上,只见门框大小的一片阳光。她看见远处有个杂草丛生的斜坡和一座屋顶下陷的大谷仓在阳光下显得安详而又凄凉。门的右边是一堵墙角,不是独立存在的房子的一角便是大房子厢房的一角。但她听不见任何声响,只听得见房子前边的人声。

她慢步向前。然后她停下步来。通过房门投射下来的长方形的太阳光里有一个男人的头影,她便侧转半个身子准备奔跑。但这个影子没有戴帽子,于是她又返回来,踮着脚尖走到门口,向四下张望。阳光下,一把用薄木条做椅座的椅子上坐着一个男人,他那秃顶的有一圈白发的脑袋正背对着她,他的双手交叉,搭在一根粗木拐杖的上端。她走进后门廊。

"你好。"她说。那人纹丝不动。她继续向前走,然后倏地回头瞥了一眼。她自以为从眼角看到门廊成L形处一间不连在一起的房间里飘出一丝烟雾,但很快又消失了。拴在门前两根柱子之间的绳子上挂着三块湿漉漉、软沓沓的好像刚洗过的方形布片和一件褪了色的粉红绸子女内衣。内衣已经洗得连花边都跟料子本身一样磨损成丝丝缕缕的毛边了。上面还补了一块浅色的花布,细针密脚地缝得整整齐齐。谭波儿又望着那位老人。

她一时以为老人闭着眼睛,但马上看出他根本没有眼睛,因为他上下眼皮间嵌着像两颗泥土做的肮脏的黄弹子那样的东西。"高温,"她低声说，接着带着哭音叫了一声"高温！"便转身奔跑，脑袋还没转过来便听见有人在那间她以为看见了烟雾的房间里说话：

"他听不见你说的话。你要干什么？"

她又一次侧转身子，一面大步奔跑，一面还注视着那个老人，一直冲下门廊，摔进一堆炉灰、铁罐头和晒得发白的骨头，双手双膝撑在地上，看见金鱼眼站在墙角望着她，他两手插在口袋里，嘴里歪叼着一支香烟，青烟缭绕着他的脸。她还是没有停步，跌跌撞撞地登上门廊，冲进厨房，那里靠着桌子坐着一个女人，手里拿着一支点着的香烟，两眼望着门口。

第六章

金鱼眼顺着墙绕到房子的前面。高温正靠在门廊边,小心翼翼地擦着流血的鼻子。那光脚的男人蹲在墙根。

"老天爷,"金鱼眼说,"你干吗还不领他上后边去好好洗洗?难道你想让他像头该死的割断喉管的蠢猪一样在这儿坐上一整天?"他啪地把烟头扔进乱草丛,在最上面的一级台阶上坐下来,用挂在表链上的一把白金小刀动手刮鞋上的烂泥。

光脚的男人站起身来。

"你不是说过要——"高温说。

"嘘!"另一个人说。他开始对高温挤眉弄眼,把脑袋朝金鱼眼的后背使劲摆了一下。

"洗完了你们就从刚才那条路赶回去,"金鱼眼说,"听见了没有?"

"我还以为你打算在那儿守着呢。"光脚男人说。

"别以为,"金鱼眼边刮裤管翻边上的泥边说,"你四十年来没动过脑筋,日子也过得不错嘛。你就照我说的办。"

他们走到后门廊,光脚男人开口说:"他就是对谁都看不顺眼——他是不是个人物,呃?看他,要不是比看马戏更精彩,我就不是人——他不能容忍这儿的任何人喝酒,除了李之外。他自己滴酒不沾,对我也只许喝一口。我一喝酒,他就好像要发病抽筋似的。要是不这样,我就不是人。"

"听他说你有四十岁了。"高温说。

"还没那么老。"对方说。

"那你有多大年纪了？三十岁？"

"我不知道。不过还不像他说的那么老。"阳光下，有位老人坐在椅子里。"没什么，是爸。"光脚男人说。柏树的蓝色影子投射到老人的两脚上，快照到膝盖上了。他伸出一只手，在膝盖处摸索着，触摸到树的影子，后来住了手，手和手腕还在树影之中。接着，他站起身，一手抓住椅子，一手用拐杖敲打面前的地面，拖着脚径直向他们冲过去，弄得他们只得赶快闪到一旁。他把椅子完全拖到太阳下，又坐下来，向着太阳仰起脸，两手交叉地拄着拐棍。"他就是爸，"光脚男人说，"又聋又瞎。我真不愿自己弄到他这地步，吃的是什么都说不上来，也不在乎，要不是这样，我就不是人。"

两根柱子之间钉了一块木板，板上放着一个镀锌铁桶、一个马口铁做的脸盆，还有一只裂了口的碟子里有一块黄色的肥皂。"甭管什么水啊洗的，"高温说，"你说的酒在哪儿？"

"我看你已经喝得太多了。你要不是自己把那车撞在那棵树上，我就不是人。"

"得了吧。难道你没在什么地方藏着点酒？"

"也许谷仓里有一点儿。不过别让他听见了，要不他会找到了把酒给倒了。"他回到门口，往过道里张望。然后他们走下门廊，向谷仓走去，穿过一片从前是菜地现在长满柏树和栎树树苗的园子。光脚男人回头看了两次。第二次他说：

"你老婆在那边找你有事。"

谭波儿站在厨房门口。"高温。"她喊道。

"挥挥手打个招呼吧,"光脚男人说,"她再喊下去,他就会听见了。"高温随便地挥了下手。他们继续朝前走,走进谷仓,谷仓门口靠着一把粗陋的梯子。"你最好等我先上去,"光脚男人说,"梯子烂得厉害,说不定受不住我们两个人的分量。"

"那你干吗不修一修?你不是天天要用的吗?"

"现在凑合着还能用。"对方说。他爬了上去。高温跟着他,穿过活板门,进入一片昏暗,只有太阳从破损的屋顶和墙壁隙缝里照进来的一道道黄色的光束。"踩着我的脚印走,"光脚男人说,"要不然,踩上一块松动的地板,你马上就会发现自己又到了楼下。"他小心翼翼地走到一个角落,从一堆腐烂的干草下面掏出一只瓦罐。"只有这个地方他不会来找,"他说,"他怕弄脏他那双像姑娘的小手。"

他们喝起酒来。"我从前在这儿见过你,"光脚男人说,"不过叫不出你的名字。"

"我姓史蒂文斯。我上李这儿来买酒已经有三年了。他什么时候回来?我们还得赶进城呢。"

"他就快回来了。我以前见过你。三四天以前,还有一个从杰弗生来的家伙到这儿来过。我也叫不出他的名字。他可真能侃。跟我们说了好半天他怎么干脆地甩了他老婆。再来点,"他说;接着他不说话了,慢慢地捧着瓦罐蹲下身子,侧耳细听。过了一会儿,楼下过道上的那人又讲话了。

"杰克。"

光脚男人看着高温。他张大着嘴,下巴朝下垂,神情又愚蠢又高兴。他嘴边的茶褐色胡子显得很柔软,露出仅存的那些牙齿是黄黑色而参差不齐的。

"你，杰克，我知道你在上边。"那声音又响了起来。

"听见了吗？"光脚男人悄声说，他憋住了笑声，高兴得浑身哆嗦。"居然叫起我杰克来。我的名字叫汤米。"

"下来吧，"那声音又说，"我知道你在上面。"

"我看还是下去吧，"汤米说，"说不定他真会朝上开枪打穿地板的。"

"老天爷啊，"高温说，"你干吗不——听见了，"他高声说，"我们就下来！"

金鱼眼站在门口，两只食指插在背心里。太阳下山了。他们走下梯子到门口时，谭波儿从后门廊走下来。她停步望着他们，然后走下山来。她开始奔跑起来。

"我不是曾经叫你往那条路走的吗？"金鱼眼说。

"我跟他就在这儿呆了一小会儿。"汤米说。

"我曾经叫你往那条路走，对不对？"

"对，"汤米说，"你说过。"金鱼眼转身就走，对高温连正眼都不瞧一眼。汤米跟着他。他暗自高兴，背脊还在乐得直颤抖。谭波儿在半路上迎上金鱼眼。她没收住脚步，但看上去像是停了下来。连她那拍打着的上衣还在后面飘动着，然而明显有一秒钟的时间，她面对着金鱼眼，装出副不自然的怪相，卖弄风情地露齿一笑。他没有停下脚步；他那窄小的背脊照样精心地摆出架势，大摇大摆地走着。谭波儿又奔跑起来。她越过汤米的身边，一把抓住高温的胳臂。

"高温，我害怕。她说过叫我别——你又在喝酒了；你连血迹都没洗掉——她叫我们离开这儿……"暮色中，她的眼睛黑黝黝的，脸蛋显得又小又憔悴。她向房子看了一眼。金鱼眼刚拐过墙角。"她得大老远地走到泉眼去打水;她——他们有个漂亮极了的小娃娃睡在炉灶后面的木箱里。高温,她说我必须在天黑以前离开这儿。她说最好去找找他。他有辆小汽车。她说她并不以为他——"

"找谁?"高温说。汤米回头看了他们一眼,又朝前走去。

"那个穿黑衣服的人。她说她并不以为他肯借车,不过也许肯借。快走吧。"他们朝大屋走去。有条小路顺着墙根通向房子的前方。小汽车就停在小路和房子之间的高高的杂草丛里。谭波儿手扶车门面向高温。"开这辆小车进城花不了他太多时间。我认识家乡的一个小伙子,他有一辆这样的汽车。一小时能跑八十英里呢。他只消开车送我们到城里就行,她说如果我们是夫妻的话,我就只好说我们结婚了。只要送我们上火车就行。也许还有比杰弗生更近的火车站,"她紧盯着他悄声地说,一手抚摸车门的边缘。

"噢,"高温说,"要让我去求他。是这么回事吗?你真是个大傻瓜。你真相信那汉子肯开车送我们?我宁可在这儿呆上一星期也不愿跟他一块儿坐车去什么地方。"

"她说去找他。她说我不能呆在这儿。"

"你真蠢。走吧。"

"你不肯去找他?你不肯?"

"我不去。我跟你说过了,等李回来。他会给我们找辆车的。"

他们沿小路朝前走。金鱼眼靠在一根柱子上,正在点香烟。谭波儿奔上破损的台阶。"喂,"她说,"你愿不愿意开车送我们进城?"

他转过脸,香烟叼在嘴里,火柴拢在两手之间。谭波儿嘴角上又带着那谄媚的怪样。金鱼眼低头凑着火柴点香烟。"不愿意。"他说。

"得了,"谭波儿说,"做做好人吧。开这种帕卡德牌汽车,花不了你多少时间。怎么样?我们会付钱的。"

金鱼眼吸了口香烟。他把火柴梗啪的弹进乱草丛里。他用柔和冷漠的声调说:"老兄,叫你那小婊子别来打扰我。"

高温滞重地向前跨上一步,像匹突然被惹怒的笨拙而脾气好的马。"嘿,听着。"他说。金鱼眼吐了口烟,鼻子里朝下喷出两股细细的青烟。"我讨厌你说话的腔调,"高温说,"你可知道在对谁说话吗?"他继续滞重地向前挪动,仿佛既不能停顿也不能完成这一动作似的。"我讨厌你说这种话。"金鱼眼转过脸来盯着高温。后来他不再瞪眼瞧高温了,谭波儿便突然说:

"你穿着这套西服掉进哪条河里去了?你非要等到夜里才把它脱掉吗?"于是高温一手搂住她的腰背,推她往门口走去,她的脸扭向后方,鞋跟在地上哒哒地响。金鱼眼纹丝不动地靠着柱子,脑袋转向一边,露出一个侧影。

"难道你要——"高温嘶嘶地说。

"你这卑鄙的东西!"谭波儿叫喊起来。"你这卑鄙的东西!"

高温把她一下推进屋里。"难道你要让他把你的脑袋砸了?"他说。

"你怕他!"谭波儿说,"你害怕了!"

"闭嘴!"高温说。他把她摇晃起来。他们的脚在光秃秃的地板上来回蹭着,好像在表演一段不太熟练的舞蹈,两人就这样缠在一起,撞在墙上。"小心些,"他说,"你把我肚子里的东西又翻搅起来了。"她挣脱了他的胳臂,奔跑起来。他靠在墙上,望着她的背影冲出后门。

她奔进厨房。屋内一片漆黑，只有关上的灶门露出一丝火光。她侧转身子，冲出门外，看见高温正下山朝谷仓走去。他又要去喝酒了，她想；他又要喝醉了。这一来，今天一天就要喝醉三次了。过道显得更昏黑了。她踮着脚尖站着倾听，心里想我饿了。我一整天没吃过东西；她想起了学校、有灯光的窗户、随着晚饭的铃声慢步走向餐厅的成双作对的人们；还想起她的父亲，坐在家里的门廊上，两脚搁在栏杆上，看着一个黑人在修剪草坪。她踮着脚尖轻轻地走。门边角落里倚着那支滑膛枪，她挤进角落，靠在枪边哭起来。

　　她马上停止哭泣，屏住了呼吸。有样东西在她倚靠的墙的另一侧在活动。随着一阵干巴巴的嗒嗒声，它带着细碎的磕磕绊绊的声响穿过屋子。它走进过道，她尖叫起来，肺里的空气排空了好久，还是觉得在出气，胸膛里空了好久，横膈膜还在费劲地抽动。她望着老人两腿分得很开地拖着脚步顺着过道朝后走，一手拿着拐杖，另一只胳膊弯曲着，跟身体形成个锐角。她奔跑着经过他——一个叉开两腿站在门廊边的模糊的人影——的身边，一直冲进厨房，蹲到炉灶后的角落里。她蹲下身子，拉出木箱，拽到她的面前。她用手摸摸孩子的面孔，然后两手紧紧地环抱木箱，她隔着木箱望着朦胧的房门，试图做个祷告。但她想不起来应该如何称呼天上的父亲，于是一遍遍地念叨着"我父亲是位法官；我父亲是位法官"，一直到戈德温轻巧地跑进厨房。他划了根火柴，把火举在头顶上，低头望着她，直到火苗都快烧到他的手指头。

　　"哈。"他说了一声。她听见他轻巧的脚步飞快地移动了两步，接着他的手摸到她的脸颊，像拎小猫一样揪住她的后颈，把她从木箱后面拎起来。"你上我家来干什么？"他说。

第七章

她①能听到从点着灯的过道的另一边的什么地方传来几个人的声音——一两个词儿；偶尔有一阵笑声：刺耳的讥讽的大笑声，由于太年轻或年纪太大而很容易被逗笑的人的那种笑声，淹没了那女人②身前炉灶上油锅里煎肉的嗞嗞声。她有一回听见其中的两个人穿着笨重的靴子朝过道这头走过来，过了一会儿，传来水勺撞击镀锌铁皮桶的响声，还有那个大笑过的人骂的粗话。她裹紧上衣，像个怀着极大好奇心而又局促不安的小孩那样向门外张望，看见高温和另一个穿卡其马裤的男人。他又喝醉酒了，她想。我们离开泰勒镇以后，他喝醉了四回啦。

"他是你兄弟吗？"她问。

"谁？"那女人说，"我的什么人？"她把嗞嗞作响的煎锅里的肉翻了个身。

"我以为也许是你弟弟来了。"

"上帝啊。"女人说。她用钢丝叉子翻动锅里的肉。"我可不希望是他来了。"

"你弟弟在哪儿？"谭波儿一面向门外张望一面说，"我有四个兄弟。两个是律师。一个在报社工作。还有一个还在上大学。在耶鲁大

---

① 指谭波儿。
② 指跟李·戈德温同居并生了一个孩子的女人鲁碧·拉马尔。

学。我父亲是位法官。杰克逊的德雷克法官。"她想起父亲穿着亚麻布西服,手拿棕榈叶扇,坐在阳台上看那黑人修剪草坪的情景。

那女人打开烤箱朝里面看看。"起先也没人请你上这儿来。我没有叫你在这儿呆下。我早叫你趁天还没黑就走的。"

"我怎么走得了?我求过他。高温不肯去求他,所以我只好去求他了。"

女人关上烤箱的门,转过身来,背对着灯光,望着谭波儿。"你怎么走不了?你知道我是怎么去打水的?走着去走着回来。一英里路。一天去六次。算算看得走多少路。何况这还不是因为我害怕不想呆下去的缘故。"她走到桌边,拿起一盒香烟,抖出一支来。

"给我一支好吗?"谭波儿说。女人把烟盒在桌面上倏地推过来。她取下灯罩,就着灯芯点香烟。谭波儿拿起烟盒,站着听高温和另一个男人走回大屋。"男人实在太多了,"她带着哭音说,眼睛看着手指慢慢地挤压香烟。"不过也许有了这么多男人……"女人已回到灶前。她正翻动着煎锅里的肉。"高温老是喝醉酒。他今天已经喝醉了三次。我在泰勒镇下火车时他已经醉了,而我正在受留校察看的处分,就告诉他我会出什么事,并且好歹劝他把酒罐子扔了,可是等我们在那家乡下小店前停车买衬衣的时候,他又喝醉了。因此我们没吃东西,赶到邓姆弗莱斯镇停下来,他进了一家饭馆,可我心里着急,吃不下去,一时找不到他,后来他从另外一条街走回来,我摸到他口袋里的酒瓶,可他啪地把我的手推开。他老是说我拿了他的打火机,后来他真的丢了,我对他说他有过一个打火机,他却发誓说这辈子从来就没有过。"

肉在煎锅里嗞嗞而毕剥地响。"他分别喝醉了三次,"谭波儿说,"一天之内分别喝醉了三次。巴迪——就是休伯特,我最小的哥哥——说过,要是他逮着我跟喝醉酒的男人混在一起,他要把我揍个半死。可我现在跟一个一天之内喝醉三次的人混到一起了。"她屁股靠在桌子边,手指头使劲挤碾那支香烟,她开始放声大笑。"难道你不觉得滑稽吗?"她说。随后她屏住了气,不笑了。她听得见油灯发出的轻微的呼呼声、煎锅里肉的嗞嗞声和炉灶上水壶的嘶嘶声,还有人的声音,从大屋方向传来的男人们的刺耳、短促、毫无意义的声音。"可你每天晚上都得为他们做饭。所有这些男人都在这儿吃,这屋子到了晚上,在黑暗里满是男人……"她扔掉碾碎的香烟。"让我抱抱娃娃好吗?我知道该怎样抱;我会好好地抱他的。"她跑到木箱前,俯身抱起熟睡着的孩子。孩子睁开眼睛,哭泣起来。"得了,得了;谭波儿抱着你呢。"她轻轻摇动孩子,用一双细胳臂把孩子挺别扭地高高举起。"听着,"她对着女人的后背说,"你肯求求他吗?我指的是你的丈夫。他可以找辆车把我送到什么地方去。你肯吗?你肯求求他吗?"孩子不哭了。他的铅灰色的眼皮间露出一线眼珠。"我可不怕,"谭波儿说,"不会出那种事的。对吗?他们就是跟别人一个样。你跟别人也一个样。你还有个小娃娃。再说,我父亲是位法——法官。州——州长还上我们家来吃——吃饭——这小娃娃多—多漂—漂亮呀,"她呜咽道,把孩子举到脸跟前。"要是坏男人来伤害谭波儿,咱们就去告诉州长的士兵,好不好?"

"跟什么样的人一个样?"女人边翻肉边说,"难道你以为李没事可干,非得见一个你这样的小贱货就追——"她打开火门,扔进烟头,把火门使劲关上。在用口鼻亲吻孩子的时候,谭波儿把帽子向脑后推了一把,它摇摇晃晃地搭在她纠结在一起的鬈发上,那角度使她显得放荡轻佻。"你干吗要上这儿来?"

"是高温要来的。我求他别来。我们已经错过了那场球赛,但我求他赶在专列开回去以前把我送到斯塔克维尔,这样他们就不会知道我没坐火车,因为看见我下车的人不会去告发的。可他就是不肯。他说要上这儿来拐一下,只待一小会儿,再买点威士忌,其实他当时已经醉了。我们离开泰勒镇以后他已经又醉过一回,而我还在留校察看期间,爸爸会气死的。可他就是不肯。我苦苦哀求他把我随便送到哪个小镇去,让我下车,可他又喝醉了。"

"留校察看?"女人说。

"因为我夜里擅自离校。因为只有城里的小伙子才有汽车,你要是跟城里的小伙子在星期五、星期六或星期天有约会的话,学校里的小伙子就不肯来邀你出去玩了,因为他们不可以有汽车。所以我只好在平时夜里溜出去。有个不喜欢我的姑娘去报告了教务长,因为我跟她喜欢的一个小伙子出去玩了一次,他从此不再找她玩了。所以我只好溜出去。"

"要是你不溜出来,你就没法乘车兜风了,"女人说,"是这么回事吧?你现在多溜出了一次,你倒抱怨起来了。"

"高温不是城里的小伙子。他是杰弗生人。他去弗吉尼亚上的大学。他没完没了地说那儿的人怎么教他像绅士那样喝酒,而我一直求他让我随便在什么地方下车,借我点钱去买张车票,因为我只有两块钱了,可他——"

"啊,我对你这样的人太了解了,"女人说,"你们是好人家的纯洁的女人。好得不能跟普通人有任何来往。你可以在夜里溜出校园跟小伙子们玩,可只要冒出个真正的大男人……"她把肉翻了个身。"你们能捞就捞，可从来不给别人一点东西。'我是个贞洁的姑娘；我不做那种事的。'你可以跟小伙子们溜出校园，消耗他们的汽油，吃他们的东西。可要是有个大男人看你一眼，你就会昏厥过去，因为你爸是法官，你那四个兄弟也许会不高兴的。可是只要你惹了麻烦，那时候你会对谁来哭诉呢？对我们，我们这些连给法官尊贵的鞋子结鞋带都不配的人。"谭波儿抱着孩子望着女人的后背，在摇摇欲坠的帽子下，她的脸像一个苍白的小面具。

"我兄弟说过要杀了弗兰克。他没说过要是看见我跟弗兰克在一起，他会揍我一顿；他只说他要宰了那个坐黄色轻便马车的狗杂种，我父亲就把我兄弟臭骂了一通，说他还不老，还能当一阵子家作一阵子主，他还把我赶进屋子，关起来，自己到桥头去等弗兰克。可我不是胆小鬼。我顺着檐槽爬了下来，赶去挡住了弗兰克，把事情告诉了他。我求他走开上别处去，可他要我们两人一块儿走。我们又坐上了轻便马车，我知道这是最后一回了。我心里很明白，我又求他上别处去，可他说要赶着马车送我回家取箱子，而且我们要通知我父亲。他也不是个胆小鬼。我父亲正坐在门廊里。他说，'从马车上下来'，我就下了车，求弗兰克赶着往前走，可他也下了车，我们就顺着小路往前走，父亲伸手到门里边拿出滑膛枪。我挡在弗兰克的前面，父亲说，'你也想挨枪子儿？'我拼命想挡住弗兰克，可弗兰克把我一把拉到身后，揪住我不让动，父亲就开枪打他，说，'趴下去喝你的脏血吧，你这婊子。'"

"有人也这么叫过我，"谭波儿悄声说，一双细胳臂把熟睡的孩子紧紧地搂着，两眼凝望着女人的后背。

"可你们这些好女人。爱寻开心的贱货。什么都不肯给，可是等你们给逮着了……你可知道你现在惹上什么了？"她回头看了一下，手里拿着铁叉。"你以为你还在跟小伙子们打交道？那些不管你喜欢还是不喜欢都挺在乎的小伙子？我来告诉你你上谁家来了，没人请没人要你就来了；你还指望他丢开一切把你送回到你不该离开的地方，你可知道他是谁吗？他在菲律宾当兵的时候为了个黑种女人杀死了另外一个当兵的，他们把他送到莱文沃思去坐牢。后来打仗了①，他们放了他，让他去参军。他得了两枚勋章，等战争结束了，他们又把他送回莱文沃思的监狱里，直到那律师说服了一位议员把他放出来。那时候我才不必再跟人睡觉了——"

"睡觉？"谭波儿抱着孩子悄声说，她穿着单薄的衣衫，戴着向后歪斜的帽子，看起来不过是个细胳膊瘦腿的大娃娃。

"对啊，你这个灰白脸！"女人说，"要不然我拿什么来付给那位律师？而你以为律师才是那种会在乎的人——"她拿着叉子走过来，冲着谭波儿的脸不怀好意地用手轻轻地打了个榧子，"——会来关心你出了什么问题。而你，你这个长着洋娃娃脸的荡妇，竟以为只要你走进有男人的屋子，他就会……"在褪色的衣衫下，她丰满的胸膛大起大落地起伏着。她两手叉在后腰，用冷峻的冒着怒火的眼睛瞪着谭波儿。"男人？你还从没见过真正的男子汉呢。你根本不知道真正的男子汉想跟你好是什么滋味。你得感谢上帝让你福星高照，使你还没见过也永远不会遇到真正的男子汉，因为只有遇上了，你才会知道你那张灰白小脸究竟值多少钱，至于其他一切关于情爱的事情，你会以为你是妒忌，其实你

---

① 指第一次世界大战。

只是害怕。如果他是个真正的男子汉,他叫你一声婊子,你会连声说是的是的,还会光着身子在土里泥里爬,为的是让他这样叫你……把孩子给我。"谭波儿抱着孩子,瞪圆双眼望着女人,嘴巴微微动着,仿佛在说是的是的是的。女人把铁叉往桌上一扔。"松手。"她边说边把孩子提起来。孩子张开眼睛,哭叫起来。女人拉出一张椅子,坐下了,把孩子放在腿上。"把晾在外边绳子上的尿布递一块给我行吗?"她说。谭波儿站着不动,嘴唇还在微微启合。"你不敢上门外去,对吗?"女人说。她站了起来。

"不,"谭波儿说,"我去拿——"

"我去拿吧。"没系鞋带的劳动靴一步一拖地走出厨房。她回来了,把另一张椅子拖到炉灶前,把留下的两块尿布和那件内衣搭在椅子上,然后坐下,把孩子横放在腿上。孩子哭叫起来。"别哭,"她说,"好了,不哭了。"灯光下,她的面孔显得安详而若有所思。她给孩子换了尿布,把他放回木箱。然后她从挂着一块撕了口子的黄麻袋片的碗橱里拿出一个大盘子,从桌上拿起那把铁叉,走过来又仔细打量谭波儿的面孔。

"听着。要是我给你找辆小车,你肯不肯离开这儿?"她说。谭波儿凝视着她,努动着嘴,仿佛在品尝着话语,用言词做试验。"你肯不肯上后面去,坐上汽车去往别处,永远不回到这儿来?"

"肯的,"谭波儿低声说,"不管上哪儿。干什么都行。"

女人上下打量着谭波儿,但似乎并没有移动她那冷冰冰的眼珠。谭波儿觉得浑身肌肉抽紧起来,像中午烈日下被晒得开裂的枝蔓。"你这可怜的没胆量的小傻瓜,"女人冷冷地低声说,"还挺会装腔作势的。"

"我没有。我没有。"

"等你回去后，有不少事情可以告诉大家。是不？"她们面对面地站着，都压低了嗓门说话，像是两堵紧挨着的白墙上的两个影子。"装腔作势。"

"干什么都行。只要让我离开这儿。去哪儿都可以。"

"我担心的不是李。你以为他会跟公狗似的一见到发情的小母狗就扑上去？我担心的是你。"

"是啊。我去哪儿都行。"

"我知道你是什么样的人。你这种人我见得多了。你们东奔西跑，可又跑不快。你们跑不快，所以就算遇上了真正的男子汉，也认不出来。你以为已找到了天下唯一的男子汉了？"

"高温，"谭波儿悄声说，"高温。"

"我为这个男人作牛作马受过苦，"女人低声说，嗓音冷静安详，嘴唇几乎没有开合，仿佛只是在讲述做面包的配方。"我做过夜班女招待，为了星期日可以探监去看他。我在一个单人房间里住了两年，用个煤气喷嘴做饭，因为我答应过他不负心。我后来骗了他，挣钱把他从监狱里弄出来，可等我告诉他钱是怎么赚来的，他就打我。可你现在非要上这儿来，上这没人要你的地方来。没人请你来这儿啊。没人关心你到底害不害怕。你害怕吗？你还没有真正害怕的胆量，就跟你没胆量爱得死去活来一样。"

"我会给你钱的，"谭波儿悄声说，"随便你开口要多少。我父亲会给我的。"女人注视着她，脸上一无表情，跟她刚才讲话时一样僵硬死板。"我会送你衣服的。我有一件新的皮大衣。圣诞节以来才穿的。还跟新的一样。"

女人笑了起来。她的嘴巴在笑,但没有任何声音,脸部的肌肉纹丝不动。"衣服?我以前有过三件皮大衣呢。我把其中的一件送给了酒馆边的胡同里的一个女人。衣服?上帝啊。"她突然转过身子。"我去找辆车。你离开这儿,再别回来。听见没有?"

"听见了。"谭波儿低声说。她呆呆地站着,面色苍白,像个梦游者,注视着女人把肉抄到大盘子里浇上肉汁。她从烤箱里拿出一盘小圆饼,放在一只盘子里。"要我帮忙吗?"谭波儿低声说。女人一言不发。她端起这两只盘子,走出门外。谭波儿走到桌边,从香烟盒里取出一支,怔怔地站着,看着灯发愣。半边灯罩给熏得黑乎乎的。灯罩上有道裂缝,一条细细的银色弧线。灯是铁皮做的,细颈处有一圈油污。她就着灯火点香烟,不知怎么一来就点着了,谭波儿想,手里拿着香烟,眼睛望着摇曳不定的灯火。那女人回来了。她撩起裙子的一角,裹着灶上熏黑的咖啡壶,把它拎下来。

"我来拿好吧?"谭波儿说。

"不用。来吃晚饭吧。"她就走出去了。

谭波儿站在桌边,手里还拿着香烟。炉灶的阴影投射在孩子躺着的木箱上。他躺在高低不平的褥垫上,只看得见一连串淡淡的黑影,显出一些柔和细小的弧线。她走到木箱边,低头凝望孩子灰白色的面庞和发青的眼睑。一片淡淡的影子环绕着孩子的脑瓜,停在他湿漉漉的脑门上;一条细胳膊向上举着,握着拳头靠在脸颊边。谭波儿俯身在木箱上。

"他快死了。"谭波儿轻声说。她弯着腰,身影高高地投射在墙上,上衣走了样,歪戴的帽子奇形怪状,露在帽外的头发更是丑陋可怕。"可怜的小娃娃，"她轻轻地说，"可怜的小娃娃。"男人们的嗓门越来越高。她听见过道上一阵杂乱的脚步声，挪动椅子的嘎嘎声，还有那个哈哈大笑过的男人又笑了起来。她转身一动不动地望着门口。女人走了进来。

"快去吃你的饭吧。"女人说。

"汽车呢，"谭波儿说，"趁他们在吃饭，我可以走了。"

"什么汽车？"女人说，"去吃饭吧。没人会对你使坏的。"

"我不饿。我今天还没吃过东西。可我一点都不饿。"

"去吃你的晚饭吧。"女人说。

"我等着跟你一起吃。"

"去吧，去吃饭。我今天晚上还得把这儿收拾好呢。"

第八章

谭波儿脸上带着畏缩讨好的表情从厨房走进餐厅；她刚进屋时什么都看不见，两手裹紧着上衣，帽子朝上推到后脑勺，仍是那个使她显得放荡轻佻的角度。过了一阵，她看见了汤米。她径直朝他走去，仿佛一直在找他似的。有样东西挡住了她：那是条坚硬的胳膊；她眼望着汤米，想要躲开这胳膊。

"上这儿来，"高温在桌子对面叫她，他把椅子往后挪动，发出嘎嘎声，"你绕到这儿来。"

"出去，老弟，"拦住她的人说，她这时认出这就是那个老在笑的男人，"你喝醉了。小妞儿，上我这儿来。"他那硬邦邦的胳臂搂住了她的腰。她使劲挣扎，同时紧张地对汤米微笑。"躲一边去，汤米，"那人说，"你怎么一点规矩都没有，你这胡子拉碴的狗杂种？"汤米嗨嗨一笑，把椅子在地板上拖动得嘎嘎响。那人抓住了谭波儿的手腕往身边拉。高温在桌子对面站起来，用桌子撑住身子。她边对汤米微笑边挣扎，使劲想掰开那人的手指。

"别胡来，凡。"戈德温说。

"来吧，就坐我腿上。"凡说。

"放开她。"戈德温说。

"谁敢命令我？"凡说，"谁那么了不起？"

"放开她。"戈德温说。于是她自由了。她慢吞吞地开始朝后退。身后,那正端着盘子进屋的女人闪到一边。谭波儿还带着僵硬费劲的笑容,退出餐厅。到了过道上,她转身就跑。她一直冲下门廊,冲进乱草丛,一直向前飞奔。她跑到路口,在黑暗中沿着路跑了五十码,然后脚不停步地又侧转身子跑回大屋,跳上门廊,蜷缩在门口,这时正巧有人从过道上走过来。原来是汤米。

"噢,你在这儿。"他说。他有点别扭地塞给她一样东西。"给。"他说。

"什么东西?"她低声说。

"一点点吃食。我相信你从早上到现在还没吃过东西呢。"

"是的。连早饭都没有吃。"她轻轻地说。

"你吃上几口就会好受些。"他边说边把盘子塞给她。"你就坐在这儿吃上几口,没人会来打搅你的。这些家伙真该死。"

谭波儿靠在门上,躲开他那模糊的身影,从餐厅里折射出的光线把她苍白的小脸照得像个鬼怪似的。"那位太太——太太……"她轻声说。

"她在厨房里。要不要我陪你回到那儿去?"餐厅里响起挪动一把椅子的嘎嘎声。一眨眼工夫,汤米看见谭波儿已经在小路上了,纤细的身子一动不动地呆住了一会儿,仿佛在等候身上某些掉在后面的部位赶上来。接着,她像个影子似的绕过房角消失了。他站在门口,手里还端着那盘食物。然后他扭头向过道深处望去,正好看到她在黑暗里向厨房奔去。"这些家伙真是该死。"

其余的人回到门廊时他还站在那里。

"他还拿着盘吃的东西,"凡说,"他想用一盘火腿换个过瘾的机会。"

"换个什么？"汤米说。

"听着。"高温说。

凡一巴掌打掉汤米手里的盘子。他转身对高温说，"难道你不满意吗？"

"对，"高温说，"我不满意。"

"那你打算怎么办？"凡说。

"凡！"戈德温说。

"难道你以为自己很了不起，可以不满意？"凡说。

"我就是很了不起。"戈德温说。

凡朝房后的厨房走去，汤米尾随着。他在厨房门外站住了，听凡在屋里说话。

"小东西，跟我出去散散步吧。"凡说。

"滚出去，凡。"女人说。

"出去散会儿步吧，"凡说，"我是好人。鲁碧可以作证。"

"快滚出去，"女人说，"你要我去把李叫来？"凡背对着灯站着，穿着卡其衬衫和紧身马裤，耳后，梳得油光整齐的金发边夹着一支香烟。隔着桌子，谭波儿站在女人坐着的椅子的后边，嘴唇微微张开，两眼黝黑。

汤米拿着酒罐回到门廊，对戈德温说："那几个家伙干吗老缠着那姑娘？"

"谁缠着她了？"

"凡呀。她怕极了。他们干吗不放开她？"

"这事跟你无关。你别卷进去。听见没有？"

"这些家伙该放开她,别老缠着她。"汤米说。他靠墙蹲下。大家把酒罐传过来递过去,边喝边聊天。汤米全神贯注地听他们说话,对凡讲的有关城市生活的粗俗而无聊的故事听得如痴如醉,不时发出一阵狂笑,轮到他时还喝上一口酒。凡和高温讲得起劲,汤米倾听着。"他们两个憋着劲儿,要打起来了,"他对坐在身边椅子里的戈德温悄声说,"听他说了没有?"那两个人都提高了嗓门;戈德温轻快敏捷地从椅子里站起来,两脚踩在地板上,发出轻微的咚咚声;汤米看到凡站着而高温正抓住了椅子背,使身子挺直地站着。

"我从来没说过——"凡说。

"那就别说了。"戈德温说。

高温嘟囔了一句。这个该死的家伙,汤米想。连话都不会说了。

"闭嘴,你这个人。"戈德温说。

"想说说关于我的——"高温说。他动起来了,靠着椅子摇晃着。椅子倒下来了。高温笨拙地朝墙上摔去。

"老天爷啊,我要——"凡说。

"——吉尼亚绅士;我才不——"高温说。戈德温用胳膊向后一揉,把他推开,然后一把抓住了凡。高温摔倒在墙上。

"我说坐下,你们就得坐下。"戈德温说。

此后,他们安静了一会儿。戈德温又坐在椅子里。他们又开始传着酒罐聊天,汤米在一边听着。但他马上又想起了谭波儿。他觉得自己的两只脚在地板上摩擦着,全身抽动起来,难受极了。"他们不该去惹那个姑娘,"他对戈德温轻声说,"他们不该老缠着她。"

"这不关你的事儿,"戈德温说,"让这些该死的……"

"他们不该老缠着她。"

金鱼眼走出门来。他点起一支香烟。汤米望着他两手中的火光一下子照亮了他的脸庞,看到他的面颊因吸烟而收缩;他的目光追随着火柴梗像颗小彗星似的落进杂草丛里。他也一样,他说。他们俩;他的身体慢慢地抽搐起来。可怜的小东西。我真想上谷仓去呆一阵子,我不想去才不是人呢。他站起身,无声无息地在门廊上行走。他走下门廊,走上小路,拐到房子后方。他看见一扇窗户里亮着灯。那里从来没有住过人,他站停下来说,接着又说,这是她过夜的地方吧,然后便走到窗前向屋里望去。上下推拉的窗的下半扇拉了下来。一张生锈的铁皮钉在窗框没有玻璃的一小格上。

谭波儿正坐在床上,两腿盘在臀下,腰板挺直,双手放在膝头,帽子扣在脑后。她看上去很弱小,她坐着的这副姿态和十七岁多的大姑娘的肌肉和神经组织的发育状态不相称,倒更符合八九岁的孩童的模样。她两肘紧靠着身体两侧,脸转向用一张椅子顶着的房门。房间里只有一张铺着一条褪色百衲被的床和一把椅子。墙上曾经刷过灰泥,但不少地方的灰泥已经开裂甚至剥落,露出里面的板条和已经霉烂的模制成型的布条。墙上挂着一件雨衣和一个带卡其布套的水壶。

谭波儿的脑袋开始转动起来。它转得很慢,仿佛在追随着墙外某人的行动。她的脑袋最大限度地向后转,尽管其他肌肉都一无动作,就像用硬纸板做的复活节装糖果的玩具那样[①],她头朝后地坐着一动也不动。然后脑袋缓慢地往回转,仿佛随着墙外看不见的脚步在一步步地

[①] 指复活节装糖果的兔型盒。兔子的脑袋为盒盖,拧紧盒盖时脑袋与身体的方向往往不一致。

转，最后转回到面向顶着门的椅子时便停住不动了。过了一会儿，她的脸转向正前方，汤米看着她从长筒袜子的袜统口摸出一块小表，看了一眼。她手拿小表，抬起头来直视着他，眼睛像两个深洞似的平静而空荡荡的。过了一会儿，她又低头看了一眼小表，然后把表放回袜统里。

她从床沿站起来，脱掉外衣，静静地站着，单薄的衣衫下，她的身体瘦得像支箭，低垂着头，两手在胸前相握。她又在床沿坐下。她两腿并拢地坐着，低垂着头。她抬起头来，看看屋子四周。汤米听见黑暗的门廊里传来的说话声。声音响了起来，然后落下去，成为一片持续的嗡嗡声。

谭波儿一下子跳起身来。她解开衣裙，在脱衣服时，两条细胳臂高高地在头前交叉成拱形，投射在墙上的影子把她的动作变得很滑稽。她一下子就脱下了衣服，身子稍稍蜷缩，在单薄的内衣下显得格外瘦削。从裙衫下钻出来的脑袋正对着那抵着房门的椅子。她扔掉衣裙，伸手去拿外套。她摸索着抓起外套，往身上呼地一披，两手乱找袖子。接着，她使劲揪住外套贴紧胸口，飞速转过身子，直勾勾地望着汤米的眼睛，又侧转身子，奔跑了几步，扑到椅子上。"这些该死的家伙，"汤米悄声低语，"这些该死的家伙。"他听见他们在前面门廊上说话的声音，身子又慢慢地抽搐起来，非常不好受。"这些家伙真该死。"

他再度向屋里张望时，谭波儿正朝着他的方向走来，拽紧外套裹着身子。她从钉子上取下雨衣，罩在自己的外套外面，系上带子。她取下水壶，回到床边。她把水壶放在床上，从地板上拎起衣裙，用手掸去灰土,仔仔细细地叠起来,放在床上。然后她掀开被子,露出床垫。床垫上没有床单也没有枕头,当她触摸床垫时,里面的干玉米壳发出轻微的声息。

她脱掉便鞋,把鞋放在床上,钻到被子下面。汤米听得见玉米壳的窸窣声。她没有马上躺下去。她静悄悄地端坐着,腰板挺得笔直,帽子挺潇洒地戴在后脑勺上。接着她把水壶、衣裙和鞋子放在脑袋边,拉拉雨衣,遮住了双腿,然后躺下去,把被子拉上来,可她又坐起来,摘掉帽子,甩开头发,把帽子和其他衣着放在一起,准备再躺下去。但她又停了下来。她解开雨衣,不知从哪里掏出一个粉盒,对着粉盒里的小镜子又照又看,用手指摊开抖松头发,往脸上扑粉,然后放回粉盒,又看看表,才把雨衣系好。她把衣着一件件挪到被子下面,躺下身子,把被子拉到下巴处。嘈杂的人声安静了一会儿,寂静中,汤米能听见谭波儿身下床垫里的玉米壳轻微而持续地沙沙作响。谭波儿笔直地躺着,两手在胸前交叉,两腿并拢,显得端庄稳重,像古时坟墓碑石上镌刻的死者像。

门廊上没有说话的声音;他完全忘记了那些人,直到听见戈德温说"住手。住手!"一把椅子砰地倒了下来;他听见戈德温轻快而有力的脚步声;椅子顺着门廊乒乒乓乓地摔得直响,好像有人把它一脚踢开似的,而汤米蜷伏着,两只胳臂肘略微向外展开,像一头有所警惕的蹲伏着的大熊,听见轻微的干巴巴的声音,好像台球在互相撞击。"汤米。"戈德温说。

他在紧要关头能像獾或浣熊那样既滞重又如闪电般敏捷地行动。他绕过房角,冲上门廊,正好看到高温砰地撞在墙上,顺墙倒下,全身摔出门廊,一头扎进杂草丛,还看到金鱼眼人在门内,脑袋却已冲向门外。"抓住他!"戈德温说。汤米侧身一跃而起,扑到金鱼眼身上。

"我抓住了——哈!"在金鱼眼凶猛地抽打他的面孔时,他说,"你还想打人,对吗?别动,住手。"

金鱼眼住了手。"耶稣基督啊。你让他们在这儿坐了整整一晚上,没完没了地灌那该死的东西;我警告过你的啊。耶稣基督哪!"

戈德温和凡扭在一起,难解难分,成为一团阴影,两人都闷声不响,火冒三丈。"放开我!"凡大喝一声。"我要杀人——"汤米冲到他们跟前。他们把凡推到墙上,按住他,使他不能动弹。

"制服他了吗?"戈德温问。

"对。我制服他了。别动。你已经打败他了。"

"天哪,我要——"

"好了,好了;你干吗要杀了他?你又不能吃了他,对不对?你总不见得要让金鱼眼先生用他的自动手枪把我们大家都杀了?"

接着一切都结束了,像一阵愤怒的黑旋风般消退了,留下一片宁静的真空,他们在其中静悄悄地走动着,一面低声互相友好地指点着,一面把高温从乱草丛里抬了出来。他们把他抬进女人站着的过道,抬到谭波儿呆着的房间的门口。

"她把门锁上了。"凡说。他使劲敲门。"开门,"他大声喊道,"我们给你送客人来了。"

"小点儿声,"戈德温说,"这门上没有锁。推一下吧。"

"成啊,"凡说,"我来推。"他对着门就是一脚。那椅子给撞歪,弹了开去。凡撞开房门,他们都走进去,抬着高温的双腿。凡一脚把椅子踢到房间的另一边。接着他看见谭波儿站在床后的墙角里。凡的头发很长，跟女孩似的披散在脸的周围。他一甩脑袋，把头发甩到脑后。他下巴颏上血迹斑斑，他故意往地板上吐了口血。

"走啊，"戈德温说，抬着高温的肩膀，"把他放在床上。"他们把高温撂到床上。高温血肉模糊的脑袋耷拉在床沿外面。凡把他使劲一拽，砰地放在床垫上。高温呻吟一声，抬起一只手。凡用手掌打了他一个耳光。

"安静地躺着，你——"

"由他去吧。"戈德温说。他一把抓住凡的手。他们怒目相视了一会儿。

"我说了，由他去吧，"戈德温说，"滚出去。"

"得保护……"高温嘟嘟囔囔地说，"……姑娘。弗吉尼亚绅……绅士得保护……"

"滚出去，快。"戈德温说。

女人站在门口，站在汤米的身边，背靠着门框。廉价的外套内，她的睡袍一直拖到脚面。

凡从床上拿起谭波儿的衣裙。"凡，"戈德温说，"我说过叫你滚出去的嘛。"

"我听见了。"凡说。他抖开衣裙。然后他直眼望着在角落里两手交叉抱着肩膀的谭波儿。戈德温朝凡走去。他扔下衣裙，绕到床后。金鱼眼走进房门，手里夹着一支香烟。女人身旁的汤米倒抽一口冷气，参差不齐的牙缝里发出嘶嘶声。

他看见凡抓住了谭波儿胸前的雨衣，一使劲把衣服撕开。这时戈德温一步窜到凡和谭波儿之间;他看见凡躲闪一下,侧转身子,谭波儿摸索着扯紧撕破的雨衣。凡和戈德温这时到了房间的中央,互相挥舞着拳头,然后他注视着金鱼眼朝谭波儿走去。他用眼角余光看到凡躺在地板上,戈德温站在他身边,身子微微下弯,眼睛望着金鱼眼的后背。

"金鱼眼。"戈德温说。金鱼眼继续向前走,一缕烟飘在肩后,脑袋略微侧转,仿佛并不在看他要去的地方,歪叼的香烟让人觉得他的嘴似乎长在下巴颏的下面。"别碰她。"戈德温说。

金鱼眼在谭波儿前面站停脚步,脑袋还是微微侧转。他右手插在外套口袋里。汤米看见他另外一只手在谭波儿胸前的雨衣下摸索着,使雨衣隐隐约约地上下波动。

"把手拿开,"戈德温说,"拿出来。"

金鱼眼抽出手来。他转过身子,两手都插在衣兜里,瞪眼望着戈德温。他边望着戈德温边走向房门。然后他转身背对戈德温,走出房门。

"来,汤米,"戈德温平静地说,"抓住这里。"他们抬起凡,把他抬出去。女人闪开身子让路。她裹紧上衣,靠在墙上。房间的另一头,谭波儿蜷缩在墙角,摸索着撕破的雨衣。高温打起了呼噜。

戈德温回进屋子。"你还是再去睡觉的好。"他说。女人纹丝不动。他把手放在她的肩上。"鲁碧。"

"我去睡觉,好让你干完凡发起的而你不让他了结的把戏?你这可怜的傻瓜。可怜的傻瓜。"

"去吧,快,"他手扶着她的肩膀说,"再去睡觉吧。"

"那你就别回来了。别费心再回来了。我不会呆在那儿的。你不欠我什么情。别以为你欠了我的情。"

戈德温抓住她的手腕，稳稳地把两手分开。他缓慢而稳稳地把她的两手扭向她的背后，用一只手抓住这两个手腕。他用另一只手解开她的上衣。她的褪了色的粉红睡袍是用绉绸料子做的，还滚着花边，但跟晾在铁丝上的那件衣服一样，已久经洗涤，弄得花边成为乱糟糟的一团纱线。

"哈，"他说，"打扮好了要接客。"

"要是我只有这一件，那是谁的错啊？是谁的错啊？不是我的错。我以前只穿一夜就会把它送给黑鬼丫头。难道你以为现在会有个黑鬼肯要这一件而不当面笑话我？"

他松开她的上衣。他一放开她的双手，她就把上衣扯扯紧。他一手扶着她的肩膀，动手把她往门口推。"去吧。"他说。她的肩膀被推向前。但只有肩膀在移动，她的上半身向后转，脸朝后注视着他。"去吧。"他说。但只有她的躯体在转动，头和屁股依旧靠在墙上。他转过身子，穿过房间，很快绕过大床，用一只手紧紧抓住谭波儿雨衣的前襟。他开始使劲摇她。他用手里攥紧的一团雨衣前襟把她架起来，使劲摇她，她瘦小的身子在宽松的衣服里无声地抖动着，肩膀和大腿敲在墙上，咚咚直响。"你这小傻瓜！"他说，"你这小傻瓜！"她的眼睛睁得大大的，几乎是黑色的，灯光投射在她脸上，他的面孔映照在她的眼珠里，像是墨水瓶里的两粒豌豆。

他放开她。她身子开始往下沉，倒在地板上，身上的雨衣窸窣作响。他把她拉起来，又动手摇她，并回头看看那女人。"把灯拿来。"他说。女人没有反应。她微微低着脑袋；仿佛在若有所思地凝望着他们两个人。戈德温把另一只胳臂伸到谭波儿的腿下。她感到自己被一把抱了起来,接着便仰天躺在床上,就在高温的身边,随着玉米壳越来越弱的窸窣声而上下颠簸。她看着他走到壁炉架前,拿起油灯。那女人也扭过头来追随他的行动,由于灯光越来越近,她面孔的轮廓也越来越鲜明。"走吧。"他说。她转过身子,脸转向阴影,灯光这时照在她的背上,照在他放在她肩上的那只手上。他的影子笼罩了整个房间;那只胳臂的侧影向后伸出,被拉长到门上。高温打着呼噜,每一次呼吸的声音都忽然落到低处,憋住了一会儿,仿佛就要背过气去,再不能呼吸了。

汤米正在门外的过道里。

"他们去卡车那儿了吗?"戈德温说。

"还没有。"汤米说。

"你最好去照料一下。"戈德温说。他们继续往前走。汤米看着他们走进另外一扇房门。他然后向厨房走去,一双光脚在地板上没有发出任何声响,脖子略微前伸,倾听屋里的动静。厨房里,金鱼眼叉开腿跨坐在椅子上,在抽烟。凡站在桌子边,对着一块镜子的碎片用一把小木梳梳理头发。桌上有一块血迹斑斑的湿布和一支点着的香烟。汤米蹲在门外黑暗处。

戈德温拿着雨衣走出来时,他还蹲在那儿。戈德温没看见他,径直走进厨房。"汤米在哪儿?"他说。汤米听见金鱼眼说了句话,接着戈德温走了出来,凡跟在后面,这时雨衣搭在他的手臂上了。"来吧,快,"戈德温说,"咱们赶快把那玩意儿搬出去。"

汤米浅色的眼睛像猫眼似的微微发亮。当他跟在金鱼眼身后蹑手蹑脚走进房间、金鱼眼在谭波儿床前站下时,女人在黑暗中看得见他的眼珠。它们在黑暗里忽然对她闪烁发亮,他们然后走出去,她听见汤米在她身旁的呼吸声;他的眼睛又闪烁发亮,带着一种既愤怒又质问还有些悲哀的意味望了她一眼,这光亮就熄灭了,他悄悄地跟在金鱼眼身后走出房间。

他看见金鱼眼回到厨房,但他并没有立即跟他进屋。他在过道的门口站住了,就地蹲下。他的身体又犹犹疑疑、受惊害怕地抽搐起来,他的两只光脚随着身子的左右晃动在地板上蹭出轻微而有节奏的声响,两手在身体两侧缓慢地扭动。李也一个样,他说。连李也一个样。这些该死的家伙。这些该死的家伙。他两度偷偷地顺着门廊走到能看见金鱼眼的帽子投射在厨房地板上的影子的地方,然后回到过道,呆在谭波儿躺着、高温打着呼噜的那间房间的门外。第三次,他闻到了金鱼眼在抽的香烟味。要是他就这么呆下去才好,他说。李也一个样,他说,身子因麻木、带着难以忍受的痛苦而左右摇晃着。连李也一个样。

戈德温从斜坡走上来、踏上后门廊时,汤米正又蹲在房门外边。"你该死的干——"戈德温说,"你干吗不去呀?我到处找你,找了有十分钟啦。"他瞪了汤米一眼,然后往厨房里张望。"你准备好了吗?"他说。金鱼眼走到门口。戈德温又望着汤米。"你在干什么?"

金鱼眼看着汤米。汤米这时站了起来,一面望着金鱼眼,一面用脚蹭另一只脚的足背。

"你在这儿干什么?"金鱼眼说。

"不干什么。"汤米说。

"你在跟踪我吗?"

"我谁都不跟踪。"汤米闷声闷气地说。

"那好,可别干这种事。"金鱼眼说。

"来吧,"戈德温说,"凡在等着呢。"他们朝前走。汤米跟随着他们。他中途回头望望房子,然后拖着脚步跟在他们后面朝前走。他时不时觉得浑身涌起一阵阵剧痛,好像血液突然变得滚烫,然后渐渐消退,陷入小提琴声使他感到的那种温暖而苦恼的感觉。这些该死的家伙,他悄悄地说,这些该死的家伙。

第九章

  房间里一片漆黑。女人站在门里边，靠着墙，身上还穿着那件廉价的上衣和镶花边的绉绸睡袍，她就站在那没有装锁的门里边。她听见高温躺在床上打呼噜，听见其他的男人们在门廊上、过道里或厨房内走动聊天，隔着房门，他们的嗓音难以辨别。过了一会儿，他们都安静下来。于是她什么都听不见了，除了高温透过被打坏的鼻子和面孔的窒息声、呼噜声和呻吟声。

  她听见门打开了。一个男人走进来，他并不在乎发出任何声响。他走进屋子，从她身前不到一英尺的地方走了过去。他还没开口，她就知道这人是戈德温。他走到床前。"我要这件雨衣，"他说，"坐起来，把它脱下来。"女人听见谭波儿坐起来和戈德温从她身上脱下雨衣时床垫里的玉米壳的窸窣声。他返身走回来，走出屋子。

  她就站在门里边。她可以根据呼吸声分辨他们所有的人。后来，在她没听见任何声响也没有感觉到什么的情况下，门开了，她闻到了一种气味：金鱼眼抹在头发上的发蜡的香味。她没有看见金鱼眼走进屋子，走过她的身边；她并不知道他已经进屋了；她一直在等他；直到汤米跟着金鱼眼走进屋子时她才明白过来。汤米也悄无声息地进了屋子；要不是他的眼睛在发光，她也不会知道他和金鱼眼都进屋了。他的眼珠在她胸口高的地方亮了一下，带着深沉的质问的意味，然后光亮消失了，女人这时感到他就蹲在自己身边；她知道他也正朝那床望着，而金鱼眼正在床边黑暗中低头站着，床上躺着谭波儿和高温，高温正在打一声呼噜，憋住了一会儿，接着又是一声呼噜。女人就站在门里边。

床垫里的玉米壳没发出任何声响，她就依旧一动不动地站在门边，而汤米蹲在她身旁，面孔对着那张看不见的大床。这时她又闻到发蜡的香味。或者不如说，她感到汤米从她身边无声无息地走开，仿佛他悄悄挪动地位的动作在黑色的寂静里向她吹来柔和的凉风；她看不见他也听不见他的响动，但知道他随着金鱼眼蹑手蹑脚地走出屋子了。她听见他们顺着过道走出去；房子里的最后一点声响消失了。

她走到床前。谭波儿纹丝不动地躺着，女人摸到她时她才开始挣扎。女人摸到了谭波儿的嘴，把它捂住，尽管谭波儿并没打算尖声叫喊。她躺在玉米壳做芯子的床垫上左右翻滚，不断地转动脑袋，扯紧外套遮住胸部，但不吭一声。

"你这傻瓜！"女人压低嗓门恶狠狠地轻声说，"是我呀。是我，不是别人。"

谭波儿不再转动脑袋，但身子仍在女人手下左右折腾。"我要去告诉我父亲！"她说，"我要去告诉我父亲！"

女人一把抓住了她。"起来。"她说。谭波儿不再挣扎。她安静而僵硬地躺着。女人听见她大口喘着气。"你愿不愿意起来悄悄地走路？"女人说。

"好！"谭波儿说，"你肯把我送出这个地方吗？你肯吗？你肯吗？"

"肯的，"女人说，"快起来。"谭波儿爬起身来，玉米壳发出轻轻的沙沙声。在黑暗的深处，高温的鼾声既凶猛又深沉。刚下床时，谭波儿站立不稳。女人搀住了她。"别这样,"女人说,"你千万不能这样。你必须保持安静。"

"我要穿衣服,"谭波儿轻声说,"我没穿什么衣服,只有……"

"你是要衣服,"女人说,"还是要离开这儿?"

"是啊,"谭波儿说,"什么都行。只要你能帮我离开这个地方。"

她们光着脚,像幽灵似的走动。她们离开了屋子,穿过门廊,走向谷仓。她们走到离屋子大约五十码的地方,女人站住了,转身一把揪住谭波儿的肩膀,把她拽到她跟前,她们的脸凑得很近,她悄声咒骂谭波儿,声音不高,犹如一声叹息,却是充满了怒气。然后她使劲推开谭波儿,两人又往前走。她们走进过道。里面一片漆黑。谭波儿听见女人在墙上摸索着。有扇门吱嘎吱嘎地打开了;女人拉着她的胳臂,引她走上一级台阶,走进一间铺着地板的房间,她摸到了墙壁,闻到了淡淡的带尘土味的粮食气息,女人随手关上了身后的房门。就在关门时,附近有样看不见的东西乱窜乱爬地冲了过去,只听得一阵轻轻的逐渐消失的像精灵的脚发出的声音。谭波儿急忙转过身子,一脚踩着脚下在滚动的什么东西,便朝女人跳去。

"只不过是只耗子,"女人说,但谭波儿扑在她身上,双臂搂住了她,拼命想提起两只脚,离开地面。

"一只耗子?"她哭哭啼啼地说,"一只耗子?开门!快!"

"闭嘴!闭嘴!"女人嘶嘶地说。她抓住了谭波儿,直到她安静了下来。然后她们并排靠墙跪下。过了一会儿,女人低声说,"那边有些棉籽壳。你可以去躺下。"谭波儿没有反应。她蜷缩在女人身边,缓慢地颤抖着,她们就这样靠着墙,蹲在漆黑的黑夜里。

第十章

女人做早饭时,那孩子仍然——或者已经——在炉灶后的箱子里睡熟了,这时她听见有人跌跌撞撞地跨过门廊,在厨房门口站住了。她回头张望时,看见一个失魂落魄、鼻青脸肿、血迹斑斑的鬼魂,她认出原来是高温。他两天没刮胡子,长满胡子碴儿的面孔青一块紫一块的,嘴唇给划破了。一只眼睛紧闭着,衬衣和上衣的前襟一直到腰部都血迹斑斑。他费劲地动着肿胀僵硬的嘴唇,试图说些什么。女人起先一个字都听不清楚。"去洗洗你的脸,"她说,"等一下。你进来,坐下来。我去拿脸盆。"

他望着她,费劲地试图说话。"噢,"女人说,"她没事儿。她在那边放粮食的小间里,在睡觉。"她不得不耐心地重复了三四遍。"在小间里。睡着了。我一直陪她到天亮。好了,去洗洗脸吧。"

高温稍微镇静了一点。他开始谈起找汽车的事。

"最近的地方是塔尔那里,离这儿有两英里,"女人说,"洗洗脸,吃点早饭吧。"

高温走进厨房,还在谈找汽车的事。"我去找辆车把她送回学校。总会有位姑娘帮她偷偷溜进学校的。那就万事大吉了。你说那样是不是就不会有问题了?"他走到桌旁,从烟盒里抽出一支香烟,两手哆嗦着,试图把香烟点着。他费了好大劲儿才把香烟送到嘴里,但根本点不上，最后还是女人过来给他拿着火柴才点上。但他只抽了一口便拿着香烟站着，用那只好眼睛茫然而吃惊地望着香烟。他扔掉香烟，转身朝门口走去，踉跄了一下，又站稳了身子。"找汽车去。"他说。

"先吃点东西吧，"女人说，"也许喝杯咖啡会让你舒服一点。"

"找汽车去。"高温说。他穿过门廊时，稍停了片刻，往脸上泼了点水，但对他的外观没起多大作用。

他离开房子时还是昏头昏脑而步履不稳，自以为是酒醉还未醒。他只依稀记得发生了什么事。他把凡和撞车事件搞混了，不记得别人把他打昏过两次。他只记得在天没太黑时曾晕倒过，并且自以为他酒醉后还没清醒过来。他走到被撞毁的汽车跟前，看见那条小路，沿着路走到泉眼边，喝了几口清凉的泉水以后，发现他想喝的是酒。他蹲在水边，用凉水洗脸，努力察看自己在破碎的水面上的倒影，口中多少绝望地悄声说耶稣基督啊。他想回那栋房子里去要杯酒喝，但他想到那就得面对谭波儿和那几个男人；他想到跟那些男人在一起的谭波儿。

他走到公路边时，太阳已经高高升起，天气暖洋洋的。我要多少梳洗一番，他说。并且找辆车开回来。我要决定在回城的路上跟她说些什么；他想到谭波儿将回到那些认识他的或可能知道他的人中间。我昏倒过两次，他说。我昏倒过两次。耶稣基督啊，耶稣基督啊，他悄声说，又羞又怒，痛苦万分，身子在那肮脏的血迹斑斑的衣衫里扭动起来。

由于空气新鲜，也由于走动，他的头脑开始清醒起来，然而随着他开始感到身子不太难受了，他的前途却变得更加黑暗了。家乡小镇、整个世界都开始显得像是绝境末路；是一个他必须永远在其中不断走动的地方，在他走过时，那些窃窃私语和探究的眼睛会使他整个身子躲躲闪闪，畏缩不前，等到十点左右，他走到他要找的那栋房子，却无法忍受再次面对谭波儿的情景。于是他雇了辆车，指点司机该去的方向，后来付了钱，自己继续向前走。过了一会儿，一辆向相反方向行驶的汽车停了下来，让他上车。

第十一章

谭波儿醒过来,全身紧紧缩成一团,躺在那里,一道道细栅栏形的阳光照在她脸上,像一把金叉的尖齿,而当稠黏的血液在麻痹了的肌肉里流动、产生一种又刺又痒的感觉时,她静静地躺着凝望头上的天花板。天花板跟墙壁一样,是用粗糙的板条胡乱钉成的,板条之间有又细又窄的黑色缝隙;墙角有把梯子,梯子顶端有个正方形的出口,通向黑黢黢的阁楼,那儿也投射着细条的阳光光束。墙壁上一些钉子上挂着破碎的干枯老化的马具,她躺着,心不在焉地扯着身下压着的东西。她抓了一把,抬起头来,看见松开的上衣里胸罩与短裤之间和短裤与长袜之间赤裸的肉体。接着她想起了那只耗子,便爬起身来,冲到门口,使劲抓门,手里还攥着那把棉籽壳,她的脸跟十七岁的姑娘们一样,由于睡眠不好而有些浮肿。

她以为门是锁上的,好一阵子打不开,麻木的双手在没有刨光的板门上乱抓,弄得听得见自己指甲的擦划声。门往外开了,她跳了出去。但她马上又蹦回来,回进小间,砰地把门关上。那瞎子正拖着脚用小快步从坡上走下来,用拐棍敲着地面,另一只手在腰部揪住一团裤腰。他经过小间,背带拖在屁股上,球鞋在过道的干草上拖曳着,不久就不见了踪影,只留下拐棍轻轻敲打那一排空的牲口棚隔栏的清脆声响。

谭波儿蜷靠在门上,扯住上衣裹紧身体。她听见他在后边某一间隔栏内的声音。她打开房门，向外张望，看到沐浴在五月灿烂阳光下的大房子，她感觉到安息日的宁静，想起那些姑娘和男友穿着新的春装走出宿舍，沿着有树荫的街道漫步走向那发出使人感到清凉的不慌不忙的钟声的地方。她抬起一只脚，察看被弄脏的袜底，用手掌抹抹，然后把另一只脚上的袜底也抹抹。

瞎子的拐棍又响了起来。她猛地缩回脑袋，关上房门，只留下一条缝隙，看着他从门前走过去，这时他走得慢一些了，边走边把背带往肩膀上拉。他登上坡道，走进大房子。她这才打开房门，小心翼翼地走出来。

她疾步走向屋子，路面粗糙，只穿着长筒袜子的双脚畏畏缩缩，简直不敢沾地，她边走边注意着屋内的动静。她走上门廊，进了厨房，收住脚步，在寂静中倾听。炉灶中没有火。灶上搁着熏黑的咖啡壶和一只油腻的煎锅；桌上胡乱堆着一些用过的脏盘碟。我从……从……起就没吃过饭。昨天是一整天，她想，但我当时没吃饭。我从……起就没吃过东西，而那天晚上参加舞会，我连晚饭都没吃。我从星期五正餐①以后就没吃过东西，她想。而现在已经是星期天了，她想到蓝天下使人感到清凉的教堂尖塔的钟声，钟楼四周鸽子柔和的咕咕声像是管风琴低音部乐声的回声。她回到门口，向外窥视。她然后裹紧着上衣，走了出来。

她走进房子，顺着过道朝前飞奔。太阳现在已经照在前门廊上，她伸长脖子奔跑着，两眼注视着围在门框中的那片阳光。门框中空无一人。她奔到入口右侧的那扇门，打开房门，一跃而入，关上房门，用后

---

① 在南方，由于农业习惯，正餐（dinner）常在中午或下午一两点钟吃。这是一天之内最丰盛的一餐。

背顶住门。床上没有人。一条褪了色的百衲被被弄成一团，横搁在床上。床上放着一只有卡其布套的水壶和一只轻便舞鞋。地板上放着她的衣裙和帽子。

她拎起裙子和帽子，努力用手和上衣的一角去擦掉上面的尘土。然后她开始寻找另一只鞋，掀开了被子，弯腰向床下寻找。最后她在壁炉的铁薪架和倒下的砖头堆之间的木柴灰堆里找到了那只鞋，鞋子侧放着，里面有半鞋灰，好像是有人把鞋踢进或扔进炉膛的。她把灰倒出来，用上衣把鞋擦干净，放在床上，拿起水壶，把它挂在墙上的钉子上。水壶上有"美国"两字和用模板印上的已经模糊不清的黑色号码。她然后脱掉上衣，穿上衣裙。

她长腿细胳臂，臀部小巧而高翘——是个已经不是孩子可还没有发育成妇人的娇小的、孩子气的身材——她迅速地走动着，捋平长筒袜，挣扎着套上单薄的紧身衣裙。现在我什么都能忍受了，她带着一种麻木而疲惫的惊讶神情，平静地想道；我就是什么都能忍受了。她从一只袜筒内取出一块系在半截黑缎带上的挂表。九点钟了。她用手指梳理纠结成一团的发髻，梳出三、四粒棉籽壳。她拿起上衣和帽子，又到门口倾听。

她回到后门廊。脸盆里留下一点儿脏水。她涮了脸盆，倒满了水，洗起脸来。有只钉子上挂着条脏兮兮的毛巾。她小心翼翼地用它擦脸，然后从上衣里掏出粉盒，正要对镜化妆，发现女人站在厨房门口望着她。

"早上好。"谭波儿说。女人把娃娃抱在髋关节处。孩子沉睡着。"你好，娃娃，"谭波儿弯下身体说，"你要整天都睡觉吗？看看谭波儿吧。"她们走进厨房。女人往一只杯子里倒咖啡。

"我想咖啡已经凉了，"她说，"除非你想生个火。"她从烤箱里拿出一盘面包。

"不用了，"谭波儿说，啜着半温不热的咖啡，她觉得五脏六腑像松散的弹丸一小团一小团地跟着液体活动起来。"我不饿。我两天没吃饭了，可不觉得饿。这是不是有点怪？我没吃饭有……"她望着女人的后背，表情僵硬、古怪、求饶似的。"你这儿没有盥洗室，对吗？"

"什么？"女人说。她扭头望着谭波儿，而谭波儿带着那种讨好、求饶的怪相看着她。女人从搁板上拿下一本邮购商品目录，撕下几张递给谭波儿。"你得去谷仓，跟我们一样。"

"是吗？"谭波儿握着纸说，"谷仓。"

"他们都走了，"女人说，"今天早上他们不会回来的。"

"是啊，"谭波儿说，"谷仓。"

"对；就是谷仓，"女人说，"除非你太纯洁了，不必干这种事。"

"是的。"谭波儿说。她望着门外，目光越过杂草丛生的空地。在昏暗的柏树之间，果园在阳光照耀下显得灿烂明亮。她穿上上衣，戴上帽子，朝谷仓走去，一手拿着撕下的书页，上面满是一幅幅晾衣服夹子、带专利的衣服脱水机和洗衣粉的铜图。她走上过道，停下脚步。把纸张折了又折，然后一面向前走，一面畏畏缩缩地朝那些空荡荡的牲口隔栏飞快地瞥视。她笔直穿过谷仓。谷仓的后门敞开着，门外是一大丛盛开着白色和淡紫色花朵的曼陀罗。她又走到了阳光下，走进草丛。然后她开始奔跑，几乎是脚不沾地地飞速奔跑，草丛中的巨大、潮湿、带难闻臭味的花朵抽打着她的小腿。她弯下身子，扭动着钻过一道由松垂的生了锈的铅丝做的围栏，在树丛里往山下奔跑。

山脚下，一块狭长的沙地把一个小山谷的两道斜坡一隔为二，沙地弯弯曲曲,在阳光照着的地方形成一连串光彩夺目的亮点。谭波儿站在沙地上,倾听洒满阳光的树叶间小鸟的啁啾,一面听一面四下张望。她顺着干涸的溪床来到一块突出的山肩所形成的一个纠结着荆棘的隐蔽处。头顶树枝上新长出的绿叶间还挂着那些没有落下的前一年的枯叶。她在那儿站了一会儿,带着绝望的神情反复折叠手里的纸张。她站起来时,看见沟顶闪烁发亮的树叶堆里有个蹲着的男人的身影。

一刹那间,她站着看到自己冲出自己的身体飞跑,掉了一只鞋子。她看着自己的两腿在沙地上轻快地移动着,穿过树荫下斑斑驳驳的阳光,跑了几码,然后侧转身子跑回来,一把抓起鞋子,又飞快地转身再跑。

她看到大房子时人正好对着前门廊。那瞎子正坐在椅子里,仰着脑袋晒太阳。她在树林边停下来,穿上鞋子。她跨过给踩坏的草坪,跃上门廊,顺着过道朝后跑。她跑到后门廊,发现谷仓门口有个男人正在朝大房子张望。她两大步就跨过门廊,进入厨房,只见那女人正坐在桌边抽烟,孩子躺在她的大腿上。

"他在偷看我!"谭波儿说,"他一直在偷看我!"她靠在门边,向外窥探,然后走到女人身边来,面孔瘦小苍白,眼睛像两个用雪茄烫出的空洞。她把一只手放在冰凉的炉灶上。

"谁在偷看?"女人说。

"是啊,"谭波儿说,"他躲在那边树丛里,一直在偷看我。"她朝门口看看,然后又望着女人,发现自己的一只手正放在炉灶上。她带着哭音尖叫起来,猛地缩回手,捂住了嘴,转身往门口跑去。女人一把抓住她的胳膊,另一只手还抱着孩子,谭波儿便反弹似的回到厨房里。戈德温正朝房子走过来。他看了她们一眼，便径自走进过道。

谭波儿挣扎起来。"放手，"她轻声说，"放手！你放手！"她身子一再向前冲，在门的边框上挤压女人的手，这才脱出身来。她一耸身跳下门廊，奔向谷仓，冲进通道，爬上梯子，手脚并用地钻出楼梯口，站起来，向着一堆烂干草跑去。

忽然，她的冲刺中断了，她头朝下地奔跑着；她看见自己的两条腿还在空中奔跑，她轻飘飘而又结结实实地朝天摔倒在地上，静静地躺着，仰望一个长方形的豁口，一些震动得嗒嗒响的松动的木板正在合上这个豁口。一些薄薄的灰尘穿过一狭条一狭条的阳光洒落下来。

她一手摸索着身下的东西，然后又想起了那只耗子。她整个身子鱼跃打挺，折腾了一通，终于在松乱的棉籽壳堆里站了起来，然后张开两手，保持了直立的姿势，两手撑在墙角的两边，脸蛋离那蜷伏在横梁上的耗子不到一英尺。一瞬间，她和耗子四目对视，然后耗子的眼睛突然像两只小电灯泡似的亮了一下，就在她往后一闪的当儿，耗子向着她的脑袋跳了过来，她脚下又踩着了什么在翻滚的东西。

她朝对面的墙角倒过去，脸朝下地摔倒在棉籽壳和散放在地上的几个啃得干干净净的玉米棒子上。有样东西撞在墙上，反弹回来打在她的头上。耗子这时也在那个角落里，正伏在地板上。它和她的脸又相距不到一英尺，它的眼睛一亮一暗，仿佛受着肺部呼吸的控制。接着它直立起来，背对墙角，前脚缩在胸部，对着她用细小悲哀的嗓门吱吱地尖叫起来。她望着耗子，手脚并用地向后倒退。她站起来向房门冲去，一面使劲捶门，一面转脸望着耗子，身子弓起，使劲顶在门上，两只光手在门板上乱摸乱刮。

第十二章

女人抱着孩子站在厨房门口,一直等到戈德温从大房子里走出来。他晒黑了的脸上,鼻翼显得白得出奇,她就说:"天哪,难道你也喝醉了?"他顺着门廊走过来。"她不在这儿,"女人说,"你找不着她了。"他从她身边擦身走过去,身后留下一股浓郁的威士忌酒味。她转身望着他。他在厨房里飞快地四下巡视,然后转身望着她,只见她正站在门口,身子把门挡住了。"你找不到她了,"她说,"她走了。"他举起一只手朝她走来。"别碰我。"她说。他缓缓地抓住她的胳臂。他的眼睛有些充血。鼻翼像蜡一样惨白。

"把你的手拿开,"她说,"拿开啊。"他慢吞吞地把她从门口拉开。她开始骂他。"你以为你有办法?你以为我会让你这么干?或者让你跟别的小荡妇相好去?"他们面对面一动不动地站着,仿佛站好了位置准备开始跳舞,就这么站着,处于越来越剧烈的肌肉似乎即将崩裂的状态中。

他似乎根本没有做任何动作,只是随手一甩,便把她摔得转了一圈,撞在桌子上,她一只胳臂向后挥,努力保持平衡,身子向后仰,一只手在背后的脏碟子堆里摸索,眼睛却隔着怀里没有动静的孩子紧盯着他。他朝她走去。"别过来,"她说着,微微举起一只手,露出手里的切肉刀。"别过来。"他继续沉稳地朝她走去,接着她举起刀向他砍去。

他一把抓住她的手腕。她挣扎起来。他从她怀里夺过孩子,把孩子放在桌子上,然后抓住她向他脸上打来的另一只手,用一只手抓住她的两个手腕,另一只手打她耳光。这一下声音干巴巴的,并不清脆。他又打她耳光,正手打了一下,反手又打了一下,打得她的脑袋左右晃动。"我就是这样对付荡妇的,"他边打边说,"明白了吧?"他放开她。她跟跟跄跄地后退到桌子跟前,一把抱起孩子,半蹲半站地蜷缩在桌子与墙壁之间,看着他转身走出房间。

她抱着孩子,跪在角落里。孩子没有动过。她用手掌摸摸自己一边的面颊,再摸摸另一边的面颊。她站起身,把孩子放进箱子,从墙上一只钉子上取下一顶太阳帽,戴在头上。她从另一只钉子上取下一件曾经镶有一度是白色的毛皮的外套,抱起孩子,走出房间。

汤米正站在谷仓里,站在小间边,向着大房子张望。那老人坐在前门廊上,坐在阳光下。她走下台阶,顺着小路走上大路,头也不回地向前走去。等她走到那棵大树和撞坏的汽车边,她离开大路,拐上一条小道。走了大约一百码,她来到泉边,在旁边坐了下来,把孩子放在腿上,翻起裙边遮住他熟睡的小脸。

金鱼眼从灌木丛里走出来,穿着满是泥泞的鞋子,小心翼翼地走着,隔着泉水停下步,低头望着她。他倏地把一只手向外衣伸去,不耐烦地摸索出一支香烟,放到嘴里,用大拇指啪的划了根火柴。"耶稣基督啊,"他说,"我吩咐过他不该让他们整夜坐着灌那该死的迷魂汤。真该有条法律才是。"他转过脸朝大房子的方向望去。接着他又看看女人,看看她那太阳帽的帽顶。"一屋子的蠢货,"他说,"就是这么回事。还不过四天以前,我发现有个狗娘养的在这儿蹲着,问我读不读书。好像他想用本书什么的来向我突然袭击。拿了本电话簿来要我上当受骗。"他又朝大房子眺望,把脖子使劲向前伸了一下,仿佛领子系得太紧。他低头看着太阳帽顶。"我要进城去,明白吗?"他说,"我要离开这里。我受够了这一切。"她没有抬起头来看。她整理了一下遮在孩子面孔上的裙边。金鱼眼继续向前走,灌木丛里传来他轻巧的小心翼翼的脚步声。过了一会儿,脚步声消失了。沼泽中某个地方有只小鸟鸣叫起来。

金鱼眼还没走到大房子,便离开了大路,沿着一道树木丛生的斜坡走去。他走出树林时发现戈德温正站在果园中一棵大树后,向谷仓张望着。金鱼眼在树林外边停了步,看着戈德温的后背。他又往嘴里塞了一支香烟,手指伸进背心里。他小心翼翼地穿过果园朝前走。戈德温听见他的脚步声,回头望了他一眼。金鱼眼从背心里摸出一根火柴,划着了火,点上香烟。戈德温又回头去看谷仓,金鱼眼站在他肩旁,也向谷仓方向眺望。

"谁在那儿?"他说。戈德温一声不吭。金鱼眼从鼻孔里向外喷烟。"我要走了。"他说。戈德温望着谷仓,一言不发。"我说了,我要离开这儿。"金鱼眼说。戈德温咒骂他,没有扭回头来。金鱼眼默默地抽着烟,烟雾在他那平静、柔和、歹毒的目光前袅绕。过了一会儿,他转身向大房子走去。老人坐在阳光下。金鱼眼没有进屋。相反,他跨过草坪一直走,走进柏树林里,走到在大屋里的人看不见他的地方。接着,他转身穿过花园和那片杂草丛生的空地,从后门进入谷仓。

汤米蹲在小间门口，向大屋张望。金鱼眼抽着香烟，盯着他看了一阵子。然后他啪地摁灭香烟，把它扔掉，悄悄地走进一间牲口棚隔栏。马槽上面有一只堆放干草的木架，正好位于阁楼地板的一个缺口的下面。金鱼眼爬上木架，悄没声息地撑起身子从缺口钻进阁楼，他的紧身上衣套在瘦削的肩膀和后背上，绷得勒出一小道一小道的皱痕。

第十三章

谭波儿终于把小间的门打开时,汤米正站在谷仓的过道上。她认出了他,往后退了一步,身子半转着,接着又侧转身子,朝他跑过来,向他一跃,紧紧拽住他的胳臂。然后她看见戈德温正站在大屋的后门口,便侧转身子,奔回小间,又转过来,把头靠在门上,嘴里发出纤细的咿咿咿咿咿咿的声音,好像瓶子里的气泡声。她倚在门上,两手在门上乱抓乱摸,想把门拉上,同时听到汤米在说话。

"……李说那事不会伤你半根毫毛的。你只消平躺下来……"那是一种干巴巴的话音,丝毫也没有进入她的意识,她同样丝毫没看到他那蓬乱的头发下泛白的眼睛。她靠在门上呜咽着,一心想把门关上。后来,她感到他的手在笨拙地摸她的大腿。"……说那事不会伤你半根毫毛的。你只消……"

她看着他,他那只胆怯而粗硬的手还放在她的臀部上。"好的,"她说,"没问题。你别让他上这儿来。"

"你是说要我不让他们随便哪个进来?"

"对。我不怕耗子了。可你留下,别让他进来。"

"好吧。我会想办法不让人上你这儿来的。我就在这儿守着。"

"好吧。关上门。别让他进来。"

"行啊。"他动手关门。她靠在门上,向大屋张望。他把她往后推了一把,以便把门关好。"那事不会伤你半根毫毛的,李说的。你只消平躺下来就行。"

"好吧。我会躺下的。可你不能让他上这儿来。"门关上了。她听见他把门的搭扣扣上了。他晃了晃门。

"门拴上了,"他说,"谁也进不来找你了。我就在这儿守着。"

他蹲在草料里,望着大屋。过了一会儿,他看见戈德温走到谷仓后门口,朝他望着。汤米抱着膝盖,蹲着不动,眼睛又亮了起来,一瞬间,那浅色虹膜仿佛像小轮子般绕着瞳孔转起来。他蹲在地上,微微掀起上嘴唇,一直等到戈德温又返身走进大屋。然后他叹息了一声,把气吐出来,望着小间那光秃秃的门,眼睛里又燃起胆怯、探索、饥渴的火光,慢慢地用手抚摸小腿,身子微微地左右摇晃。后来他停了下来,身子变得僵直,看着戈德温疾步绕过房角,走进柏树丛。他僵直地蹲着,嘴唇微微掀起,露出参差不齐的牙齿。

谭波儿坐在棉花壳和乱七八糟的啃过的玉米棒子芯堆里,突然抬起头去看梯子顶端的活动门。她听见金鱼眼在阁楼里走动,接着出现了他的一只脚,在小心翼翼地踏上梯子的横档。他边转过脸看着她,边从梯子上倒退着走下来。

她一动不动地坐着,微微张着嘴。他站住了,看着她。他把下巴颏向前急促地伸了几下,仿佛领子卡得太紧。他抬起两只胳膊肘,用手掌捋了几下,还捋捋上衣的下摆,然后穿过她的视野,无声无息地走过去,一只手插在上衣口袋里。他拉拉门。接着他把门使劲地摇撼起来。

"开门。"他说。

门外没有反响。过了片刻,汤米轻声问:"谁呀?"

"开门。"金鱼眼说。门打开了。汤米望着金鱼眼。他眨巴了一下眼睛。

"我不知道你在里面啊。"他说。他试图越过金鱼眼的身边往小间里看。金鱼眼打了汤米一记耳光,把他朝后推开,侧身前倾,朝大屋方向张望。然后他盯着汤米。

"我不是告诉你别跟踪我吗?"

"我没有跟踪你,"汤米说,"我是在看住他。"他用脑袋向大屋方向猛地甩了一下。

"那就去看住他吧。"金鱼眼说。汤米转过头去朝大屋方向看,金鱼眼把手从上衣口袋里抽出来。

对坐在棉花壳和玉米棒子芯堆里的谭波儿来说,那声音比划火柴的声音响不了多少:那是个短促的、并不重要的声音,向那时那刻的情景压了下来,带着深邃的决定性,把这事彻底地孤立起来,而她就坐在那里,两腿朝前伸得笔直,两手手掌心向上,软弱无力地放在大腿上,她望着金鱼眼绷紧的后背和上衣肩部勒出的皱痕,这时他正半个身子俯在门外,手枪垂在身后,靠着身侧,顺着腿儿冒出一缕青烟。

他转身望着她。他轻轻地晃动一下手枪,放回上衣口袋,然后朝她走去。他走动着,却没有半点声响;那扇打开的门张着大口,反弹回来和门框相撞,但也没有发出任何响声;仿佛声音与寂静完全颠倒了。当他穿过强烈的窸窣声向她走来,当他推开窸窣声时,她听见了寂静,于是开口说我就要出事了。她是在对那位眼睛只是两团黄色凝块的老人说的。"我出事了!"她对着他尖声喊叫,而他坐在阳光下的椅子上,两手交叉在拐杖的顶端。"我告诉过你我要出事了!"她尖叫起来，把一字一句像炽热宁静的水泡落入它们周围明亮的寂静之中，终于他回过头来，两团黄痰似的眼睛漠然望着她的上方，她躺在粗糙的、洒满阳光的地板上，翻来覆去，拼命挣扎。"我告诉过你！我一直在告诉你啊！"

第十四章

女人坐在泉水边,熟睡的孩子躺在她腿上,她发现忘了带孩子的奶瓶。金鱼眼走了以后,她在那儿坐了快一小时。然后她回到大路上,朝大屋方向走回去。她抱着孩子快走到半路时,金鱼眼的汽车从她身边驶过。她听见了汽车开来的声音,便离开大路,站在那儿看着汽车从山上开下来。汽车里坐着谭波儿和金鱼眼。金鱼眼没有任何表示,然而谭波儿却直勾勾地望着女人。谭波儿从帽下直勾勾地望着女人的脸,但毫无认识她的表示。她的脸没转过来,眼神没有活跃起来;在路边的女人看来,谭波儿的脸像个死灰色的小面具,用一根绳子牵着从她面前拉过去,然后给拉走了。汽车向前行驶,在沟洼处一颠一簸,左右晃动。女人向大屋继续走去。

那瞎子正坐在前门廊上的太阳下。她走进过道时,脚步飞快。她对抱着的孩子的不大的分量毫无感觉。她在卧室里找到戈德温。他正在系上一条已经磨破的领带;她对他望望,发现他刚刮过胡子。

"啊,"她说,"这是怎么回事?怎么回事?"

"我得走到塔尔家去打电话找治安官。"他说。

"治安官,"她说,"对。好啊。"她走到床边,把孩子小心地放在床上。"去塔尔家,"她说,"对。他有电话。"

"你得做饭,"戈德温说,"还有爸呢。"

"你可以给他吃点冷面包。他不会在乎的。烤炉里还剩下一些呢。他不会在乎的。"

"我去吧,"戈德温说,"你呆在这儿。"

"上塔尔家,"她说,"好吧。"塔尔就是高温找到汽车的那户人家的主人。他家在两英里以外。塔尔一家人正在吃饭。他们叫她① 一起吃。"我只想用一用你家的电话。"她说。电话在餐厅里,在他们吃饭的地方。他们围着桌子吃饭,她开始打电话。她不知道治安官的电话号码。她十分耐心地对着话筒说,"我找治安官。"她接通了治安官的电话,塔尔一家人围着桌子坐着,桌上摆的是星期天的饭菜。"有个死人。你过了塔尔先生家再走大约一英里,然后向右拐……对,老法国人宅院。对。我是戈德温太太……戈德温。对。"

---

① 从这里起到本段末,写戈德温太太自己上塔尔家去打电话向治安官报告,尽管上一段中讲的是戈德温要去,而在第 115 页最后一行到 116 页第一行中戈德温却又说"……去通知治安官的人是我。"看来大作家也难免有打瞌睡的时候!

第十五章

班鲍在下午三四点钟抵达他妹妹家。她家离杰弗生四英里。他和妹妹相差七岁,是在杰弗生同一座房子里出生的,他们还拥有那房子的所有权,尽管在班鲍娶了一个姓米契尔的男人的离了婚的妻子并且搬到金斯敦去的时候,他妹妹曾主张把房子卖掉。班鲍不同意,虽然他已经借了钱在金斯敦盖了一座周围有平台的新平房,而且还一直在付贷款的利息。

他到达的时候,楼房里静悄悄的没人走动。他进屋坐在关了百叶窗的阴暗的客厅里,听见他妹妹走下楼来,她还没觉察他来了。他没作声。她几乎穿过客厅快要出去时,忽然停了下来,仔细看着他,没有流露出吃惊的神情,而是带着英雄雕像的那种坚不可摧的宁静和漠然的神情;她穿着一身白衣。"啊,霍拉斯。"她说。

他没有站起来。他多少带着一个做了错事的小男孩那样的表情坐在那儿。"你怎么——"他说,"蓓儿告——"

"当然。她星期六给我打了个电报。说你离家出走了,如果你上这儿来的话,让我告诉你她回肯塔基娘家去了,而且已经派人去接小蓓儿了。"

"哼,真该死。"班鲍说。

"为什么?"他妹妹说,"你自己要离家出走,可又不想让她走。"

他在妹妹家住了两天。她从来就寡言少语，像永久长在有遮拦的花园里而不是田野里的玉米或小麦，过着宁静的呆板单调的生活，而在那两天里，她在家里出出进进时总带着一副安详的、多少有点滑稽的悲哀的不以为然的神态。

晚饭后，他们坐在珍妮小姐房里，娜西莎送儿子上床睡觉以前总在那里看孟菲斯的报纸。等她走出了屋子，珍妮小姐看看班鲍。

"回家去吧，霍拉斯。"她说。

"不想回金斯敦，"班鲍说，"反正我本来就没打算在这儿长呆下去。我跑来找的可不是娜西莎。我才不会刚离开一个女人又跑去投奔另一个石榴裙呢。"

"要是你经常对自己这么说，也许有一天你真会相信的，"珍妮小姐说，"到那时你该怎么办？"

"你说得不错，"班鲍说，"到那时我就不得不呆在家里啰。"

他妹妹回来了。她带着一副鲜明的神情回到屋里。"该挨训了。"班鲍说。整整一天，他妹妹都没直接跟他说过话。

"霍拉斯，你打算怎么办？"她说，"你在金斯敦一定有些该处理的什么事务吧。"

"就连霍拉斯这样的人都该有吧，"珍妮小姐说，"我倒很想知道他为什么要离家出走。你发现床底下藏了个男人吗，霍拉斯？"

"可惜没有这么好的运气，"班鲍说，"那天是星期五，我突然明白我没法去火车站领那盒虾，然后——"

"可你已经这么做了有十年啦。"他妹妹说。

"我知道。正因为如此，我才明白我永远没法喜欢那虾腥味了。"

"这就是你离开蓓儿的理由？"珍妮小姐说。她望着他。"你花了很长时间才明白，一个女人要是当不了一个男人的贤惠出色的妻子，她再嫁一个男人也怕做不到，对吗？"

"不过不该像个黑鬼那样不辞而别啊，"娜西莎说，"而且还去跟酿私酒的和街头拉客的妓女厮混在一起。"

"得，他不是又离开那个街头拉客的妓女了，"珍妮小姐说，"除非你打算口袋里揣着那根橙木棒，在大街上到处转悠，一直走到她进城来。"

"对。"班鲍说。他又谈起他们三人，他、戈德温和汤米，怎么坐在门廊里，一边喝着坛子里的酒，一边聊天，而金鱼眼躲在屋里什么地方，隔一阵子就走出来要汤米点上盏提灯，陪他去谷仓，可汤米不肯，金鱼眼就骂他，而汤米坐在地板上，一双光脚在地板上磨蹭，发出轻微的沙沙声，咯咯地笑着说，"他这个人挺滑稽的，是不？"

"你可以感觉到他身上有枪，就跟你知道他有肚脐眼一样有把握，"班鲍说，"他不肯喝酒，因为他说一喝酒胃就难受，会跟狗似的反胃呕吐；他也不肯跟我们呆在一起聊天；他什么都不肯做：只是鬼鬼祟祟地走来走去，嘴里抽着烟，像个不高兴的病娃娃。

"戈德温和我两人正说得起劲。他曾经在菲律宾当过骑兵中士，在美国和墨西哥的边境上呆过，还在法国的一个步兵团里当过兵；他始终没告诉我为什么换了兵种，转到步兵团，还丢了军衔。他也许杀死过什么人，也许开过小差。他讲起马尼拉和墨西哥的姑娘们，那位弱智的汤米老是咯咯地笑，大口大口地喝酒，还把坛子朝我跟前推，叫我'再喝一点'；那时我才知道那女人就在门背后，在听我们说话呢。他们俩没有正式结婚。我对这一点完全有把握,就跟我知道那穿黑衣服的小矮个儿上衣口袋里有把扁平的小手枪一样。不过她就在那个破地方,干黑鬼才干的活儿,她以前发迹的时候可是手戴钻戒,有过自己的汽车的,而且是用比现金还硬的硬通货买的①。还有那个瞎子,坐在桌边等人喂他饭吃的瞎老头,跟盲人一样直着眼睛没有动静,好像他们正在听你听不见的音乐,你看到的只是他们眼珠的反面而已;他是戈德温领出屋去的,据我所知,领到跟地球完全没有关系的地方去了。我再没有见到他。我始终不知道他是谁,是谁的亲人。也许谁的亲人都不是。也许那个一百年前盖那房子的老法国人也不想要他,在他去世或搬家的时候干脆把他给留下了。"

第二天上午,班鲍从妹妹那里拿到了老家的钥匙,便进城去。房子在一条小街上,已经十年无人居住了。他打开屋门,把钉死窗户的钉子都拔了出来。家具还在原位没有搬动过。他穿着条新工装裤,拿着拖把和水桶,动手擦洗地板。中午,他到闹市区去买了被褥和一些罐头食品。下午六点,他还在干活,这时他妹妹坐着汽车来了。

"快回家去,霍拉斯,"她说,"难道你不明白你是干不了这活的?"

"我刚一动手就发现了,"班鲍说,"我一直认为只要有一条胳臂和一桶水,谁都能擦洗干净地板的,到今天早上才知道事情没那么简单。"

"霍拉斯。"她说。

"请记住,我是老大,"他说,"我要住在这儿。我有些被褥。"他去

---

① 指戈德温的女人鲁碧·拉马尔是用当妓女挣来的钱买汽车和珠宝的。

旅馆吃晚饭。他回来时,发现妹妹的汽车又停在门口车道上。黑人司机拿来了一包床上用品。

"娜西莎小姐说这是给你用的。"黑人说。班鲍把这包东西塞到壁橱里,把自己买来的那些铺在床上。

第二天中午,他在厨房桌子边吃冷饭时看到窗户外有辆大车在街上停了下来。三个女人从大车上下来,站在路边大模大样地梳妆打扮起来,捋捋平裙子,拉拉挺长筒袜子,彼此掸掸后背上的尘土,打开小包,拿出各种各样的珠宝饰物戴了起来。大车已经朝前走了。她们跟在后面步行,于是他想起来这天是星期六。他脱掉工装裤,换了一套衣服,走出屋子。

这条街通向一条更为开阔的大街。沿着大街向左走可以来到广场,那里两栋大楼之间有一群黑压压的、不断缓慢移动着的行人,像两行蚂蚁,而在人群的上方,在残留着积雪的橡树和洋槐丛里高高地耸立着法院大楼的顶塔。他朝广场走去。身边驶过些没人坐的大车,他也从更多的女人身边走过,她们中白人黑人都有,由于穿戴跟平时不一样而显得不自在,走路的样子也挺别扭,凭这两点,人们一眼就看出她们是乡下人,但她们自以为城里人会把她们看成是城里人,其实她们连自己人都骗不了。

附近的小街小巷里停满了拴在路旁的大车,骡马倒过来拴在车后,又拱又啃后车板上的玉米穗。广场周围停着两排排列整齐的小汽车,汽车和大车的主人们熙熙攘攘地挤满了广场,他们穿着工装裤和卡其服,围着邮购来的领巾,打着太阳伞,慢悠悠地在商店里出出进进,往人行道上扔果皮和花生壳。他们像羊群似的缓慢移动,安详泰然,无动于衷,把过道通路塞得水泄不通,上下打量那些来去匆匆、烦躁不安的穿着城里人的衬衣、戴着硬领的人,神情犹如牲口或神祇,宽厚温和、神秘莫测,他们的一举一动不受时光的控制,因为他们已经把时光留在那生活节奏缓慢而无法衡量的田野,那在午后的黄色阳光下长着玉米和棉花的碧绿的田野上了。

霍拉斯在人群里走动着,不时被这从容不迫的人流推搡着,却并不感到急躁。有些人他认识;大部分商人和专业人员都记得他还是小孩子时、青少年时或当同行律师时的模样——透过稀疏的洋槐树杈形成的屏障,他可以看到二层楼上他和父亲开业当律师时用过的又暗又脏的办公室的窗户,玻璃还跟当年一样没经过肥皂和水的洗刷——他不时停下脚步,在人流挤得无法挪动而又不忙于走动的地方跟别人说几句话。

杂货店和乐器店门口的收音机和留声机互争高低,使阳光灿烂的空气里充满了声响。在这类商店门口,一群群人常常站着听上一整天。打动他们的是那些曲调和主题都比较简单的歌谣,诉说着痛失亲人、因果报应和忏悔罪行的歌谣,歌声硬邦邦的带着金属味,歌词含混不清,由于静电干扰或唱针滑动而毛病更为突出——从仿木机箱或带碎石花纹的喇叭里响亮地发出的跟躯体脱离关系的人声,下面是那些听得陶醉的人的面孔,那些长年累月伺候专横傲慢的土地而形成的迟钝多茧的手,忧郁、严峻而又悲哀。

那是在星期六,在五月里:因农忙而无法离开土地的日子。然而到了星期一,他们又来了,大多数人都来了,一群群一簇簇地围着法院大楼在广场上站着,既然来了就在商店里买点东西,他们身穿卡其服、工装裤和没佩硬领的衬衣。整整一天,有一群人站在殡仪馆的门口,带课本和不带课本的男孩和少年靠在玻璃窗上，鼻尖贴得几乎扁平了，而那些胆大一点的孩子和城中比较年轻的男人三三两两地走进去看那个叫汤米的人。他躺在一张木桌上，光着脚，穿着工装裤，脑后被太阳晒得褪了色的鬈发黏结着已干的血，被火药灼焦了，而那个验尸官坐在他身边，低着头，努力想法确定他的姓氏。然而没有人知道他姓什么，连那些在乡下认识他有十五年的人和难得在星期六在城里看见他的商人都不知道，只记得他光着脚，没戴帽子，目光痴迷而茫茫然，嘴里含了一块薄荷大硬糖，面颊鼓起着，模样怪天真的。据大家所知，他没有姓氏。

第十六章

　　治安官把戈德温带进城来的那一天，监狱里关着一个杀死自己妻子的黑人杀人犯；他用把剃刀割断了她的脖子，因此从颈腔里汩汩地涌出的鲜血把她的整个脑袋冲得越来越拧向后方，但她还是从木屋的门口奔出去，在宁静的月光下的小巷里跑了六七步。这杀人犯总在黄昏时分靠着窗户唱歌。晚饭后，总有几个黑人聚集在窗户下的栅栏前——整洁的劣质毛料西装和汗迹斑斑的工装裤肩并肩地挤在一起——跟他一起合唱黑人灵歌，白人们则在临近夏天时才有的树叶阴影里放慢脚步或站定下来，倾听那些注定即将死亡的人和那个已经死去的黑人歌唱天国、诉说疲惫；有时候，也许在一支歌已唱罢、另一支尚未开始之际，从高高的黑暗深处，从笼罩着街角路灯的天堂树① 参差不齐的阴影里会响起一个浑厚的无根无源的嗓音，它烦躁而哀悼地说："还有四天啦！他们就要把密西西比州北部最出色的男高音歌手毁灭掉啦！"

　　有时候，在大白天，他会靠着窗户独自吟唱，但过不了多久，总会有一两个衣衫褴褛的孩子和无论是拿着还是没拿着送货篮子的黑人在栅栏前停下脚步，而街对面的加油站里，那些仰着身子坐在斜靠在油迹斑斑的墙上的椅子里的白人也会在滔滔不绝的闲侃胡聊中倾听他的歌

---

① 当地人给泡桐起的别名，因为这种树特别高大，一般可高达三十到六十英尺。

声。"只有一天啦!这可怜的狗杂种就要完蛋啦。唉,天堂里没有你的席位!唉,地狱里没有你容身之地!唉,监狱里也没有你容身之地!"

"这家伙真该下地狱,"戈德温说,突然扬起他那黑色的脑袋,那瘦削的、棕色的、略显烦躁的面孔。"我处在这样的地位,实在不配指望别人有这样的运气,不过我绝不……"他不肯讲出真相。"我没干那件事。你知道的,你自己明白。你知道我不会那么干的。我不想谈我的看法。我没干那件事。他们先得把那事儿安在我身上。让他们那么做吧。我不会有问题的。可要是我开口的话,要是我说出了我的想法或者我相信什么,那我就会有问题了。"他正坐在牢房的帆布床上。他抬头望着窗户:那是比马刀捅出的口子大不了多少的两个洞。

"他枪法真那么准吗?"班鲍问,"能穿过这样小的窗户打中人?"

戈德温看着他。"谁啊?"

"金鱼眼。"班鲍说。

"是金鱼眼干的吗?"戈德温说。

"难道他没有吗?"班鲍说。

"我把我要讲的话都讲了。我不必洗刷自己;该由他们来把这件事硬安在我身上。"

"那你干吗还要找律师?"班鲍说,"你要找我干什么?"

戈德温不再望着他。"只要你答应我等孩子长大到会数钱找零钱的时候,给他找个好一点的卖报望风的活儿①,"他说,"鲁碧会有办法的。对吗,老大姐?"他把手放在女人的头上,用手揉揉她的头发。她

---

① 美国在20年代禁酒时期,常有卖私酒的人派小孩在街头拐角处一面卖报一面替他们望风。这些小孩因此比单纯卖报要多赚些钱。

坐在行军床上,坐在他身边,孩子放在她腿上。孩子仿佛服过药似的纹丝不动地躺着,跟巴黎街头的乞丐所抱的孩子一个模样,消瘦的小脸上由于微微出汗而显得油光光的,瘦削的青筋毕露的头颅上,湿漉漉的头发像一圈阴影,铅灰色的眼皮下露出窄窄的月牙形的一点眼白。

女人穿着一条灰色的绉布衫裙,刷得干干净净,用手工很灵巧地将裙子补得整整齐齐。跟每条线缝平行的是一道别的女人在一百码外都能一眼看出的又淡又窄的发亮的面料①。一边肩膀上别着一件可以在一角商店或通过邮购方式买到的紫色装饰品;床上她身边放着一顶带面纱的灰色帽,面纱缝补得很整齐;班鲍望着帽子,想不起来以前什么时候曾见过带面纱的帽子,也想不起来从什么时候开始女人们不再戴面纱了。

他把女人带到他的家宅。他们走着去,她抱着孩子,班鲍拿着一瓶牛奶和一些食品,装在马口铁罐头里的食品。孩子还是熟睡着。"也许你抱得太多了,"他说,"我们给他找个保姆好吗?"

他让她呆在屋子里,自己返身回城,找到一架电话机,给妹妹家打了电话,问她要汽车。汽车来接他了。他坐在晚饭的饭桌边,把案情告诉他妹妹和珍妮小姐。

"你无非是在瞎管闲事!"他妹妹说,面容安详,嗓音气呼呼的。"你当初从另外一个男人手里抢走他的妻子和孩子的时候,我就认为真够可怕的,不过我想,至少他没脸再回这儿来了。你像黑鬼那样干脆走出家门离开她的时候,我认为这也够可怕的,但我就是不愿相信你打算就此永远离开她。可你接下来又毫无理由地坚持要离开这儿,打开家

---

① 指这件衣服的缝头曾放出来过,因此线缝处看得出放出来的一道道颜色与整件衣服不一的面料。

宅,让全镇的人都看见你亲自动手擦地板,像个流浪汉似的住在那儿,当大家料想你该住在这儿、认为不住在这儿是挺怪的时候,你却拒绝这样做;而现在呢,又故意跟一个你自己说过是街头拉客的妓女的女人,一个杀人犯的女人厮混在一起。"

"我没办法。她一无所有,一个亲人都没有。穿了件用旧衣服改的衫裙,非常整洁,但至少过时有五年了,还有那个一直都是半死不活的孩子,用块洗得几乎像布一样发白的毯子裹着。她对别人一无所求,只希望让她过自己的日子,一心一意想使她的生活有点意义,而你们这些有吃有住的贞洁的女人——"

"你是想说一个酿私酒的人没有钱请全国最出色的律师?"珍妮小姐说。

"不是这么回事,"霍拉斯说,"我相信他可以找一个更高明的律师。只是——"

"霍拉斯。"他妹妹说。她一直在注视他。"那女人在哪儿?"珍妮小姐也在盯着他,稍稍地往前挪动一下她坐在轮椅里的身子。"你把那个女人带进我的屋子里来了?"

"宝贝儿,那也是我的屋子啊。"她并不知道十年来他一直对他妻子撒谎,为了支付他在金斯敦为她建造的那座拉毛粉饰的房子的抵押贷款的利息,以便使他妹妹不至于把他在杰弗生的另一所房子(他妻子并不知道他仍然拥有对这座房子的一部分所有权)租给陌生人。"只要房子是空的,而且带着那个孩子——"

"那是我父母和你父母住过的房子,我在那房子里——我不答应。我不答应。"

"那就只住一个晚上吧。明天一早我就送她去旅馆。替她着想着想吧,她孤身一人,还带着那么个孩子……要是那是你和鲍里,而你丈夫被人指控犯了你明知道他没干过的谋杀罪——"

"我不想去设身处地为她着想。但愿我从来没听说过这件事。想到我哥哥——你难道不明白你老是得在事后给自己清理一通?倒不是你留下了什么垃圾;而是你——那——可你居然把个街头拉客的妓女,女杀人犯,带进我出生的屋子。"

"胡说八道,"珍妮小姐说,"不过,霍拉斯,这会不会成为律师们所谓的串通行为?默许纵容行为?"霍拉斯望着她。"在我看来,你跟这些人的交往已经有点超出办案律师的范围了。不久以前,你本人就在那出事的地点呆过。大家也许会觉得你知道的情况比你说出来的要多。"

"是这么回事,"霍拉斯说,"布莱克斯通太太。有时候我真纳闷我当律师怎么会没发财。也许等我老得可以去上你读过的那家法律学校,我才会发财。"

"我要是你的话,"珍妮小姐说,"现在就开车回城去,把她送到旅馆安顿下来。天色还不晚。"

"接下来就回金斯敦去,等候这件事平息下来,"娜西莎说,"这些人又不是你的亲人。你干吗非干这种事情不可?"

"我不能袖手旁观,听任不公正——"

"霍拉斯,你永远赶不上去对付不公正的事情。"珍妮小姐说。

"嗯,那么就算是对付事件内隐含的讽刺意味吧。"

"哼,"珍妮小姐说,"那一定是因为她是你认识的女人中唯一的对那大虾一无所知的人。"

"总而言之，我又跟往常一样说得太多了，"霍拉斯说，"所以我不得不信赖你们大家——"

"真是胡扯，"珍妮小姐说，"难道你以为娜西莎愿意让人知道她的亲人中会有人认识一些天生会干做爱、抢劫、偷盗一类事情的人吗？"他妹妹是有那种特点的。他在从金斯敦到杰弗生的四天旅途中一直料想他妹妹会这样无动于衷的。他从来没指望她——或任何女人——在有了一个自己生的要她抚育并担忧的孩子以后会非常关心一个既不是她丈夫又不是她儿子的男人。不过他料想他妹妹会这样无动于衷的，因为她有这种秉性已经三十六年了。

他到达城里那幢房子时，有一间屋子里点着灯。他走进屋子，在他亲手擦洗的地板上走过去，在擦洗的当时，他使用拖把的本事并不比预料的高明多少，也并不比十年前他用那把现已丢失的锤子把窗户和百叶窗钉死时所显示的本事高明，他甚至学不会开汽车。不过那是十年前的事了，他有了把新锤子替代那把旧的，用它来撬出那些钉得歪歪扭扭的钉子，把窗户给打开了，显露出擦洗过的地板，在蒙着布套的家具幽灵般的包围中，地板好像一潭潭死水。

女人还没上床，穿着齐整，只是没戴帽子。帽子就放在小孩睡的床上。床上并排放着的帽子和孩子使房间有一种有人暂时居住的味道，这比那盏临时代用的灯，比一个显然长期无人居住的房间里有一张体面的铺好的床那一自相矛盾的现象更明确无误地说明这一点。这种女人的作用像股电流，通过一根挂着一些一模一样灯泡的电线。

"我在厨房里有些东西要料理，"她说，"我去一下就回来。"

孩子躺在床上，躺在没有灯罩的灯光下，他不禁纳闷，为什么任何女人迁离一座房子时，即使什么都不拿也一定要把所有的灯罩都取下来；他低头看着孩子，只见他铅灰色的面颊上蓝绰绰的眼皮下微微露出一弯月牙形的蓝白色，头颅上盖着稀疏的湿漉漉的头发，两只小手手指蜷曲，向上举着，霍拉斯看得也浑身冒汗，心想老天爷啊。老天爷。

他思量着第一次见到孩子的情景，在那离城十二英里的破败的房子里炉灶后的一只木箱里躺着；想到金鱼眼黑色的身影笼罩着那座房子，就像一个比火柴大不了多少的凶险而不祥的阴影降落在另外一样熟悉的、处处可见的、比它大二十倍的东西上；想到他们两人——他本人和那女人——在厨房里，由放着干净但简陋的盘碟的桌子上一盏熏黑的带缺口的油灯照亮着，而戈德温和金鱼眼正呆在外面某个地方，那里的黑暗由于虫吟蛙鸣而显得宁静平和，但又处处让人感到金鱼眼黑色身影的存在和难以名状的威胁。女人从炉灶后拉出木箱，低头站着，双手还藏在她那没有样子的长袍里。"我只好把他放在这里面，让耗子咬不着他。"她说。

"噢，"霍拉斯说，"你有个儿子。"接着她让他看她的双手，用一种既自然又胆怯、既忸怩又骄傲的动作一下子把手伸出来，告诉他可以送给她一根橙木棒。

且说她回进房间，手里拿着一样用报纸小心翼翼包好的东西。她还没开口他就知道那是块刚洗干净的尿布。她说的是"我生了火把炉灶点着了。我想我做得有点过分了"。

"当然没有，"他说，"你明白吗，这只是律师的警惕性而已，"他说，"宁可让大家都暂时有点不方便，也不能影响我们的案子。"她似乎并没有在听他说话。她把毯子铺在床上，把娃娃抱起来放在上面。"你明白这是怎么回事,"霍拉斯说,"如果法官察觉我知道的比事实证明的还要多——我的意思是我们一定要想法让大家觉得为了那桩谋杀案拘留李只是——"

"你住在杰弗生吗?"她说,用毯子把孩子包起来。

"不。我住在金斯敦。不过我以前——我在这儿开过业。"

"那你在这儿有亲人。女眷。以前在这栋房子里住过。"她抱起孩子,把毯子塞好裹紧。她然后看着他。"没关系的。我明白这是怎么回事。你待我一向不错。"

"真该死,"他说,"难道你以为——来吧。我们去旅馆吧。你去好好休息一晚上,我明天一早就来。我来抱吧。"

"我已经抱好了。"她说。她对他静静地望了一会儿,张了张嘴想说些什么,但只是朝外走去了。他弄熄了灯,跟着她走出去,把门锁上。她已经上了汽车。他坐了进去。

"去旅馆,伊索姆,"他说,"我从来没学会开汽车,"他说,"有时候,当我想起我在学不会的事情上所花的那么许多时间……"

街道很窄,很幽静。如今已铺过路面了,不过他还记得从前下雨以后这条街便成了一道半是泥半是水的黑乎乎的沟渠,他和娜西莎在汩汩作响的水沟里把水泼弄得到处乱溅,他们的衣服撩得高高的,衬裤溅满泥水,追逐着十分粗糙简陋的用木头削成的小船,或者以炼金术士忘却一切的认真精神在一个地方踩了又踩,一心要踩出个烂泥坑来。他还记得当年这条街还没有铺水泥,两边是用单调乏味的红砖铺的走道,铺得并不整齐,被人踩进连正午的阳光都照射不到的黑色泥土里,形成一片艳丽的暗红色的花纹随意的镶嵌画那样的地段;当时,在靠近车道入口处的水泥地上有他和他妹妹的光脚踩在人造石板上留下的脚印。

一路上,灯光稀落,但街拐角处加油站的拱廊下却灯火辉煌。女人突然俯身向前。"伙计,请在这儿停一下。"她说。伊索姆刹住了车。"我就在这儿下车走着去。"她说。

"你绝对不能这样做,"霍拉斯说,"伊索姆,往前开。"

"别开;等一下,"女人说,"我们会遇上认识你的人的。还会经过那边广场的。"

"胡说八道,"霍拉斯说,"开呀,伊索姆。"

"那你下车去等着,"她说,"他可以马上开回来的。"

"你不能这么做,"霍拉斯说,"老天爷,我——往前开呀,伊索姆!"

"你最好别这样。"女人说。她在座位上倒身靠去。但她马上又俯身向前。"听我说。你一直待我很好。你是一番好意,不过——"

"你认为我这个律师不够格,是这个意思吗?"

"我想我只有接受已经发生的一切啦。斗是没有用的。"

"要是你这么想的话,当然没有用。不过你并不这么想。要不然你就会叫伊索姆开车送你去火车站的。对不对?"她正低头看着孩子,心烦意乱地拾掇着毯子去裹住他的脸。"你去好好休息一晚上,我明天一清早就过来。"他们驶过监狱——那是座被一道道淡淡的光亮无情地切割的方形建筑。只有楼中间那扇装着纵横交叉的细铁条的窗子比较宽大,可以称为窗户。那个黑人杀人犯就靠在这窗口;窗下沿着栅栏有一排戴着帽子或没戴帽子的脑袋和因劳动而变得宽厚的肩膀,交融混合的歌声深沉而忧伤地歌唱着天国和人的疲惫,逐渐增强,溶入那温柔而深不可测的暮色。"好了,你完全不必发愁。人人都知道李没干那件事。"

他们来到旅馆,停了车,有些推销员正坐在人行道边的椅子里倾听歌声。"我必须——"女人说。霍拉斯下了车,抓住了打开的车门。她还是坐着不动。"听着。我得告诉——"

"好吧,"霍拉斯说,伸出一只手。"我明白了。我明天一大清早就过来。"他扶着她走下汽车。他们走进旅馆,推销员们转过头来看她的大腿,接着他们走向账台。歌声追随着他们,但由于墙壁和灯光的关系变得微弱了。

女人抱着孩子静静地站在一边,等霍拉斯办好手续。

"听我说。"她说。茶房拿着房门钥匙朝楼梯走去。霍拉斯扶着她的胳臂,把她转向那个方向。"我得告诉你。"她说。

"明天早晨再谈吧,"他说,"我一大早就来,"他说,领她朝楼梯走去。但她仍然逗留着不肯迈步,只顾望着他;然后她转身面对着他,把胳臂松开。

"那么好吧。"她说。她用平稳的口气低声说,面孔微微俯向孩子:"我们没有什么钱。我现在就告诉你。最后一批货,金鱼眼没有——"

"是的,是的,"霍拉斯说,"明天早上第一件事情就谈这个问题。我会在你吃罢早饭的时候来。晚安。"他回到汽车边,又进入歌声的氛围。"回家吧,伊索姆。"他说。他们调转汽车,又驶过监狱、那个靠在铁窗上的身影和排在栅栏边的那些脑袋。投射在装有铁栅和窄小窗孔的墙上的天堂树斑驳的阴影在几乎无风的情况下可怖地颤抖跳动起来;深沉而忧伤的歌声掉在了后面。汽车继续向前行驶,平稳而迅捷,经过了那条狭窄的街道,"到了,"霍拉斯说,"你要上哪儿——"伊索姆猛地刹住汽车。

"娜西莎小姐说要送你回那边的家去。"他说。

"噢，是吗？"霍拉斯说，"她对我真好。你可以告诉她我改变了她的主意。"

伊索姆倒了车，拐进那条窄街，然后开进两旁长着柏树的车道，车灯的灯光朝前射进那未经修剪的大树下的通道，仿佛进入了大海最为深邃的黑暗深处，仿佛处身在连光亮都不能增添色彩的离群索居的直僵僵地站着的憧憧鬼影之中。汽车在大门口停下，霍拉斯下了车。"你可以告诉她，我离家出走不是来投奔她的，"他说，"这话你记得住吗？"

第十七章

监狱放风场一角的天堂树上,最后一批喇叭形的花已经谢落。它们厚厚地铺在地上,脚踩上去黏糊糊的,闻起来很香,香得过分,使鼻孔里满是过于浓郁、濒于腐烂的甜腻味,而如今到了夜晚,长足的树叶的边缘参差不齐的阴影在装有铁栅的窗户上摇曳着,单调地上下移动。这是大囚室的窗户,室内用石灰水刷白的四壁布满了肮脏的手印,用铅笔、钉子或刀刃刻出的或划掉的人名、日期和言词侮慢不敬的、淫秽的打油诗。天天晚上,那黑人杀人犯靠在那里,被透过颤动不止的树叶的空隙投射下来的阴影弄得脸上斑斑驳驳,跟楼下栅栏前的那些人齐声合唱。

有时候,他白天也唱,那时是独自吟唱,楼下只有放慢脚步的行人、衣衫褴褛的孩子和马路对面加油站的工人。"还有一天了!天堂里没有你的席位!地狱里没有你容身之处!白人的监狱里也没有你容身之处!黑鬼啊,你上哪儿去?你上哪儿去啊,黑鬼?"

每天清早,伊索姆拿来一瓶牛奶,霍拉斯便把牛奶送交住在旅馆里的女人,让孩子饮用。星期天下午,他出城去妹妹家。他把女人留在戈德温的牢房里,她坐在小床上戈德温的身边,娃娃躺在她膝上。娃娃一直像服过麻醉药似的漠然躺着,一动不动,合着眼皮,只露出一弯新月形的眼白,但今天他时不时微弱地抽搐一下,一面呜咽着。

霍拉斯上楼走进珍妮小姐的房间。他妹妹没有露面。"他不肯讲，"霍拉斯说，"他只说他们得证明是他干的。他说他们在他身上抓不到辫子，跟在孩子身上抓不到一样。他甚至不考虑交保释金获释，即使他可以的话。他说呆在监狱里好处更大。我想这样是更好些。他在那边大房子里的买卖完蛋了，即使治安官没发现他的锅和壶并且把它们砸坏——"

"锅和壶？"

"他的蒸馏器。他自首后，他们到处搜寻，最后找到了蒸馏器。他们知道他在干什么，不过他们一直在等候时机，等他倒霉出问题了，这才群起而攻之。那些老主顾，一直向他买威士忌的人，喝他白送的酒，也许还想背着他跟他老婆偷情。你真该去闹市区听听人家在怎么说。今天上午，浸礼会牧师拿他当布道的题目。不单单是个杀人犯，而且还是个奸夫；是个败坏约克纳帕塔法县自由、民主与新教环境的人。我听了觉得他认为应该用火烧死戈德温和那女人来给那孩子树立独一无二的榜样；而养大那个孩子，教他英语的唯一目的是要让他知道他是两个人作孽犯罪生出来的，而那两个人由于生了他而受到火刑。老天爷，难道一个男人，一个有教养的男人，真的可以……"

"他们不过是些浸礼会教徒罢了，"珍妮小姐说，"钱的问题怎么样？"

"他有一点钱，大约有一百六十元。藏在谷仓地下的一个铁皮罐子里。他们让他把罐子挖出来。他说'这点钱能让她过些日子，维持到这件事结束。那时候我们就要远走高飞。我们早就有这种打算。要是我当初听了她的话,我们早就走了。你一直是个好姑娘①'他说。她当时抱着孩子坐在小床上,坐在他的身边,他用手托住她的下巴,轻轻地摇晃她的脑袋。"

"幸好娜西莎不会参加陪审团。"珍妮小姐说。

"说得对。可那傻瓜根本不许我提一句关于那只大猩猩②曾到过他那儿的话。他说'他们没法证明我有问题。我以前也遇到过麻烦。多少对我有点了解的人都知道我绝对不会伤害一个低能儿的。'可这不是他不想让我提起那歹徒的理由。而且他知道我明白那不是理由,因为他只顾接着往下说,穿着工装裤坐在那儿,牙齿咬着烟袋,手里卷着香烟。'我要就呆在这儿,呆到事情结束。我在这儿更好些;反正在外边也什么事都干不成。而这点钱能让她对付着过日子,也许还能剩点钱给你,让你维持到能拿到更好的报酬。'

"可我知道他在想些什么。'我可不知道你原来是个胆小鬼③'我说。

"'你照我说的办④'他说。'我呆在这儿不会有问题的'。可他并不……"他坐着,身子朝前倾,慢慢地搓着手。"他没有认识到……真该死,你爱怎么说就怎么说吧,不过看到了邪恶,即使是无意之中看到的,你也会沾上邪气;你不能跟腐朽的现象争论不休,不能跟它打交道——你看到了吧,娜西莎刚听说时的那副样子,这事弄得她坐立不安,疑神疑鬼。我认为我是出于自愿才自动回到这儿来的,可现在才明白——你看她是不是以为我趁黑夜把那女人接到家里,或干了类似的事?"

---

①③④ 此三处作者有意不用逗号,造成急迫的语气。
② 指金鱼眼。

"我起先也是这么想的,"珍妮小姐说,"不过我现在以为她已经明白,为了你心里想的不管什么理由,你会加倍努力地工作,而这样做并不是为了别人可以提供或给你某些东西。"

"你的意思是,她会让我以为他们从来没有钱,而她——"

"这有什么不对?你没有钱不是也活得很好吗?"

娜西莎走进屋来。

"我们正在谈论谋杀和犯罪。"珍妮小姐说。

"那我希望你们已经谈完了。"娜西莎说。她没有坐下。

"娜西莎也有她的伤心事,"珍妮小姐说,"对不对,娜西莎?"

"出什么事了?"霍拉斯说,"她没有发现鲍里嘴里有酒味,对吧?"

"她被人抛弃了。她的男朋友走了,不理她了。"

"你真是个大傻瓜。"娜西莎说。

"是啊,"珍妮小姐说,"高温·史蒂文斯抛弃了她。他去奥克斯福参加舞会以后都没回这儿来跟她说声再见。他只不过给她写了封信。"她在椅子里四处摸索起来。"现在只要门铃一响我就一哆嗦,以为他母亲——"

"珍妮小姐,"娜西莎说,"把我的信给我。"

"等一下,"珍妮小姐说,"在这儿呢。嗨,你对这种不上麻药就给人的心脏动需要小心从事的手术的做法有什么看法?我开始相信我听到的这种种议论了,什么年轻人为了结婚而学会所有那一套,而我们当年是为了学会那一套才不得不结婚的。"

霍拉斯接过那张信纸。

娜西莎我的亲爱的

这封信没有发信地址①。我希望也能不写上日期。然而如果我的心跟这张纸一样空白，这封信就根本没有写的必要了。我不会再来看你。我难以落笔，因为我经历了一场我无法面对的变故。我在黑暗中只有一线光亮，那就是我没有伤害过任何人，除了我自己，这是我的愚蠢所造成的，而你将永远没法知道我愚蠢到了何等地步。毋庸讳言，正是因为我不希望让你知道我有多蠢，我才不会再来见你。尽量把我想得好一点吧。我希望我有权利说，如果你听说了我干的傻事，也别把我往坏里想。

高②

霍拉斯看完了这只有一张信纸的便条。他两手拿着信纸，一时没有吭声。

"老天爷啊，"霍拉斯说，"有人在舞场上搞错了，把他当成密西西比大学的学生了。"

"我认为，我要是你的话——"娜西莎说。过了一会儿，她说："霍拉斯，这事还要拖多久？"

"我要有办法的话，绝不多拖。如果你知道有什么办法可以使我明天就把他弄出监狱……"

"只有一个办法。"她说。她朝他看了一会儿。然后她转身向房门口走去。"鲍里上哪儿去了？晚饭快要好了。"她走了出去。

---

① 西方人写信时习惯在信纸上方注上日期和发信地址。
② 高温的简称。

"而你是知道那是什么办法的,"珍妮小姐说,"如果你没有一点骨气的话。"

"等你把另一个办法告诉了我,我才能知道自己有没有骨气。"

"回蓓儿身边去,"珍妮小姐说,"回家去。"

黑人杀人犯将在星期六被处绞刑,死的时候没有仪式,埋的时候也没有排场:头天晚上他还在铁窗前唱歌,向着窗下五月夜晚的柔和而包罗万象的黑暗大声号叫;第二天晚上他就会无影无踪,把窗户让给戈德温。戈德温已经具结保证听候法庭六月传讯,不交保释放。但他仍然不肯让霍拉斯透露金鱼眼当时正在谋杀汤米的作案现场。

"我告诉你,他们抓不到我的辫子。"戈德温说。

"你怎么知道他们没抓到你的辫子?"霍拉斯说。

"哦,不管他们自以为抓到了什么把柄,我在法庭上还是有机会申辩的。但只消让消息传到孟菲斯,说我讲了他也在现场,那你想我作证以后还有可能回这间牢房吗?"

"你有法律、公道和文明。"

"当然,要是我后半辈子永远蹲在那个角落的话。你过来。"他领着霍拉斯走到窗前。"对面那家旅馆有五个窗户可以望见我们这一扇。而我看见过他用手枪点燃二十英尺外的火柴。哼,去他的,要是我出庭作证的话,那天我就别想从法庭回这儿来了。"

"不过还有这种叫阻挠执法——"

"去他的阻挠执法。让他们来证明这事是我干的吧。汤米的尸体是在谷仓里发现的,子弹是从他背后打进去的。让他们把枪找出来吧。当时我在那儿,在等着。我没打算逃跑。我可以跑,但我没有。去通知治安官的人是我。当然,除了她和爸以外,我一个人在那儿是显得不对头的。要是我呆在那儿不走算是个借口的话,难道你根据一般事理不会认为我会想出个更好的借口吗?"

"人家不是根据一般事理来审判你的,"霍拉斯说,"你是由陪审团来作裁决的。"

"那就让他们对这事作出最好的判断吧。他们会得到的事实就是这么些。死人在谷仓里,没有被人碰过;我和我妻子、孩子和爸在大屋里;大屋里的东西一样都没动;是我去通知治安官让他来的。不,不;我知道这样说的话,我还可能有点机会,但只要我张嘴说了那个家伙的事,那我就完蛋了。我知道我会有什么下场的。"

"可你听到了枪声,"霍拉斯说,"这一点你讲过了。"

"没有,"他说,"我没有。我什么都没听见。我什么都不知道……你能到外边去等一会儿,让我跟鲁碧说两句话吗?"

她过了五分钟才来找他。他说:

"关于这事还有些我不知道的情况;你跟李没告诉过我。就是他刚才警告你别告诉我的事。是不是?"她抱着孩子走在他身边。孩子还不时哭上几声,瘦小的身子突然抽搐一下。她抱着他轻轻晃动着,对他轻声哼唱,努力安抚他。"也许你不该老抱着他,"霍拉斯说,"也许你可以把他留在旅馆里……"

"我想李知道该怎么办的吧。"她说。

"不过律师应该什么都知道,所有的事实都知道。由他来决定什么该讲什么不该讲。要不然的话,干吗请律师呢?这跟你花了钱请牙医治牙,可又不许他看你嘴里的牙是一个道理,难道你不明白吗?你不会这样对待牙医或其他医生的。"她一言不发,只顾低头看着孩子。孩子哭起来了。

"别哭,"她说,"啊,别哭。"

"而且更糟糕的是,还有种叫阻挠执法的情况。如果他发誓说那里没有别人,如果就要宣告他无罪——这种可能性不大——却突然冒出一个曾看见金鱼眼在现场、或者看见过他的汽车离开那地方的人,那大家就会说,如果李在无关紧要的小事上都没说实话,那我们为什么该在他处在生死关头的时刻相信他呢?"

他们走到旅馆门口。他给她开门。她并不对他看。她边往里走边说,"我想李最知道该怎么办吧。"孩子哭了起来,哭声微弱,痛苦地呜咽着。"别哭,"她说,"嘘——"

伊索姆先得去一个聚会处接娜西莎;等汽车在街角停下来接他时已经很晚了。有几盏街灯开始亮起来,人们已经吃过晚饭开始三三两两地朝广场走回去,但时间还早,黑人杀人犯还没开始唱歌。"他最好也快点唱,"霍拉斯说,"他只有两天好活了。"不过黑人还没站到窗前。监狱朝西;最后一抹暗淡的紫铜色暮色射在暗淡的铁栅和一只细小苍白的手上,一缕烟草的青烟却在几乎无风的情况下飘出窗口,四下散开消失了。"光是她丈夫呆在那里头就够糟糕了,可偏偏又加上那可怜的恶棍放开嗓门计算还有几天可活……"

"也许他们会等着把两个人一块儿绞死,"娜西莎说,"他们有时候是这么做的,对不对?"

那天晚上,霍拉斯在壁炉里生了堆小火。天气并不太凉。他现在在旅馆里吃饭，在家里只用一间屋子；其余的屋子又都锁上了。他想看点书，但很快便放下书来，脱了衣服上了床，看着炉火慢慢熄灭。他听见城中的大钟敲了十二下。"等这件事了结了，我想去欧洲，"他说，"我需要换换环境。不是我就是密西西比州，我们中间有一个得有点变化。"

也许还会有那么几个人聚集在栅栏前，因为这是那人的最后一个夜晚了；他那有着粗壮肩膀和小脑袋的身影会紧紧抓住了窗上的铁条，活像头猩猩，高声唱着，而天堂树那参差不齐的树叶的愁苦的阴影投射在他的身影上，投射在纵横交错的窗口，摇曳变化着，最后一批花朵已经凋落在人行道上，变成一摊摊黏糊糊的东西。霍拉斯在床上又翻了个身。"他们应该把人行道上那些讨厌的东西清扫干净，"他说，"该死。该死。真该死。"

第二天早上很晚了，他还在睡觉；他是在快天亮时才睡着的。有人敲门把他吵醒。那时候是六点半。他走去开门。门外站的是旅馆的黑人茶房。

"什么事？"霍拉斯说，"是戈德温太太让你来的吗？"

"她说要你起了床就去她那儿。"黑人说。

"告诉她我十分钟之内赶到旅馆。"

他进了旅馆，走过一个拿着那种医生用的小黑包的年轻人身边。他一直往前上了楼。女人站在半开的房门口，正朝过道张望。

"我到底还是把那医生请来了，"她说，"不过反正我本来就想……"那娃娃躺在床上，两眼紧闭，满脸通红，一头的汗，蜷缩的小手举在脑袋两边，仿佛被钉上十字架似的，他呼吸短促，嗓子里发出哨子似的喘息声。"他病了整整一夜。我出去弄了点药,想尽办法让他别闹,一直折腾到天亮。最后我找了医生。"她站在床边,低头看着孩子。"那儿有个女人,"她说,"一个年轻姑娘。"

"一个——"霍拉斯说,"噢,"他说,"是啊。你最好把这事告诉我。"

第十八章

金鱼眼驾车急驶，飞快地冲下土路，驶入沙地，车速极高，却又不慌不忙，毫无逃跑的架势。谭波儿坐在他的身边。她的帽子扣在后脑勺上，压扁的帽檐下露出一绺绺缠结的头发。她身子随着汽车的颠簸而软绵绵地摇晃着，脸部表情像是在梦游。她身子一歪，倒在金鱼眼身上，软绵绵地抬了一下手，作为本能反应。他并不把手松开方向盘，只用胳膊肘把她顶了回去。"振作起来，"他说，"来呀，打起精神来。"

汽车还没开到那棵大树，先从那女人身边驶过。她抱着孩子站在路边，衣裙的下摆翻上来遮住了孩子的脸。她从褪色的太阳帽帽檐下静静地凝视着他们，没有任何动作也没有任何手势，只是嗖地一下进入谭波儿的视线又飞快消失。

等他们快到大树跟前，金鱼眼使劲把汽车拐下大路，哗啦啦地撞进林下灌木丛，碾过横在地上的树梢，在芦苇折断时发出的一连串仿佛沿着战壕响起的步枪声中丝毫未减速地冲回到路面上。大树边侧卧着高温的汽车。谭波儿怔怔地漠然望着那汽车也飞快地在身后消失。

金鱼眼又飞速拐入沙地的车辙中。然而他的动作中毫无逃跑的样子：他只是带着某种恶狠狠的任性心情干着这一切，仅此而已。这是辆马力很大的汽车，即使在沙地里仍保持每小时四十英里的车速。汽车顺着狭窄的沟壑上了公路，然后向北行驶。谭波儿坐在他身边，绷紧着身子对付车子的颠簸,虽然汽车已经驶上了车轮的嘶嘶声越来越响的砂砾路面,变得平稳了,她呆呆地望着前方,这时,她昨天经过的道路在车轮下飞速后退,仿佛绕到某个线轴上去,使她感到腹内的鲜血在慢慢地渗漏。她没精打采地坐在座椅角落里,望着大地飞速平稳地向后掠去——开阔的视野中可见夹杂着开始凋谢的狗木花的松林;莎草;新种上棉花的绿色田野,静悄悄的十分安详,仿佛星期天有一种光和影组成的氛围——她并拢着双腿坐在座椅上,倾听血液炽热缓慢地渗漏,呆呆地自言自语,我还在流血。我还在流血啊。

这是个明亮温和的日子,一个变幻无常的早晨,充满了五月里那种难以置信的柔和的阳光,眼看中午即将来临,变得很热,高空中,大朵大朵的云彩像一团团掼奶油轻缓地飘动着,犹如明镜中的映象,它们的投影安详却飞速地掠过路面。这是个淡雅怡人的春天。果树在开出白花时已经长出了小叶子;它们始终未能达到前一年春天那种灿烂的白色景象,狗木树也是在长出叶子以后盛开,没等变得万紫千红就回复成为一片绿色。然而丁香、紫藤和紫荆,甚至那不起眼的天堂树,却是少有的茂盛灿烂,浓郁的花香顺着四月和五月的游移不定的和风飘出一百码。阳台边的九重葛的花丛该有篮球那么大了,该像气球似的轻飘飘地悬垂着,谭波儿茫然而怔怔地望着飞逝而过的路边景色,开始尖叫起来。

尖叫声初起时不过是一声呜咽,然后声音越来越响,被金鱼眼突然伸手止住了。她两手放在腿上,身子坐得笔直,放声尖叫,这时汽车猛地向外侧一滑,发出吱吱的声响,她尝到了他粗糙手指上的砂砾般的辛辣味,感到腹内鲜血在悄悄地渗漏。然后他一把抓紧她的脖颈,她便一动不动地坐着,嘴巴张得滚圆,犹如一个小空洞。他摇晃她的脑袋。

"住嘴,"他说,"不许出声;"他紧紧地抓住她直到她安静下来。"瞧瞧你自己吧。来照照镜子。"他用另一只手把挡风玻璃前的小镜子转过来,她望着镜子里自己的形象,望着后翘的帽子、纠结的头发和圆嘴巴。她开始边照镜子边在外衣口袋里摸索。他松开手,她掏出粉盒,打开粉盒照镜子,又抽泣了几声。她往脸上扑了点粉,抹了口红,把帽子戴好,对着放在腿上的粉盒的小镜子呜咽抽泣,金鱼眼观望着。他点上一支香烟。"难道你不害臊?"他说。

"我还在流血,"她抽抽搭搭地说,"我感觉得到。"她一手举着口红,望着他,又张开嘴来。他一把抓住她的脖颈。

"哼,闭嘴。你还哭不哭?"

"不哭了,"她带着哭音说。

"那就闭嘴不哭。好了。快快打扮好。"

她收起粉盒。他重新发动汽车。

路上星期天出游寻欢作乐的汽车多起来了——粘结着泥浆的小型福特牌或雪佛兰牌轿车;偶尔会有辆大一点的汽车飞速驶过,里面坐着衣着整齐的女人,放着沾满尘土的食品篮;还有坐满了乡下人的卡车,他们脸部表情很木然,衣服仿佛是用彩色木头仔细雕刻出来的;隔一阵子还会有一辆大篷马车或四轮单马的轻便马车。小山上一座久经风吹雨打的木结构教堂前的小树林里到处是拴着的骡马大车、车身撞坏的小汽车和卡车。树林渐渐让位给田野;房子越来越多了。地平线、一些房屋和一两座尖塔上低压着一片烟雾。砂砾地变成了沥青路,他们开进邓姆弗莱斯。

谭波儿像个大梦初醒的人,开始四下张望。"不要在这儿停下!"

她说,"我不能——"

"得了,别出声。"金鱼眼说。

"我不能——我也许——"她带着哭音说,"我饿了,"她说,"我一直没吃饭,自从……"

"哼,你才不饿呢。等我们进了城再说。"

她用茫然呆滞的目光四下张望。"这儿也许会有人……"他调转车头,朝一个加油站驶去。"我不能下车,"她带着哭音说,"血还在流,不骗你!"

"谁叫你下车了?"他下了车,隔着方向盘看着她。"你千万别动!"她看着他沿街走去,进入一扇门。那是家昏暗肮脏的糖果店。他买了包香烟,拿了一支叼在嘴里。"给我两三块糖。"他说。

"什么样的?"

"糖嘛。"他说。柜台上一个钟形罩下摆着一盘三明治。他拿起一块,往柜台上扔了一枚一元的硬币,便转身向店门走去。

"你的找头。"店员说。

"拿着吧,"他说,"这能让你快点发财。"

他看到汽车时,车里已没有人。他在离车十英尺处停下脚步,把三明治移到左手,那根未点着的香烟斜叼着,耷拉在下巴上。正在挂上输油软管的加油站工人看见了他,用大拇指朝楼房拐角指了一下。

拐角后面的墙上有个壁阶。墙上的凹处中放着只油脂桶,装了半桶废金属和橡皮条。谭波儿蜷曲着躲在桶与墙之间。"他差一点就看见我了!"她悄声说,"他几乎跟我打了个照面!"

"谁?"金鱼眼说。他回头往街上看了看。"谁看见你了?"

"他朝我笔直地走过来!一个小伙子。学校里的。他眼睛正朝着——"

"好了。出来吧。"

"他在看——"金鱼眼抓住她的胳臂。她缩在角落里,使劲甩着他抓住的胳臂,苍白憔悴的面孔从街角后面探出来。

"好了,出来吧。"接着他的手摸到她脖子后面,一把抓紧。

"啊呀。"她用哽咽的声音哭起来。仿佛他就在用那一只手在把她慢慢地拽得站起来。除此以外,他们之间没有别的动作。他们肩并着肩,几乎一般高,就像两个熟人在进教堂前得体地站住了打招呼。

"你出来不出来?"他说,"出来不出来?"

"我没法出来。血已流到我长筒袜子里了。你瞧。"她往后退缩,撩起裙子,接着放下裙子又站了起来,身躯向后弯,张开了嘴但出不了声,因为他抓住了她的脖颈。他放开手。

"你现在出来吗?"

她从桶后走出来。他抓住了她的胳臂。

"我外衣后面都是血,"她哭哭啼啼地说,"你看一看就知道了。"

"你没事的。我明天给你买一件。来吧。"

他们返身向汽车走去。走到街角,她又往回退缩。"你还想尝尝那滋味,是吗?"他悄声说,但没有碰她。"是吗?"她一声不吭地朝前走,坐进汽车。他握住了方向盘。"拿着,我给你买了块三明治。"他从口袋里掏出三明治,放到她手里。"好了。吃吧。"她顺从地咬了一口。他发动马达,上了去孟菲斯的路。她停止咀嚼,手里拿着咬过一口的三明治,又一次像个不知所措的孩子般张圆了嘴巴;他的手也又一次离开方向盘，掐住了她的脖颈，她就一动不动地坐着，直瞪瞪地望着他，嘴巴大张着，舌头上是嚼了一半的面包和肉。

他们在下午三四点钟抵达孟菲斯。在跟大马路平行的峭壁脚下，金鱼眼拐进一条狭窄的街道，街旁是被烟熏黑的带一排排木制门廊的木结构房屋，并不沿街，而是坐落在一块块没有草皮的土地上，上面偶尔孤苦伶仃地长着一棵耐寒抗旱、品种并不名贵的树木——干枯的被砍掉枝桠的玉兰树、发育不良的榆树或者开着枯槁的灰白色花朵的刺槐——夹杂着一座座汽车间的后端；一块空地上的一堆破铜烂铁；一家说不清楚是干什么的、店门低矮的铺子，洞穴般的店堂里有个铺着油布的柜台、一排没有靠背的圆凳、一把金属咖啡壶，有个围着脏乎乎的围裙、嘴里叼着根牙签的胖男子从昏暗的屋子里走出来，在门口站了一会儿，那效果犹如一张拍得很糟糕的毫无意义而带着不祥之兆的照片。从峭壁前，从被阳光明媚的天空鲜明地衬托着的那一排鳞次栉比的办公大楼的后面，顺着河面的微风高高地传来车辆来往的喧闹声——汽车的喇叭声、哐啷啷的有轨电车行驶声；街道尽头处的狭窄的空间突然像变戏法似的出现一辆有轨电车，然后带着震耳欲聋的轰响声消失了。一栋房子的二楼外廊上，有个只穿着内衣的年轻黑女人两臂撑着栏杆，正闷闷不乐地抽着香烟。

金鱼眼在一座昏暗肮脏的三层楼房前停了车，楼房的入口被一间略微歪斜的肮脏的有格条门的小隔间遮住。楼前肮脏的草地上有两只像软体虫似的长毛小白狗，一条狗的脖子上戴着根粉红色的缎带，另一条戴着根蓝色的缎带，它们带着既懒怠又可憎的矛盾神情在走动着。阳光下，它们的毛皮毫无光泽，仿佛是用汽油洗过的。

后来，谭波儿听见它们在她房门外呜咽哼叫，用爪子抓门或者在黑人女佣开门时一拥而入，笨拙地爬上床去，虚张声势而呼哧呼哧地趴到莉芭小姐丰满多肉的怀里，在她边讲话边用戴着戒指的手挥动一只金属大啤酒杯时努力去舔酒杯的边缘。

"孟菲斯城里，人人都能告诉你莉芭·里弗斯是什么人。你到街上去问随便哪个男人，不管是警察还是别的人，他们都认识我。我在这座房子里招待过孟菲斯一些最了不起的人——银行家、律师、医生——所有这些人。有一次，两位警察局的副巡官在我餐厅里喝啤酒，而警察局长本人正在楼上我的一个姑娘的房间里。他们喝醉了，跑上去撞开他的房门，发现他在光着屁股跳苏格兰高地舞。五十岁的男人，身高七英尺，可脑袋像粒花生米。他是个好人。他认识我。他们大家都认识莉芭·里弗斯。都在这儿花钱像流水似的。他们都知道我的为人。我从来没有出卖过人，宝贝儿。"她喝了一口啤酒，对着杯子喘了口粗气，另外一只戴着镶有像砾石般大的黄色钻石的戒指的手被丰满的乳房处一层层的肥肉所湮没。

她似乎只要稍稍动一动就得喘上半天，这是跟这动作带来的快感完全不成比例的。他们几乎刚一进门，她就开口对谭波儿谈她的气喘病，在他们前面十分费劲地爬着楼梯，把穿着毛料的卧室拖鞋的两只脚沉重地踩在梯级上，一只手拿着串木制念珠，另一只手拿着啤酒杯。她刚从教堂回来，穿着件黑绸长裙，戴着一顶饰有大红大绿的假花的帽子；由于啤酒很凉，酒杯的下半部还凝结着水珠。她笨重地挪动着两条粗大腿，那两条狗在她脚边盘来绕去，而她用刺耳的喘不过气来的母亲般的嗓音对身后的人不断地说着话。

"金鱼眼最明白了,带你上我家要比到哪儿都好。我一直在催他,亲爱的,我催你找个女朋友有多少年了?我怎么说来着,小伙子不能没有个姑娘,好比……"她喘着粗气开始咒骂脚下的那两只狗,停住脚步把它们踢到一边。"回楼下去,"她说,对它们甩动手里的念珠。它们龇着牙,对她恶狠狠地尖声吠叫,她靠在墙上,吐气时带有淡淡的啤酒香,手抚胸口,张开了嘴,拼命喘气时两眼发直,似乎为需要呼吸而感到忧伤和恐惧,矮圆的啤酒杯像没有光泽的银器在昏暗中闪出柔和的幽光。

狭窄的楼梯绕着楼梯井一层层盘旋上升。透过挂着厚门帘的前门和每层楼梯平台后部的百叶窗的光线有着一种死气沉沉的气氛。一种精疲力竭的气氛;濒于灭绝,消耗殆尽——一种为时已久的疲惫,犹如一摊受污染的死水,见不到阳光,也听不到阳光下的白昼的欢快的喧闹。空气中有一股变质食品所散发的略带酒味的怪气味,连天真无知的谭波儿都觉得似乎被看不见摸不着的、混杂在一起的男女贴身内衣所包围,似乎听见他们经过的每扇紧闭的房门后面有陈腐污浊的、久经糟蹋的、已无生育能力的肉体在小心翼翼地悄声细语。那两条小狗在她背后,在她和莉芭小姐的脚边乱抓乱爬,毛茸茸的小腿闪出微光,爪子跟把地毯固定在梯级上的铜条相碰而发出嗒嗒声。

后来,她躺在床上,赤裸的下身包着一条大毛巾,还听得见这两条狗在门外用鼻子用力嗅着,发出哀叫声。她的外套和帽子挂在门后的钉子上,衫裙和长筒袜子放在一张椅子上,她仿佛听见某处有人用搓板洗衣服发出有节奏的刷刷声,于是又痛苦不堪地翻腾着,想寻找匿身之处,就像他们给她脱掉内裤时那样。

"好了，好了，"莉芭小姐说，"我本人曾经流过四天血。没关系的。奎因大夫只消两分钟就能止住的，而米妮会把短裤洗干净烫好，看不出一点血迹的。宝贝儿，这血对你可真是珍贵，值一千块钱呢。"她举起啤酒杯点头祝酒时，帽子上干枯僵硬的假花显得很可怕。"我们做女人的都很可怜。"她说。窗上拉下的遮阳罩挡住了明亮的阳光，像苍老的皮肤似的皱裂出各式各样的纹路，被风吹得微微摆动着，把一阵阵越来越轻的安息日的车马声送进房来，这声音带着节日气氛，持续不断而又渐渐消失。谭波儿一动不动地躺在床上，两腿伸直，并在一起，被子一直拉到下巴颏，在披散的浓发的包围下，一张小脸显得很苍白。莉芭小姐喘着粗气放下啤酒杯。她开始用嘶哑而微弱的嗓音对谭波儿说她运气实在太好了。

"宝贝儿，这一带每个姑娘都想方设法要把他搞到手。有过一个女人，一个个子矮小的结过婚的女人有时候偷偷溜到这儿来，她说只要米妮能把他领进房间，就给她二十五块钱，只要把他骗进屋就行了。可你以为他正眼瞧过她们中间的哪一个吗？那些一夜收费一百元的姑娘？没有，从来没有。他花钱像流水似的，不过除了跟她们跳跳舞，哪一个他正眼瞧过一次？我早就知道他才不会要我这儿那些平平常常的妓女呢。我告诉过她们，我说，你们中跟他好上的人一定会戴上钻戒，我说，不过不会是你们这种普普通通的妓女，好了，米妮现在一定把短裤洗得干干净净，烫得好好的，什么都看不出来了。"

"我没法再穿那裤衩了，"谭波儿悄声说，"我没法再穿了。"

"不想穿就不用再穿了。你可以把它送给米妮，不过我不知道她拿它有什么用，除了也许——"门外小狗开始哼叫得更厉害了。脚步声渐渐走近。房门打开了。一个黑女佣端着托盘走进来,托盘上放着一瓶啤酒和一杯杜松子酒,那两条狗簇拥在她脚边,跟进屋来。"等明天商店开了门,你跟我一起去买东西,他说过让我们去的。我刚才说过,跟他好上的姑娘会戴上钻戒的:你会明白我讲的是不是——"两条小狗你争我夺地爬上床,爬到她的腿上,互相恶狠狠地又咬又叫,她举着啤酒杯,转过山一般的身子。披着卷毛的没有定形的狗脸上,珠子似的小眼睛恶狠狠地怒目而视,粉红色的小嘴大张着,露出针一般的牙齿。"莉芭!"莉芭小姐说,"下去!还有你,平福德先生!"她把它们扔下去,它们的牙齿碰到她的手,嗒嗒地响。"你们咬我,你们——你曾让,小姐——宝贝儿,你叫什么名字来着?我刚才没听清。"

"谭波儿。"谭波儿小声说。

"宝贝儿,我是说你的名字。我们这儿不讲究客气①。"

"这就是我的名字。谭波儿。谭波儿·德雷克。"

"你起的是男孩的名字,对不对?——米妮,谭波儿小姐的东西洗好了吗?"

"洗好了,太太,"女佣说,"正挂在炉灶后面烘着呢。"她端着托盘走上前来,小心翼翼地用脚推开正咬啮她脚踝的那两条小狗。

"你洗得干干净净了?"

"我花了不少时间,"米妮说,"那血看来是最最难洗——"谭波儿浑身一抽搐,翻过身去,把脑袋钻进被窝。她感到莉芭小姐的手在摸她。

---

① 按西方礼节,人们初次见面时先报姓氏。只有在熟人之间才彼此以名相称

"好了,好了。好了,好了。来,把它喝了。这一杯由我付钱。我可不能让金鱼眼的姑娘——"

"我不要再喝了。"谭波儿说。

"好了,好了,"莉芭小姐说,"喝下去你会觉得好受些。"她抬起谭波儿的脑袋。谭波儿紧紧抓住被子,把它拉到脖子边。莉芭小姐把杯子送到她嘴边。她大口喝完以后,扭动身子躺下去,两手紧紧抓住被子裹住身体,两眼瞪得大大的,在被子上方显得黑黑的。"我敢说你把大毛巾弄乱了,"莉芭小姐说,把手放到被子上。

"没有,"谭波儿轻声说,"没问题。还在老地方。"她畏缩地缩起身子;她们看得见她的腿在被子下蜷缩起来。

"米妮,你去找了奎因大夫?"莉芭小姐说。

"去过了,太太。"米妮正在往啤酒杯里倒瓶子里的酒,随着酒平面的上升,银杯外凝结的灰白色的水珠也在上升。"他说他星期天下午不出诊。"

"你对他说过是谁找他的吗?你告诉他是莉芭小姐请他来的吗?"

"说了,太太。他说他不——"

"你回去告诉那位先生——你告诉他我——不;等一下。"她费劲地站起身来。"用这样的话来回绝我,我可以把他送进监狱,他起码坐三次牢。"她晃晃悠悠地朝门口走去,两条狗在她穿着毛料拖鞋的脚边绕来绕去。女佣跟在后面,关上房门。谭波儿听见莉芭小姐一边缓慢得惊人地下楼,一边咒骂那两条狗。闹声渐渐消失了。

遮阳罩在窗口被风不断地吹动,发出轻微的沙沙声。谭波儿开始听见钟走的嗒嗒声。钟就在壁炉的炉台上,下面的炉栅上堆满了有凹痕的绿色纸。钟架是带花卉图案的瓷器,撑脚是四个瓷做的仙女。钟面上只有一根带涡卷装饰的镀金指针,停在十点与十一点之间,给那除此之外一无装饰的钟面添上一种毫不含糊的明确意味,仿佛它与时间没有丝毫的关系。

谭波儿从床上爬起来。她把毛巾裹住了身子,偷偷地朝房门走去,竖起两耳仔细倾听,眼睛由于费力倾听而有点看不清东西。正是黄昏时分;一面暗淡无光的镜子,像一片竖着的长方形的暮色,她从中瞥见了自己,犹如一个瘦削的幽灵,在深不可测的阴影中移动着的一个苍白的幽灵。她走到房门口。她马上开始听见各种各样彼此冲突的声响汇合在一起,形成一种威胁,她还拼命在门上摸索,终于摸到了门栓,不顾毛巾在往下滑,把门拴上。然后她抓住了毛巾,侧过脸往回奔跑,然后跳上床去,抓住被子盖到下巴颏,躺着倾听体内血液悄声地窃窃私语。

他们敲了半天房门她才开口。"宝贝儿,大夫来了,"莉芭小姐喘着粗气刺耳地说,"好了,来开门吧。乖孩子。"

"我开不了,"谭波儿说,声音软弱无力。"我躺在床上呢。"

"好了,开门吧。他是来给你治病的。"她直喘粗气。"老天爷啊,我要是能好好吸上一口气就好了。我一直没喘过气来,自从……"谭波儿听见小狗在房门的下端抓扒的声音。"宝贝儿啊。"

她从床上爬起来,用毛巾裹住了身体。她轻手轻脚地走到门口。

"宝贝儿。"莉芭小姐说。

"等一等,"谭波儿说,"等我先回床上去等我先……①"

---

① 此处两句并成一句,中间没有标点,第二句"等我先"未完,表明她有点语无伦次。

"真是个好姑娘,"莉芭小姐说,"我早知道她会听我话的。"

"好了,数到十吧,"谭波儿说,"你们肯数到十吗?"她抵住了房门说。她没有一点声响地悄悄退出门栓,然后转身冲回床边,两只光脚拍打着地面,声音越来越轻。

那大夫是个略微发胖的男人,头发稀疏而卷曲。他戴着一副角质架眼镜,镜片后的眼睛一点也没变形,仿佛这是副平光眼镜,是为了显示身份才戴的。谭波儿把被子拽到喉头,隔着被子望着他。"让他们出去,"她轻声说,"要是他们都肯出去的话。"

"好了,好了,"莉芭小姐说,"他会给你治好的。"

谭波儿抓住了被子不放。

"要是这位小姐肯让我……"大夫说。他脑门以上的头发逐渐稀少。他的嘴角抿得很紧,嘴唇挺厚,湿漉漉的,红红的。他镜片后面的眼珠看上去像两只高速旋转的自行车小车轮;是冷冰冰的淡褐色的。他伸出一只粗厚雪白的大手,手上戴着一只共济会的会戒,毛茸茸的红色细毛一直长到第二节指关节。一股凉意顺着她的身体向下溜,溜到大腿之下;她两眼紧闭着。她仰面躺着,两腿并拢,哭起来,像个在牙科大夫候诊室里的小孩,绝望而无可奈何地放声痛哭。

"好了,好了,"莉芭小姐说,"再喝点杜松子酒吧,宝贝儿。会使你好受一点的。"

窗口带裂纹的遮阳罩不时一鼓一缩,撞到窗框上,发出轻微的嚓嚓声,同时把一股股暮霭送进房来。烟色的暮霭一团团地从遮阳罩下慢慢渗进房间,犹如标志毛毯起火时的烟雾在室内渐渐变浓。支撑钟面的那些瓷仙女静悄悄地闪烁发亮,细腻地呈现出光滑的曲线:膝盖、臂肘、胁腹、手臂和乳房,姿态放纵性感而无精打采。玻璃的钟面变得像面镜子,仿佛吸住了一切不情愿进入的光线,在宁静的深处保持着那停滞不前的时光所特有的安详姿态,像个战场上退下来的只有一条胳臂的老兵。十点半钟。谭波儿躺在床上,望着钟,遐想十点半钟时的景象。

她穿着一件过于肥大的鲜红色绸布袍,在白被单的衬托下显得发黑。乌黑的头发梳通了,展开在脑袋周围;露出在被子外的脸、喉部和胳臂是灰白色的。那些人离开房间后,她把头脸都蒙在被子里,躺了一会儿。她这样躺着,听见房门关上了,而下楼去的脚步声、医生轻巧而滔滔不绝的嗓音和莉芭小姐艰难的喘息声都在肮脏的楼道里变得像暮霭一样渐渐消失了。她这才从床上蹦起来,冲到门口,拴上房门,又跑回来把被子一把遮住脑袋,紧紧地缩成一团,躺在被子下面,一直到憋得透不过气来。

最后一抹金黄色的阳光照在天花板和墙壁的上半部上,已被高耸在西边天际的大马路上的楼群那锯齿形的阴影染上一层紫色。她望着这光亮随着遮阳罩的连连鼓张松弛而渐渐消失。她望着这最后一抹光线浓缩进了钟面,使它从黑暗中的一个圆孔变成悬挂在虚无之中、在原始混沌中的一个圆盘,又变成一个水晶球,它那寂静神秘的深处保留着错综复杂的阴暗世界里的有秩序的混沌,而在这世界伤痕斑斑的边缘,旧的创痛飞速旋转着冲进隐藏着新的灾难的黑暗之中。

她在遐想十点半钟的景象。如果你受人欢迎因而不必准时出席的话,那该是梳妆打扮好赴舞会的时刻。空气中会弥漫着刚用过的洗澡水冒出的蒸汽,也许灯光下扑粉会像谷仓阁楼里弥漫的谷壳一样,而她们彼此端详着，比较着，议论着如果有人就这样光着身子走到舞池中去会不会伤害更多的男人。有些人不肯，这多半是那些腿比较短的人。腿短的人中间有的人长相也不错，不过她们就是不肯这么干。她们不肯说出道理来。她们中间最丑的那个说，小伙子们认为姑娘们都很丑，只有穿了衣服才漂亮。她说那蛇早就看见夏娃了，但要等到几天后亚当让夏娃挂上一片无花果树叶时才注意到她。你怎么知道的？她们说，她就说因为蛇早就在伊甸园里，比亚当还早，因为它是第一个被赶出天国的；它一直就在那儿啊。不过这不是她们想听的话，她们就说，你怎么知道的？谭波儿想到这丑姑娘有点畏缩，背靠在梳妆台上，其余的人把她围成一圈，她们的头发梳好了，肩头散发出香皂的气味，空中飞舞着香粉末，她们的目光像利刃，使你几乎可以看到它们接触到那丑姑娘的皮肤，而她那张丑脸上的眼睛显得又勇敢又害怕而又无所顾忌，于是她们一齐说，你怎么知道的？最后她终于把事实真相告诉她们，而且举手发誓她干过那种事情。这时候，那个最年轻的姑娘转身冲出房间。她把自己反锁在浴室里，她们能听见她在里面大声呕吐。

她想到早上十点半钟的景象。星期天早上，人们成双作对地漫步走向教堂。她望着越来越暗淡的钟面那宁静的姿态，想起现在还是星期天，同一个星期天。也许钟面上的十点半正是今天上午十点半。那我并不在这儿，她想。这不是我。这么说我正在学校里。我今晚有个约会，是跟……努力回想跟她约会的那个大学生。但她想不起来那是谁。她把约会都记在为考拉丁文时作弊用的逐行对照译文本里，这样就用不着费心思去记了。她只要打扮好了，过一会儿总有个小伙子会来找她的。她看了看钟说，我最好起来穿衣服吧。

她起了床，悄悄地走到房间的另一端。她注视着钟面，但尽管在这几何图形的小钟面上看得见若明若暗、糊里糊涂的一团亮光，但看不见自己的影子。都是这件睡衣的缘故，她想，端详着自己的胳膊、宽大的罩袍下高耸的乳房，袍子下的脚趾随着她走动时飞速地幽幽闪现。她轻轻地拉开门栓，回到床上躺下，把头枕在胳膊上。

房间里还有些亮光。她听见她手表的嗒嗒声；她已经听到好一阵子了。她发现这房子充满了种种声响，它们传进屋来，隐隐约约，无法分辨，仿佛来自遥远的地方。某处响起轻微而又尖厉的铃声；有个穿着刷刷作响的长袍的人走上楼梯。脚步声经过她的房门，上了另外一道楼梯，然后消失了。她听着手表在走动。窗下有人在发动一辆汽车，换挡时发出嘎嘎声；铃声又响了，轻微、尖厉而持续很久。她发现房间里的微光来自窗外的一盏路灯。于是她明白这是晚上，充斥窗外黑夜中的声响是城市的喧闹声。

她听见那两条小狗拼命连滚带爬地冲上楼来。脚步声冲过她的房门，停了下来，变得十分寂静；寂静得使她几乎能够看到它们缩在墙边的黑暗里，观察着楼梯上的动静。它们有一条名叫什么先生，谭波儿一面想，一面等着听莉芭小姐上楼的脚步声。不过那并不是莉芭小姐的；脚步声太平稳太轻巧了。房门开了；小狗像两团模糊不清、没有定形的东西一拥而入，匆忙钻到床下，趴在那里，发出呜咽声。"你们这两条狗！"门口传来米妮的声音。"你们弄得我把汤都泼了。"灯亮了。米妮端来一个托盘。"我给你拿晚饭来了，"她说，"那两条狗到哪儿去了？"

"在床底下，"谭波儿说，"我一点也不想吃。"

米妮走过来，把托盘放在床上，低头望着谭波儿，讨人喜欢的脸上带着心照不宣的神气，显得十分平和。"你要我去——"她边说边伸过手来。谭波儿马上转过脸避开她。她听见米妮蹲下身子去哄那两条狗，它们冲着她又咬又叫，牙齿咬得格格响，呼哧呼哧的咬叫声中带着点呜咽声。"嗨，出来吧，"米妮说，"它们知道莉芭小姐下决心喝醉酒以后会干什么。你，平福德先生！"

谭波儿抬起头来。"平福德先生？"

"就是那条戴蓝缎带的狗。"米妮说。她弯下身子，对狗挥动胳臂。它们退到床头的墙边，十分恐慌地对着她拼命地又咬又叫。"平福德先生原是莉芭小姐的男人。在这儿当了十一年老板，大约两年前才去世。第二天，莉芭小姐就买了这两条狗，给一条起名为平福德先生，另一条叫莉芭小姐。她每次去上坟，就会像今晚这样喝起酒来，这时两条狗就要找地方躲起来。可平福德先生总让她给逮着。上一次，她把它从楼上的窗口扔出去，自己下楼把平福德先生的衣橱打开，把他所有的衣服都扔到街头，当然他下葬时穿的衣服不在内。"

"噢，"谭波儿说，"怪不得它们那么害怕。就让它们呆在床下吧。它们不会惹我心烦的。"

"看来我只能让它们呆在这儿了。平福德先生是不肯走出这间屋子的，它知道情况，不会出来。"她又站直了身子，低头看着谭波儿。"把饭吃了吧，"她说，"你会好受些的。我还偷偷地给你带来杯杜松子酒呢。"

"我一点也不想吃，"谭波儿说，转过脸去。她听见米妮走出屋子。房门轻轻地关上了。两条狗蜷缩在床底下，靠着墙，紧张、害怕而又愤怒。

灯泡悬挂在天花板的正中央,有一道道折痕的灯罩是用玫瑰红的皱纹纸做的,被灯泡鼓起的地方给烤得发黄了。地面上铺着条带花的褐紫红色地毯,成条形钉牢在地板上;橄榄绿色的墙上有两幅装在框内的石印画。两扇窗上挂着机制的灰褐色窗纱,像竖在那里的一道道凝结成条状的灰尘。整个房间显得陈腐、乏味,但却庄重得体;在一张廉价的涂过清漆的梳妆台上有一面并不平整的镜子,犹如在死水潭中那样,仿佛滞留着一群精疲力竭的摆出性感姿态的并充满已经死亡的淫欲的幽灵。墙角一块固定在地毯上的褪色开裂的油布上放着一个脸盆架,上面有一个有花卉图案的脸盆、一只水罐和一排毛巾;盆架后的角落里搁着只也用有一道道折痕的玫瑰色纸罩着的便桶。

床下的狗静悄悄的没有声响。谭波儿轻轻地挪动一下身体;床垫和弹簧干巴巴的抱怨似的沙沙声消失了,融入小狗蜷缩处那惊人的寂静。她想象它们的模样,毛茸茸的,没有定形;凶狠、任性、被人宠坏,它们那受保护的生活空虚而单调,突如其来地被一时的难以理解的有杀身之祸的恐惧和害怕所打断,而正是那双通常因为有了养狗许可证而使它们能过平静生活的象征之手可能致它们于死命。

这所房子里充满了声响。难以辨别而遥远的声音传入她耳中,带有某种使人清醒、使人死而复生的特性,仿佛房子本身也一直在沉睡,只是随着黑暗的降临而苏醒过来;她听见一种声音,很可能是尖嗓门女人爆发出来的一阵大笑。托盘上冒出的热气和香味飘到她的脸上。她转过脑袋望望托盘,看看那些有盖或没盖的厚瓷杯盘。杯盘之间搁着一杯浅色的杜松子酒、一包香烟和一盒火柴。她用胳臂撑起身子,一把抓住快滑落的睡袍。她揭开一些盖子,看到一块厚厚的牛排、土豆、青豆;一些小面包；一团粉红色的说不清是什么的东西，某种感觉——也许是某种淘汰法吧——使她认为这是种甜点心。她把快滑下去的睡袍又往上拽了拽，想起她们大家在学校里吃饭时高声说笑的喧哗和刀叉撞击时的清脆声响；想到父亲和兄弟们在家吃晚饭的情景；想到身上的睡袍是借来的，莉芭小姐说过她们明天要去商店买东西。可我只有两块钱，她想。

她看着吃食时觉得自己一点都不饿，连看都不想看一眼。她拿起酒杯，苦着脸一口喝干，然后放下杯子，赶快别过脸不去看托盘，摸索着找那盒香烟。她正要划火柴时，又看了看托盘，小心翼翼地用手拈起一根土豆条，把它吃了。她又吃了一根，另外一只手拿着那支还没点着的香烟。然后她放下香烟，拿起刀叉，开始吃起来，时不时地停下手把睡袍拽到肩膀上。

吃完以后，她点上香烟。她听见铃声又响了，接着响起另一种略微不同的铃声。在有个女人尖着嗓门哇喇哇喇讲话声中，有扇房门砰地关上。两个人登上楼梯，走过她的房门；她听见莉芭小姐不知在什么地方声如洪钟地说话，听着她吃力地慢慢走上楼梯。谭波儿盯着房门，看着它打开了，看见莉芭小姐手拿啤酒杯站在房门口。她这时穿着件鼓鼓囊囊的家常便服，戴了顶有面纱的寡妇帽。她脚穿那双毛料花拖鞋，走进屋来。床下的那两条狗同时发出压抑的充满绝望的叫声。

便服背后的扣子并没有扣好，乱糟糟地搭在莉芭小姐的肩头。一只戴着戒指的手捂着她的胸口，另一只手高举着那啤酒杯。她大张着满口金牙的嘴，由于呼吸困难而吃力地喘着气。

"上帝啊上帝啊。"她说。那两只小狗从床下一阵风地冲出来，你争我夺地拼命往门口冲去。它们冲过她身边时，她转身把啤酒杯向它们扔去。酒杯击中了门的边框，溅了一墙的啤酒，又可怜巴巴地乒乓作响地弹回来。她捂紧胸口，嘘嘘地直喘粗气。她走到床边，隔着面纱低头望着谭波儿。"我们过去像两只鸽子般快活极了，"她哽咽地带着哭音说，手上的几只戒指在波浪般起伏的乳房间闪出幽光。"可他一个人走了，撂下我先死了。"她嘘嘘作响地喘了口气，大张着嘴巴，显示她那不顶用的肺部所隐藏着的痛苦，由于困扰和苦恼，浅色的双眼瞪得滚圆而凸出。"就像两只鸽子一样。"她用嘶哑而哽咽的嗓音大声喊。

时光又一次赶上了石英玻璃钟面后面的死气沉沉的姿态：床边小桌上谭波儿的手表指向十点半钟。她躺在床上有两个小时了，没人来打扰她，她一心倾听着。她现在能分辨楼下的人声了。她躺在这带着霉味的房间里，在孤寂中已经听了好一阵子。后来，有架机械钢琴开始演奏。她不时听到窗下街头传来汽车的刹车声；有一次，遮阳罩下传来两人激烈争吵的说话声。

她听见两个人———一男一女——登上楼梯，走进她隔壁的房间。接着她听见莉芭小姐费劲地爬上楼来，走过她的房门，她睁大着眼睛静静地躺在床上，听见莉芭小姐用银酒杯使劲地砸隔壁的房门，对着木门大喊大叫。门里的男人和女人一声不响，安静得使谭波儿又想起了那两条小狗，想起它们蜷缩在床下的墙边，恐怖、绝望而愤怒得身子僵僵的。她听着莉芭小姐用嘶哑的嗓音对着那扇没花纹的房门大喊大叫。这叫喊声渐渐减弱，成为可怖的咻咻喘息声，然后增强，成为男人般的粗俗而激烈的咒骂。隔墙外的男人和女人静悄悄地不出声。谭波儿躺着，呆瞪着墙壁，墙外又响起莉芭小姐的骂声，她正用啤酒杯砸房门。

谭波儿没有看见也没有听见她自己的房门是怎么打开的。她一直望着墙，不知望了多久，无意中朝房门看了一眼，发现金鱼眼正站在那里，歪戴的帽子把脸遮去了一半。他依然悄无声息地走进门来，关上门，插上门栓，朝床边慢慢地走来。她也开始慢慢地往床里缩，把被子拽到下巴颏处，隔着被子注视着他。他走过来，低头看着她。她畏畏缩缩地慢慢扭动身子——她畏畏缩缩，仿佛被缚在教堂的尖塔上，孤立无援，只能缩进自己的身子。她对他咧嘴一笑，但表情僵硬而又脆弱，嘴唇扭曲，表示和解的笑容成为苦相。

等他把手放在她身上，她呜咽起来。"别，别，"她悄声说，"他说过我现在不可以他说过……"他一把扯开被子，把它扔在一边。她纹丝不动地躺着，两个手掌抬起，腰下皮肤包裹着的肉像受惊的人群向后退缩，拼命地分裂瓦解。他再度伸过手来时，她以为他要揍她。她盯着他的脸，发现他像个即将哭出来的孩子，脸部抽搐扭曲起来，她还听见他开始发出一种哼哼唧唧的声音。他一把抓住她睡袍的领口。她抓住他的两只手腕，开始使劲左右甩动身体，同时张开嘴尖叫起来。他用手捂住她的嘴，她抓住他的手腕，口水从他手指间流出来，没命地挥动两条大腿，扭动着身子，她发现他匍伏在床边，没有下巴颏的脸扭曲着，发青的嘴唇撅了起来，仿佛要吹凉一碗热汤，嗓子里发出马嘶般的尖叫声。墙外，莉芭小姐用那透不过气的嘶哑的嗓音发出一阵下流的骂人话，声震楼道和屋宇。

第十九章

"不过说起那个姑娘,"霍拉斯说,"她没出什么问题吧。你离开那房子的时候,你知道她没出什么问题。你看见她跟他坐在他的汽车里。他只是让她搭个便车进城去。她没出什么问题吧。你知道她没出什么问题。"

女人坐在床沿,低头望着那孩子。他还是盖着那条洗得干干净净的褪了色的毯子,小手高举在脑袋两侧,仿佛是在处于某种尚未来得及折磨他的难以忍受的煎熬中死去的。他的眼睛半张着,眼珠朝脑壳后翻,以致只露出了眼白,颜色像淡牛奶。小脸出了汗,还是湿漉漉的,但呼吸比较平稳了。他不像霍拉斯刚进屋时那样发出微弱、短促而带哨音的喘息了。床边椅子上有只平底玻璃杯,里面是半杯略显浑浊的水和一把小勺。广场上的各种声音透过开着的窗户传进来——汽车马达声、马车的辘辘声、窗下人行道上的脚步声——霍拉斯从窗口望出去可以看到法院大楼,还有那些在洋槐和黑栎树下的空地上来回向洞里扔银元①的人。

女人低头望着孩子,在沉思默想。"没有人要她上那儿去。李对他们说了又说,叫他们千万别带女人到那儿去,而我在天还没黑的时候就

---

① 这是美国南方的一种游戏:隔着一定距离,向地面上比银元略大一点的洞里扔银元。但是人们现在扔的已经不是银元而是金属做的垫圈似的东西。

跟她说那里的人跟她不是一路货,叫她赶快离开。都怨那个把她带去的家伙。他跟他们坐在门廊里没完没了地喝酒,原来他进屋来吃晚饭时,连路都不会走了。他连脸上的血都没想到要洗掉。就是这种乳臭未干的小伙子,他们自以为既然李干的是犯法的事,他们就可以上他那儿去,把我们家当成……年纪大的人也不好,不过至少他们付钱买威士忌,就像买别的东西一样;糟就糟在他那个年纪的小青年,他们太年轻,不明白人们犯法可不光是为了寻欢作乐啊。"霍拉斯看见她攥紧的双手在膝盖上扭动起来。"上帝啊,要是我有办法的话,我就要把所有做酒、买酒或喝酒的人统统绞死,一个也不放过。

"不过为什么非得是我,是我们呢?我对她,对她那种人究竟干了些什么?我早叫她离开那儿。我叫她别呆到天黑。可把她带去的那个家伙又喝醉了,他跟凡彼此数落起来。要是她不老在他们看得见她的地方来回跑就好了。她哪儿都呆不住。她就是会从这扇门里冲出来,一忽儿又从另外一个方向跑进来。要是他不去搭理凡也就没事了,因为凡得在半夜里把卡车开回去,这样金鱼眼就会让他放规矩的。还因为那是个星期六晚上,他们总是不去睡觉,要喝上一夜的,这种情况我经历过不知多少次了,我就跟李说我们走吧,这样呆下去对他没什么好处,而且他会跟上一晚那样发作起来,那儿可没有医生,也没有电话。我为他一向做牛做马,做牛做马,可她又偏偏跑来了。"她垂着脑袋,一动不动地坐着,两手仍然放在膝盖上,精疲力竭,纹丝不动,犹如龙卷风过后倒坍了的房屋废墟里耸立着的烟囱。

"她站在床后的角落里,穿着那件雨衣。他们把那满脸满身都是血的家伙抬进屋来,她真是吓得半死。他们把他放在床上,凡又去打他,李抓住了凡的胳臂,而她站在那儿,眼睛像是有种假面具上的两个窟窿。雨衣本来是挂在墙上的,她去穿了起来,罩在外套的外面。她的衫裙叠得好好的放在床上。他们把那血肉模糊的家伙就扔在她这衫裙上,我就说'天哪,你们也醉了?'但李只顾望着我,我发现他鼻子已经发白,就像他一喝醉酒鼻子就发白那样。

"门上没有锁,不过我想他们马上得出去收拾卡车,那时我就可以有办法了。可李让我也出去,还把灯拿走了,我只好等他们回到门廊后才回进她的房间。我靠门口站着。那家伙躺在床上打呼噜,费劲地喘着气,因为他的鼻子和嘴巴又都给打烂了,我还能听见他们在门廊里讲话。后来他们到门外去绕过房子到了房后,我还听得见他们的动静。再后来他们安静下来了。

"我靠墙站着。他打一下呼噜,噎住了,喘过气来哼了两下,有点像在呻吟,我就想到那姑娘躺在黑暗里,睁着眼睛,听他们的声响,而我得站在那里,等他们走掉,让我可以帮她一点忙。我叫她快走。我说'你还没结婚,那难道是我的过错?你不想呆在这儿,我也不想让你留在这里。'我说'我这一辈子从来没有得到过你这样的人的帮忙;你有什么权利来找我帮忙?'因为我为了他什么苦都受过。我为了他什么下贱活都干过。我舍弃了一切,只求能让我过清静的日子。

"接着我听见门开了。我从呼吸声听出那人是李。他走到床前说'我要那件雨衣。你坐起来把它脱了,'我听见他从她身上脱雨衣时玉米壳窸窸窣窣的响声,然后他走了。他拿了雨衣就出去了。那雨衣是凡的。

"我夜里在那所房子里不知走过多少回了,那里住着那些男人,靠李犯法过日子的男人,他万一出事连半点忙都不肯帮的男人,因此我可以凭他们的喘气声就知道他们是谁,而且我能凭头发上抹的那玩意儿的香味辨出那是金鱼眼。汤米正跟在他身后。他随着金鱼眼走进房门,他看看我,我看见他的眼睛,跟猫似的。接着他的眼睛看不见了,我觉得他挨着我蹲了下来,我们听见金鱼眼走到床边,走到那家伙没完没了地打呼噜的地方。

"我只听见一点点轻轻的声响,是玉米壳发出的窸窣声,我就知道还没出什么问题,过了一会儿金鱼眼转身走回来,汤米跟着他走出房间,在他背后悄悄地挪着步,我就一直站在那儿,直到听见他们走到卡车那边去了。我这才走到床前。我碰碰她,她开始使劲挣扎。我想用手捂住她的嘴,让她不出声响,不过她倒是一声不吭。她只顾躺在那儿,又踢又打,脑袋转来转去,两手攥紧外套。

"'你这傻瓜!'我说'是我呀——那个女人。'"

"不过说起那个姑娘,"霍布斯说,"她没出什么问题。你第二天清早回那房子去拿奶瓶时看见了她,知道她没出什么问题。"房间外面就是广场。隔着窗户,他看见那些在法院大楼院子里扔银元的年轻人、一辆辆驶过去的马车或拴在拴马链子上的马车,他听见窗外人行道上人们的慢吞吞而不慌不忙的脚步声和说话声;他们买了些好吃的东西要拿回家,在宁静的餐桌边好好享受。"你知道她没出什么问题。"

当天夜里,霍拉斯去他妹妹家,坐的是一辆雇来的汽车;他事先没有打电话。他一看珍妮小姐正在她的房间里。"啊呀,"她说,"娜西莎会——"

"我不想见她，"霍拉斯说，"她那位人品好、教养也好的年轻人。她那位弗吉尼亚绅士。我知道他为什么不回来了。"

"谁？高温？"

"对；就是高温。老天爷啊，他还是别回来的好。上帝啊，我一想到我本来有机会——"

"怎么？他干了什么了？"

"他那天带了个傻姑娘上那儿去，喝醉了酒就跑了，把她留下了。这就是他干的好事。要是没有那个女人——一想起世界上还有这样的人，只是因为有一套燕尾服，上过弗吉尼亚大学，有过惊人的经历，他就可以安然无恙地招摇过市……在任何一列火车上，任何一家旅馆里，在街上；不管在什么地方，说真的，都可以逍遥自在——"

"噢，"珍妮小姐说，"我一上来听不出你指的是谁。是啊，"她说，"你记得他最后一次来的情景吗，紧跟着你前来的那一次？那天他不肯留下来吃晚饭，就去了奥克斯福？"

"记得。一想起我完全可以——"

"他要娜西莎嫁给他。她对他说有了一个孩子已经够她受的了。"

"我说过她没心没肺。她不侮辱人心里就不舒服。"

"因此他生气了，说他要去奥克斯福，那儿有个女人，他有理由相信那女人不会觉得他很滑稽可笑——诸如此类的话。是啊。"她望着他，弯着头颈从眼镜上方端详他。"我敢说，做爹当爸是挺有趣的，可只消让一个男人插手到一个跟他无亲无故的女人的事务里去……到底是什么使男人认为他娶的女人或他生下的女儿也许会行为不轨，而所有不是他老婆女儿的女人却一定会干坏事的呢？"

"是啊,"霍拉斯说,"感谢上帝她不是我的亲骨肉。她偶尔会不得不遇上个坏蛋,这我想得通,不过想到她随时都可能跟一个傻瓜纠缠在一起,那才叫人受不了。"

"嗯,那你打算怎么办?开展一场什么消灭蟑螂的运动?"

"我要照她说的那样做;我要通过一项法律,命令人人有责任开枪杀死任何五十岁以下的做酒、买酒、卖酒或甚至想喝威士忌的人……恶棍我倒还能容忍,但一想到她可能受到什么傻瓜……"

他回到城里。晚上的天气挺暖和,黑夜里充满了刚长成的知了的叫声。他现在只使用一张床、一把椅子和一个五斗橱,他在橱上铺了块毛巾,放上他的发刷、表、烟斗和烟丝袋,还把他继女小蓓儿的照片靠在一本书上。一道强烈的光线正好射在照片上了光的表面上。他移动照片,使她的脸变得清晰起来。他站在照片前面,凝望着那张可爱而又难以捉摸的脸庞,而那张脸呢,正从毫无生气的硬纸板上望着就在他肩膀后面的某样东西。他想起了金斯敦的葡萄棚、夏日的暮色和低声细语,他走近时,这低语声便消失了,溶入了一片黑暗之中,其实,他对他们、对她毫无恶意;对她更是连半点恶意都没有,老天爷可以作证;那暮色和低语声变黑消失,成为她白色衫裙的淡淡的微光,成为她那神奇瘦小的哺乳动物肉体的轻巧而又急切的细语,这肉体并不是由于他而诞生的,但里面却仿佛跟开满鲜花的葡萄树一样充满着某种纤弱而又热气腾腾的活力。

他突然动了一下。照片仿佛也自动地挪动了一下,从靠在书上的不牢靠的位置上滑下了一点儿。人像被强光弄得模糊了,就像透过被晃动的清澈的水看某样熟悉的东西那样;他怀着恐惧和绝望的心情静悄悄地望着这熟悉的面容，那张突然比他更老练更懂得罪孽的面庞，一张模糊得不再可爱甜蜜的面孔，望着那充满隐秘而不太柔和的眼睛。他伸手去拿照片，把它碰倒了平躺在五斗橱上；于是那张脸又一次在死板而滑稽的涂了口红的嘴唇后面温柔地沉思冥想，打量着他肩膀后面的某样东西。他和衣躺在床上，亮着灯，直到听见法院大楼上的钟敲了三下。接着，他揣上表和烟丝袋，离开了他的家宅。

那火车站离家有四分之三英里。候车室由单独一只昏暗的灯泡照亮着。里面空荡荡的，只有一个穿工装裤的男人枕着折叠起来的外衣躺在长椅上打呼噜，还有一个穿着印花布裙子的女人，肩头披着一块肮脏的披肩，头上端端正正而又别别扭扭地戴着一顶饰有呆板而破败的假花的新帽子。她垂着脑袋；她也许睡着了；她双手交叉，放在腿上的一个纸包上，脚边有一只草编的衣箱。这时候霍拉斯才发现他忘了拿烟斗。

火车开来时，他正在铁轨旁煤屑铺的公用地上迈着沉重的步子来回走动。那男人和女人上了火车，男人夹着皱巴巴的外套，女人拿着纸包和衣箱。他跟在他们后面走进客车车厢，里面一片打鼾声，人们向着中央走道东歪西倒地趴着，仿佛经受过一场突如其来的十分激烈的毁灭性的打击，他们耷拉着脑袋，张大着嘴巴，脖子后仰，喉头充分暴露，仿佛在等候那致命的一刀。

他打起盹来。火车哐啷哐啷地行进，停下来，猛地晃动了一下。他醒了过来，又迷迷糊糊地睡去。有人把他摇醒，满眼是报春花色的晨曦，周围是草草洗过的胡子拉碴、略为浮肿的面孔，仿佛经历了大灾难，给抹上最后一层暗淡的色彩，他们眨巴着无神的眼睛彼此对视，各人的个性在一阵阵晦涩隐秘的眼波中重现。他下了车，吃了早饭，登上另一列火车,走进一节有个孩子在没命地哭叫的车厢,在污浊的充满尿臭的空气里,踩着吱吱作响的花生壳沿着过道一直走,直到发现一个男人边上有个空位子。隔了没一会儿,那男人俯身往两膝之间吐了口烟油。霍拉斯马上站起来,朝前走进吸烟车厢。那里也坐满了人,这节车厢和黑人车厢[①]之间的车门砰地打开了。他站在过道里朝前望去,只见越远越窄的过道两边,绿色长毛绒的座椅背上是一排排一齐摇晃着的戴着帽子的炮弹般的脑袋,而一阵阵谈笑声传过来,不断搅动着充满了辛辣的蓝色烟雾的空气,白人们就坐在其中,向着过道吐口水。

他又换了一次火车。候车的人一半是穿着大学生服装、衬衣或背心上别着带点神秘色彩的小徽章的年轻人,还有两个小脸上浓妆艳抹、衫裙单薄而艳丽的女孩子,她们像两朵一模一样的假花,各自被一群欢快而焦躁不安的蜜蜂包围着。火车进站时,他们一面说笑一面高高兴兴地向前挤,快乐而粗鲁地用肩膀推开比他们年纪大的人,乒乒乓乓地转动坐椅,围成一圈坐了下来[②],当三个中年妇女沿着过道走过来、迟迟疑疑地左右张望寻找空座时,他们在大笑声中昂起头来,冷漠的面孔上依旧满是笑意。

那两个女孩坐在一起,脱下一顶浅黄褐色和一顶蓝色的帽子,抬起纤手,用并不太难看的手指梳理剪得很短的头发,霍拉斯从两个趴在她们座椅背上的年轻人撑开的胳臂肘和前倾的脑袋之间看见这两个女孩的

[①] 美国南北战争以后,虽然黑奴解放了,但种族歧视并未消除。19世纪70年代末在美国南方又确立了种族隔离制度。黑人不得与白人坐同一节火车车厢或使用同一个餐厅、厕所等公用设施。

[②] 美国火车的座椅可以转动,调整方向,因此,朋友或亲人上车时可以把座椅转动,使大家相向而坐。

头,周围是一圈高高低低的有彩色帽带的帽子,帽子的主人或是坐在椅子扶手上或是站在过道里;没过多久,他看见那车掌的鸭舌帽,他正从人群中挤过来,像小鸟似的烦躁而苦恼地喊叫着。

"查票。查票,请把票拿出来。"他吟唱般地说。一瞬间,他被那些人挡住了,除了鸭舌帽之外什么都看不见了。接着有两个年轻人敏捷地溜回来,坐进霍拉斯背后的座椅里。他听得见他们的喘气声。前面,车掌的轧票剪响了两下。他朝后面走过来。"查票,"他吟唱般地说,"查票。"他查完霍拉斯的票,在两个年轻人的座位边站住了。

"我的票你已经拿走了,"其中一人说,"在前面那个地方。"

"你的票根呢?"车掌说。

"你根本没给我们啊。可是你拿走了我们的车票。我的号码是——"他用坦率欢快的音调不假思索地背了个数字,"夏克,你记得你的车票号码吗?"

第二个人也用欢快坦率的音调报了个数字。"你肯定拿走了我们的车票。找找看吧。"他开始从牙齿之间吹起口哨,断断续续地吹一支舞曲,但毫无乐感。

"你在戈登楼①吃饭吗?"另一个人说。

"不。我天生有口臭的毛病。"车掌朝前走了。口哨声越吹越响,由放在膝盖上的双手拍击着作伴奏,发出得—得—得的声音。随后他只是尖声叫喊,毫无意义,令人眩晕;霍拉斯觉得自己仿佛正坐在一系列剧烈地翻动着的书页前,只看得见东一段西一段的文字,在脑子里只留下

---

① 这是当时密西西比大学的男生饭厅。

一系列既无头又无尾的神秘莫测的印象。

"她坐火车坐了一千英里没买过一张票。"

"玛琪也是这样。"

"还有佩丝。"

"得——得——得。"

"还有玛琪。"

"星期五晚上我要给我那一位打个洞。"

"咿唷。"

"你喜欢吃肝吗?"

"我的手伸不到那么远。"

"咿咿唷。"

他们吹起口哨,脚后跟在地上使劲跺着,越跺越响,口中念念有词:得——得——得。第一个年轻人把座椅使劲往后一推,撞上霍拉斯的脑袋。这人站起身。"来吧,"他说,"他已经走掉了。"座椅又撞了一下霍拉斯的头,他望着他们回到那些挡住过道的人群中,看见其中一人把一只粗糙的手大胆地平按在一张仰起头来看着他们的欢快而温柔的面孔上。在人群另一头,有个抱着娃娃的乡下女人靠着座椅使劲站稳了身子。她不时望望被这群人挡住的过道另一端的那些空座位。

他在奥克斯福下了车,汇入火车站里的大学生的人流中,那些女的没戴帽子,穿着鲜艳的衫裙,有些人手里抱着书本,但周围依然有一群穿花衬衣的年轻人。她们像堵墙似的不可逾越,跟男伴们手拉着手,被人像小狗一样随便地抚摸着,扭着小屁股,慢悠悠地上山向着学院走去,霍拉斯走下人行道要超过她们时,她们以毫无表情的冷漠眼光朝他望上一眼。

山顶上宽阔的树林里延伸出三条小道,树丛后面,一排排朝纵深方向远去的绿色的行道树之间,红砖或灰色石头的楼房闪闪发亮,那里开始响起一阵清脆高亢的铃声。行进的人群分成三股人流,迅速分散消失,只有那些成双作对地慢吞吞闲逛的人照样手拉着手,毫无目的地东走西荡,像小狗般尖叫着互相碰撞,像儿童似的随意行走,毫无目标。

通向邮局的小路比较宽一些。他走进邮局,等到窗口没有人才走过去。

"我想找一位年轻的小姐,谭波儿·德雷克小姐。她也许刚来过,我正好错过了,对吗?"

"她现在不在这儿了,"邮局职员说,"她在大约两星期前退学了。"他很年轻:戴了副角质架的眼镜,面孔光滑但毫无生气,头发梳得纹丝不乱。过了一会儿,霍拉斯轻轻地问:

"你不知道她上哪儿去了?"

职员看着他,俯下身子,压低嗓门:"你是新来的侦探?"

"对,"霍拉斯说,"对。没关系。算了。"他平静地走下台阶,又走进阳光下。他站住了,她们川流不息地从他两旁走过,都穿着短小的花衫裙,光着胳膊,光亮的头发剪得很短,眼睛里带着他很熟悉的那种同样的冷静、天真而无所顾忌的神情,下面的嘴唇都涂成同样的野性十足的嘴型[①];她们像回荡起伏的音乐,像在阳光里倾泻而出的蜂蜜,未经开化、转瞬即逝又安静祥和,在阳光下,她们使人依稀回想起所有那

---

① 20年代在美国出现一些比较开放的"新女性"。她们剪短头发,流行用口红把嘴唇涂成希腊神话中爱神丘比特手中所持弯弓的形状。

些失去的日子和已被时光淘汰的欢乐。太阳亮光光的，热浪滚滚，照射在林间的空地上，可以瞥见像海市蜃楼中那样的石砌或砖砌的建筑：没有顶端的柱子、顶着西南风在绿色的云彩上空显然飘浮着的正在慢慢崩解的塔楼，阴森可怕，难以捉摸，无动于衷；他站在那儿，倾听教堂里传来的优美的钟声，思量着现在该怎么办？现在该怎么办？接着回答自己：唉；什么都不必干了。什么都不必干了。这事结束了。

他在火车进站前一小时回到火车站，手里拿着一只装好了烟丝但未点着的玉米棒芯烟斗。在厕所肮脏的污迹斑斑的墙上，他看见用铅笔涂写的她的名字。谭波儿·德雷克。他默默地读了一下这个名字，垂下了头，用手指慢慢地抚摸没有点火的烟斗。

火车开来前半小时，她们开始前来。从山上漫步走下，聚集到月台上，欢快地尖声咯咯笑着，金黄色的大腿同样的单调，身体带着年轻人别扭而又肉感的漫无目的的神情在单薄的衣衫里不停地扭动着。

这列回程的火车带有一节普尔曼式卧铺车厢。他穿过客车车厢走进去。里面只有一位乘客：一个男人坐在车厢中部，靠着窗户，没戴帽子，身子后倾，一只胳膊肘搁在窗台上，戴着戒指的手里拿着支没有点燃的雪茄。当火车开出，掠过她们那些油光发亮的脑袋，越来越快地把她们甩在后方时，那位旅客起身向前面的客车车厢走去。他手臂上搭着一件大衣，手里拿着一顶脏兮兮的浅色呢帽。霍拉斯用眼角余光看见他伸手摸索胸前的口袋，并注意到那人宽大柔软的白色头颈上修剪得怪齐整的头发。就像上过断头台给铡了一刀似的，霍拉斯想，看着那人从站在过道里的茶房身边侧身挤过去然后消失，那人正是在抬手戴帽子时从他的视线和脑子里消失的。火车飞速前进，驶上弯道时来回晃动着，偶尔掠过一座房子，穿过林中开出来的道路，越过山谷，那里一排排没长成的棉树呈扇形慢慢地展开进入视线。

火车减速了；然后猛地震动了一下，直传到后方，并且响起四声哨音。戴脏帽子的男人走进车厢，从前胸口袋里掏出一支雪茄。他疾步沿过道走来，看了一眼霍拉斯。他放慢脚步，手里捏着那支雪茄。火车突然又晃动了一下。那人刷地伸出一手，抓住面对霍拉斯的椅子背。

"这不是班鲍法官吗？"他说。霍拉斯抬起头，看见一张看不出是什么年龄也看不出在思量着什么的胖乎乎的大脸——一个小圆鼻子两旁各有一大片肥肉，犹如在眺望一座平顶山，然而这张脸还是有一种难以描绘的、似乎自相矛盾的微妙之处，仿佛造物主为了减少巨额开支，拿了原来打算创造松鼠或耗子之类的弱小而贪婪的动物的油灰来创造他，这样开了一个大玩笑。"我是在跟班鲍法官讲话吧？"他说，主动伸过手来。"我是斯诺普斯参议员①，克拉伦斯·斯诺普斯。"

"噢，"霍拉斯说，"对。多谢你称我为法官，"他说，"不过我看你有点儿超前了。不如说是希望如此吧。"

对方晃了下雪茄表示不同意，另一只手手心向上，无名指上戴着只硕大无比的戒指，戒指下端的皮肤颜色有些发白，他把这只手伸在霍拉斯的面前。霍拉斯握了一下便松开了。"你在奥克斯福上车时我就觉得认出了你，"斯诺普斯说，"不过我——我可以坐这儿吗？"他说，可他的腿已经在推开霍拉斯的膝盖了。他把大衣——一件质量低劣的蓝色大衣，丝绒的领子油光锃亮——扔在座位上，坐了下来，正好这时火车

---

① 他是约克纳帕塔法县立法机构里的参议员，想竭力拉拢霍拉斯·班鲍律师，因而尊称他为法官。

停下了。"是啊,先生,我见到你这样的人总是很高兴的,随便什么时候……"他把身子探过霍拉斯,向窗外窥视,只见外面是个肮脏的小车站,布告牌上写满了令人困惑的文字,有一辆装有一只铁丝鸡笼的特快敞篷货车,笼子里只有孤零零的两只鸡,还有三、四个穿着工装裤的男人悠然自得地嚼着烟草,靠在墙上。"当然你现在不再住在我这个县了,不过我常说,一旦交上了朋友,就一辈子都是朋友了,不管他投谁的票。因为朋友嘛,总是朋友,不管他能不能帮你的忙……"他倒身靠在椅背上,手里夹着没点上的雪茄。"这么说,你不是从那个大城市一路上这儿来的。"

"不是的。"霍拉斯说。

"你什么时候去杰克逊,我都会很高兴地接待你,就当你还住在我这个县一样。我常说,没有人会忙得没时间招待老朋友的。让我想想看,你现在住在金斯敦,对吧?我认识你那儿的那两位参议员。都是好人,两位都是,可我就是想不起他们的名字来了。"

"我也真的说不上来。"霍拉斯说。火车启动了。斯诺普斯向过道探过身子,往后张望。他的浅灰色西服熨烫过但没有干洗过。"好吧。"他说。他起身拿过大衣。"你要是进城①来,随便什么时候……我想你是去杰弗生吧?"

"对。"霍拉斯说。

"那我们还会再见面的。"

"干吗不就坐在这儿?"霍拉斯说,"你会发现这儿更舒服一点。"

---

① 指杰克逊,美国密西西比州的首府。

"我要上那边去抽口烟,"斯诺普斯挥挥雪茄说,"等会儿见。"

"你可以在这儿抽嘛。又没有什么小姐夫人在座。"

"当然,"斯诺普斯说,"冬青泉那一站再见。"他叼着雪茄,向客车车厢走去,不久便消失了。霍拉斯记得他十年前的模样:一个呆板笨拙的大个子青年,一家饭馆老板的儿子,一个过去二十年来不断从法国人湾那一带逐步迁入杰弗生的家族的成员;这家族衍生的影响很大,足以使他不必通过公开选举就当上了议员[①]。

他一动不动地坐着,手里拿着冷烟斗。他起身朝前走。穿过这客车车厢,进入吸烟车厢。斯诺普斯正站在过道里,一条大腿搁在坐着四个男人的座椅的扶手上,拿那支没点上的雪茄在打手势。霍拉斯捕捉住他的目光,从两节火车间的通廊上向他招招手。过了一会儿,斯诺普斯便胳臂上搭着大衣走到他跟前。

"州府的情况怎么样?"霍拉斯说。

斯诺普斯用刺耳的嗓音和过分自信的口气讲起话来。这番话里渐渐地涌现出一幅为了无聊而渺小的目的使出无聊的诡计和小规模的贿赂行为的画面,这些勾当主要是在旅馆房间里进行的,跑腿的小郎们飞也似的进房,他们鼓鼓囊囊的上衣飘了起来,正好挡住了谨慎地飞速消失在壁橱门后的女人们的裙子。"你随便什么时候进城来,"他说,"我总

[①] 福克纳写了《村子》、《小镇》、《大宅》三部曲以及《烧马棚》、《花斑马》等短篇小说,专门描写斯诺普斯家族的发家史。这个家族原先在法国人湾给人当佃户。有个叫弗莱姆的家族成员精明能干,不择手段地欺骗乡亲,掠夺钱财,终于进入由贵族世家控制的杰弗生,最后当上银行行长。在福克纳笔下,斯诺普斯是败坏美国南方优良传统的新兴资产阶级暴发户的代表。克拉伦斯和第二十一章出现的维吉尔都是弗莱姆的侄子。

是乐意带你这样的人四处走走的。你可以向城里任何人去打听；他们都会告诉你只要有这样的情况，克拉伦斯·斯诺普斯就知道这种旅馆在哪儿。我听说你家乡那边有桩很难办的案子。"

"现在还很难说。"霍拉斯说。他又说："我今天到奥克斯福去转了一下，到大学去跟我继女的朋友们聊了聊。她的一个最要好的同学不上学了。是个从杰克逊来的年轻小姐，叫谭波儿·德雷克。"

斯诺普斯正用多肉的、浑浊的小眼睛紧盯着他。"噢，是啊；德雷克法官家的姑娘，"他说，"逃跑的那一个。"

"逃跑？"霍拉斯说，"逃回家了，对吗？出什么问题了？功课不及格？"

"不知道。报上登出了消息，大家认为她跟什么人私奔了。那是种未婚的同居关系。"

"不过依我看，等她回到了家，她家的人就明白不是这么回事。得，得，蓓儿会大吃一惊的。那她现在在干什么？我看在杰克逊到处乱逛吧？"

"她不在那儿。"

"不在那儿？"霍拉斯说。他觉得对方在十分注意地看着他。"那她在哪儿？"

"她爸把她送到北方的什么地方，跟一个姑妈住在一起。密歇根州吧。过了几天以后，报纸上登出过。"

"噢。"霍拉斯说。他还是捏着那只冷烟斗，发现自己的手在口袋里摸索着找火柴。他深深地吸了口气。"那张杰克逊出的报纸挺不错。人们认为是州里最可靠的报纸，对吗？"

"当然，"斯诺普斯说，"你去奥克斯福就是为了找她吗？"

"不，不。我只是碰巧遇见我女儿的一个朋友，她告诉我她退学了。好吧，我们在冬青泉再见。"

"错不了。"斯诺普斯说。霍拉斯回到卧铺车厢，坐定以后点上烟斗。

火车放慢速度要在冬青泉进站时，他走到车厢接头处的通廊，但又马上退回车厢。茶房打开车门、拿着小凳急急下台阶时，斯诺普斯从客车车厢走了出来。斯诺普斯走下火车。他从前胸口袋里掏出一样东西递给茶房。"给，乔治，"他说，"送你一支雪茄。"

霍拉斯走下车。斯诺普斯扬长而去，那顶脏兮兮的帽子比别人的帽子高出半个头。霍拉斯看看茶房。

"他送给你了，对吗？"

茶房用手掌掂了掂那支雪茄。他把它放进口袋。

"你打算拿它怎么办？"霍拉斯说。

"我不会把它送给我不认识的人的。"茶房说。

"他常常这样做吗？"

"一年中有那么三、四次吧。好像我总是碰到他的……谢谢，先生。"

霍拉斯看见斯诺普斯走进候车室；那肮脏的帽子，那粗大的头颈又一次从他脑海里消失了。他再次在烟斗里装满烟丝。

他隔着一条街便听见去孟菲斯的火车进站了。等他走到车站时，火车已经停靠在月台旁。斯诺普斯站在打开的通廊门边，跟两个戴着新草帽的年轻人讲话，宽厚的肩膀和手势依稀带着些导师的神气。火车的汽笛响了。两个年轻人上了车。霍拉斯退后几步,绕过车站的拐角。

他要乘的火车到了,他看见斯诺普斯在他前面上了车,走进吸烟车厢。霍拉斯磕去烟斗里的烟灰,走进客车车厢,在后部找了个朝反方向的座位坐下来。

第二十章

霍拉斯走出杰弗生火车站时，一辆进城去的汽车减慢速度开到他身边。原来这是他去妹妹家时常坐的那辆出租车。"这一回，我让你搭个便车。"司机说。

"太谢谢你了。"霍拉斯说。他坐进汽车。汽车驶进广场时，法院大楼上的钟还只八点二十分，但旅馆那间房间里却没有灯光。"也许孩子已经睡着了。"霍拉斯说。他说："劳驾就在旅馆门口让我下车吧——"接着他发现司机小心而诧异地望着他。

"你今天没在城里。"司机说。

"是啊，"霍拉斯说，"怎么啦？今天这儿出什么事了？"

"她①不在旅馆里住了。我听说沃克太太②收留了她，让她住在监狱里。"

"噢，"霍拉斯说，"我在旅馆门口下车。"

休息厅里空无一人。过了一会儿，旅馆老板露面了：那是个身材结实的人，头发花白，嘴里叼根牙签，背心解开着，露出个匀称的大肚子。那女人不在旅馆里。"是那些教会里的小姐太太干的。"他说。他压低嗓门，用手捏着牙签。"她们今天早上来这儿。一个委员会的全体成

---

① 指鲁碧·拉马尔。
② 即下文监狱大院给霍拉斯开门的女人，是看守埃德的妻子。

员。我想你知道是怎么回事。"

"你是说你让浸礼会来命令你该接待什么样的客人?"

"是那些小姐太太干的。你是知道的,她们一旦有了个想法,就会那么干。男子汉还是不跟她们争,照她们说的办为好。当然,就我来说——"

"天啊,但愿有这样一个男子汉——"

"嘘——"老板说,"你知道是怎么回事,只要她们——"

"不过当然没有一个男子汉会——而你自以为是个男子汉,可竟然让——"

"我也得为自己保持某种身份啊,"老板用安抚和解的口气说,"如果你要寻根问底的话。"他后退一步,靠在桌子上,"我想我是可以决定谁能住在我的旅馆里谁不能住的,"他说,"我还认为这一带有些人最好也这么做。这也是明摆着的。我对谁都不欠人情。也不欠你的,绝对是这么回事。"

"她现在在哪儿?换句话说,她们把她赶出城了吗?"

"这不关我的事,客人退了房间以后上哪儿去不是我的事,"老板说,转过身去。他还说:"不过,我想有人收留了她吧。"

"好吧,"霍拉斯说,"这些基督徒。这些基督徒啊。"他转身朝门口走去。老板喊住他。他转过身来。对方正从文件格里取出一张纸。霍拉斯回到账台前。纸就摊在账台上。老板两手撑着账台向前靠,嘴里斜叼着牙签。

"她说你会付的。"他说。

他付了钱,一五一十地数钱时两手直哆嗦。他走进监狱大院,走到门口敲门。过了一会儿，出来一个衣衫凌乱的瘦长女人，她一手拿灯，一手扯紧披在身上的男人外套。她眯起眼睛看看他，不容他张嘴就说：

"我想你是来找戈德温夫人的吧。"

"是的。怎么——怎么——"

"你是那位律师吧。我以前见过你。她在这儿。正在睡觉。"

"谢谢，"霍拉斯说，"谢谢。我知道会有人——我原来还不相信——"

"我想我总能给女人和孩子找张床的吧，"女人说，"我才不在乎埃德怎么说呢。你有什么紧要的事情要找她吗？她现在在睡觉。"

"没有，没有；我只是想——"

女人隔着灯望着他。"那就不必叫醒她了。你可以在明天一早来，给她找个住的地方。不着急的。"

第二天下午，霍拉斯去妹妹家，又是雇了辆车去的。他告诉她出了什么事。"我现在不得不把她领回家了。"

"不许进我的家。"娜西莎说。

他看了她一眼。然后他慢吞吞地往烟斗里小心地装烟叶。"亲爱的，这不是一个有选择余地的问题。你该明白这一点。"

"不许进我的家，"娜西莎说，"我以为这个问题我们早就解决了。"

他划了根火柴点着烟斗，小心地把火柴放进壁炉。"你知不知道她差一点被赶得流落街头？那——"

"这不应该是什么难题。她早就应该习惯了。"

他看看她。他把烟斗放进嘴里，仔仔细细地一口口抽着，直到烟丝变成了炭末,一边注视着捏住烟斗杆的手在颤抖。"听我说,也许她们明天会要求她离开本城的。只不过因为她跟那男人没结婚却抱着他的孩子在这儿圣洁的街道上走来走去。但是是谁告诉她们的呢?这是我想知道的。我知道在杰弗生没有一个人知道,除了——"

"我是听到你第一个说起这事的,"珍妮小姐说,"不过,娜西莎,为什么——"

"不许进我的家。"娜西莎说。

"好吧。"霍拉斯说。他抽得使烟叶都成为炭末。"当然,这事就这么决定了。"他用干涩轻松的口吻说。

她站起身。"你今晚在这儿过夜吗?"

"什么?不。不。我要——我对她说过会去监狱接她的,还要……"他抽吸着烟斗。"嗯,我看这也没什么关系。我希望没什么关系。"

她还等着,虽然已经转过身子。"你住下还是不住下?"

"我甚至可以对她说轮胎给戳破了,"霍拉斯说,"说到底,时间可不是什么坏东西。用得恰当,你就可以把任何事物拉长,跟橡皮筋一样,一直绷到它在某处地方断裂,结果你每只手的大拇指和食指之间只留下一小团东西,可那里面充满了悲剧与绝望。"

"霍拉斯,你到底是住下还是不住下?"娜西莎说。

"我想我会住下的。"霍拉斯说。

他正躺在床上。他已经在黑暗中躺了大约一个小时,这时感觉到而不是看到或听到他的房门给打开了。原来是他的妹妹。他用胳膊肘撑起身子。她朝床走来,他开始模模糊糊地看见她的身影。她过来了,低头看着他。"你还打算折腾多久？"她说。

"就到天亮吧，"他说，"我要回城里去。你不会再见到我了。"

她一动不动地站在床边。过了一会儿，他听见她那冷漠而不肯通融的话语："你明白我是什么意思。"

"我答应不再把她领进你的家。你可以派伊索姆去那儿躲在美人蕉花床里监视动静。"她不吭声。"你总还不至于反对我住那儿吧？"

"你在哪儿住，我才不在乎呢。问题是，我住在哪儿。我住在这儿，在这个镇上。我还得住下去。可你是个男人。你对这种事无所谓。你可以远走高飞。"

"噢。"他说。他一动不动地躺着。她站在他面前，纹丝不动。他们平心静气地说话，仿佛正在讨论有关墙纸或食物的问题。

"难道你不明白这儿是我的家，我下半辈子都得呆在这地方。这也是我出生的地方。你上哪儿去，你干什么，我都无所谓。你搞多少个女人，她们都是些什么人，我都不在乎。不过我不能让我哥哥跟一个大家在议论纷纷的女人混在一起。我不指望你会想到我；可我请你为我们的父母着想。把她带到孟菲斯去吧。他们说你不同意让那男人交保释金出狱；那就把她带到孟菲斯去吧。你也可以编个谎话骗骗他的。"

"唔。你也这么想，是吗？"

"我什么也没想。我不在乎。这是镇上人的看法。因此是真是假都无所谓。我在乎的是，你逼得我天天为你编谎话。霍拉斯，上别处去吧，别呆在这儿。除了你以外，人人都相信这是桩蓄意谋杀的案子。"

"当然还相信我跟她的那档子事。我猜她们也这样说了吧，用她们那喷香而无所不能的圣洁之口。她们有没有说过是我杀了他①？"

"在我看来，谁是凶手关系不大。问题是，你是不是还要卷在里面？大家已经相信你跟她在夜里偷偷地溜进我的房子。"她冷酷而不肯让步的声音在他上方的黑暗中把一字一句吐露出来。窗外刮风的黑夜里送进来知了与蟋蟀的毫无生气的不和谐的叫声。

"你相信有那种事吗？"他说。

"我相信什么无关紧要。离开这儿吧，霍拉斯。我请求你。"

"把她——他们②留在这儿，撂下不管了？"

"如果他还是坚决认为他清白无辜，那就给他雇个律师。我来付钱。你可以找一个比你还要能干的刑事辩护律师嘛。她不会知道的。她甚至不会在乎的。你难道还看不出来，她只是在引诱你，让你不要一分钱便把他从监狱里弄出来？你难道不知道那女人或许在什么地方藏着钱呢？你明天要回城里去，对吗？"她转过身去，逐渐融入黑暗。"你吃了早饭再走吧。"

第二天早上，他妹妹在吃早餐时说："这案子另一方的律师是谁？"

"地方检察官。怎么啦？"

她摇铃要仆人送上新鲜的面包。霍拉斯注意地望着她。"你为什么要问是谁？"接着他说："该死的小混蛋。"他在骂那地方检察官，此人也是在杰弗生土生土长的，跟他们一起在城里上学读书。"我相信他是前天晚上那件事的幕后指使人。那家旅馆。把她赶出旅馆完全是为了制

---

① 指汤米。
② 指鲁碧和李·戈德温。

造舆论，捞取政治资本。上帝啊，要是我早知道的话，要是我真相信他这么做是为了进议会的话……"

霍拉斯走后，娜西莎上楼去珍妮小姐的房间。"那地方检察官是什么人？"她说。

"你是一向认识他的，"珍妮小姐说，"你还投票选了他呢。尤斯塔斯·格雷姆。你干吗要打听？你想给高温·史蒂文斯找个替身吗？"

"我只是觉得好奇。"娜西莎说。

"胡说八道，"珍妮小姐说，"你从来不觉得好奇。你总是说干就干，然后停下来等着下一次有机会再干。"

霍拉斯和从理发店出来的斯诺普斯打了个照面，只见他下巴颏上扑满了白粉，身子一动就散发出难闻的发蜡味。衬衫前胸领结下面别着一枚跟戒指配套的假红宝石饰纽。领结是蓝色的，上有小白圆点；细看时，这些白圆点显得很脏；他浑身上下那头发一刀切的脖子、熨烫过的衣服和擦得锃亮的皮鞋不知怎的都叫人觉得他是给干洗而不是用肥皂和水梳洗过的。

"你好啊，法官，"他说，"我听说你想给你那个当事人找睡觉的地方遇到了麻烦。就像我常说的——"他凑过身子，压低嗓门，泥土色的眼睛朝旁边溜"——教会不该插手政治，而女人不该插手教会或政治，更不用说法律了。让她们呆在家里，她们就会找到不少要干的事，就不会去捣乱男人的案子了。何况男人也左不过是人，他干什么是他自己的事，跟别人无关。你拿她怎么办了？"

"她住在监狱里。"霍拉斯说。他简单地说了一句，便抬腿想走开。

对方假作凑巧挡住他的去路。

"总而言之,你把他们全都惹火了。大家说你不肯让戈德温交保释放,因此他只好呆——"霍拉斯又抬腿想走。"我常说,这个世界上一多半的麻烦是女人闹出来的。就像那姑娘一样,居然逃跑了,把她老爹气得要死。我认为他把她送到外州去算是做对了。"

"是啊,"霍拉斯怒气冲冲,干巴巴地说。

"我听说你的案子办得很顺利,真替你高兴。我跟你私下说说,真希望有位好律师让那个地方检察官出点洋相。让这号人坐进县城的小办公室,他马上就得意忘形。好啦,见到你真高兴。我要进城去办一两天公事。我想你不会再上那儿去了吧?"

"什么?"霍拉斯说,"去哪儿?"

"孟菲斯呀。有什么事要我帮你办的吗?"

"没有。"霍拉斯说。他朝前走去。有一小会儿,他什么都看不见。他不断沉重地走着,下巴两侧的肌肉疼起来了,他走过人们身边,完全不知道他们在跟他说话。

第二十一章

火车快到孟菲斯时,维吉尔·斯诺普斯不说话了,变得越来越安静,他的伙伴正从一只蜡纸袋里掏爆玉米花和糖蜜饼来吃,却与他正好相反,变得越来越活跃,其神情仿佛喝醉了酒似的,看来并未注意到他朋友的情绪完全变了。等他们拿起人造革的新衣箱,往刮得干干净净的头脸上歪戴好新帽子,在车站下车时,方卓还在起劲地说话。进了候车室,他说:

"嗯,我们首先该干什么?"维吉尔一声不吭。有人撞了他们一下;方卓一把按住自己的草帽。"我们该干什么?"他说。说罢他望着维吉尔,冲着他的面孔望。"出什么事了?"

"没出什么事。"维吉尔说。

"好吧。我们该怎么办?你以前来过这儿。我可没来过。"

"我看最好还是先四处看看。"维吉尔说。

方卓用蓝瓷似的眼睛打量着维吉尔。"你这是怎么啦?一路上你在火车里尽讲的是你来过孟菲斯许多许多次。我敢打赌你从来没——"有人又冲撞过来,把他俩从中间推开;一股人流开始从他们之间走过去。方卓抓紧衣箱和帽子,使劲地挤回到他朋友身边。

"我的确来过的,"维吉尔说,呆滞的目光四处张望。

"好吧,那我们现在该干什么?那儿要到早上八点才开门呢。"

"那你慌什么？"

"嗯，我可不打算在这儿呆整整一夜啊……你以前来的时候干些什么？"

"去旅馆。"维吉尔说。

"哪家旅馆？这儿可不是只有一家啊。你以为所有这么些人都能呆在一家旅馆里吗？是哪一家？"

维吉尔的眼珠也是那种灰蒙蒙的不自然的浅蓝色。他茫然四顾。"华丽饭店①。"他说。

"得，我们就上那儿去吧。"方卓说。他们朝出口处走去。有人对着他们大喊一声"出租汽车"；一个红帽子脚夫想接过方卓手里的箱子。"小心，"他说，把它拉回来。街上，更多的出租汽车司机对着他们大声招揽生意。

"孟菲斯原来是这样的，"方卓说，"现在该走哪条路？"对方不回答。他转过头，发现维吉尔正跟一个司机说完话转身要走。"你怎么——"

"上这边来，"维吉尔说，"离这儿不远。"

路程是一英里半。他们隔一阵子便换只手拎箱子。"孟菲斯原来是这样的，"方卓说，"我这辈子都呆哪儿了？"他们走进华丽饭店时，一名茶房上前来拎箱子。他们擦过他的身边，走进旅馆，在瓷砖铺的地上小心翼翼地走着。维吉尔停住了脚步。

"走啊。"方卓说。

---

① 这是当时孟菲斯最著名的旅馆。

"等一下。"维吉尔说。

"我还以为你来过这儿呢。"方卓说。

"是来过的。这地方价钱太高。一天要一块钱呢。"

"那我们怎么办？"

"我们上别处去看看。"

他们回到街头。那时是五点钟。他们拎着衣箱继续寻找。他们来到另一家旅馆。他们朝门内张望，看到大理石的地面、黄铜制的痰盂、来回奔忙的小郎和坐在一盆盆花木之间的人们。

"这家看来同样糟糕。"维吉尔说。

"那我们怎么办？我们总不能这样转悠一夜吧。"

"我们上别条街去看看。"维吉尔说。他们离开大马路。走到下一个街口处，维吉尔又拐了一个弯。"我们到这边去看看吧。别去那些尽是大玻璃窗和穿号衣的黑鬼的地方。住在那种地方，你不得不支付买玻璃的钱。"

"为什么？我们去的时候玻璃早就买好了嘛。干吗我们得付钱？"

"万一我们在的时候有人把玻璃砸了。万一他们没法逮住砸玻璃的人。难道你以为不付我们那份玻璃钱他们就会让我们走吗？"

五点三十分时，他们来到一条狭窄肮脏的街道，这里都是木结构房屋和堆放着杂物的庭院。过了不久，他们走到一片无草坪的小院子中的一栋三层楼楼房前。楼前入口处斜靠着一个格栅做的假门。台阶上坐着一个身穿宽大长罩衣的大个子女人，正望着在院子里乱跑的两只毛茸茸的白狗。

"我们来试试这一家吧。"方卓说。

"这又不是旅馆。招牌在哪儿?"

"为什么不是旅馆?"方卓说,"当然是旅馆。谁听说过有人独个儿住一栋三层楼楼房的?"

"我们不能从这边进去,"维吉尔说,"这是后边。难道你没看见那个厕所?"他把脑袋朝那格栅门扭了一下。

"好吧,那就让我们上前边去吧,"方卓说,"来啊。"

他们拐过街角。这楼房的另一边是一排出售小汽车的展销室。他们站在这一段街道的中部,右手拎着衣箱。

"我不相信你从前来过这儿,绝对不信。"方卓说。

"我们回过去吧。那一定是前门。"

"厕所就造在前门边上?"方卓说。

"我们可以问那位老太太。"

"谁问?我才不问呢。"

"反正我们回去再看看吧。"

他们返回原处。那女人和两只狗不在了。

"这下完了,"方卓说,"可不是吗?"

"我们等一会儿。也许她会回来的。"

"都快七点了。"方卓说。

他们把箱子放在栅栏边。灯都点亮了,在宁静的西边高空的衬托下,高高的参差不齐的窗户里闪烁着一盏盏灯光。

"我还闻到了火腿味。"方卓说。

一辆出租汽车开过来。一个丰满的金发女郎走下车,跟着又下来一个男人。两人看着他们顺着走道走进格栅门。方卓倒抽了口冷气。"该死的,他们居然一块儿进了厕所。"他悄声说。

"也许那是她丈夫。"维吉尔说。

方卓拎起箱子。"来吧。"

"等一下,"维吉尔说,"再给他们点时间。"

他们等着。那男人走出来,坐进汽车开走了。

"不可能是她丈夫,"方卓说,"换了我就绝对不会走的。来吧。"他走进格栅门。

"等一下。"维吉尔说。

"你去等吧。"方卓说。维吉尔拿起箱子,跟在他后面。方卓小心地推开格栅门往里张望,维吉尔站住了。"哼,真见鬼。"方卓说。他走了进去。里面还有一扇门,门玻璃上有帘子挡着。方卓敲敲门。

"你干吗不揿这儿的铃?"维吉尔说,"难道你不知道城里人是不会给敲门的人开门的。"

"好吧。"方卓说。他揿揿铃。门打开了。开门的是那个穿宽大长罩袍的女人;他们听见那两条狗在她身后吠叫。

"这儿还有空房间吗?"方卓说。

莉芭小姐上下打量着他们,看看他们的新帽子又看看他们的衣箱。

"谁打发你们来的?"她说。

"谁也没有。我们自己找来的。"莉芭小姐看着他,"那些旅馆都太贵了。"

莉芭小姐喘着粗气。"你们两个家伙是干什么的?"

"我们来这儿办事①,"方卓说,"我们打算呆一阵子。"

"要是房钱不太贵的话。"维吉尔说。

莉芭小姐看看他。"宝贝儿,你们是哪儿人?"

他们告诉了她,还告诉她他们的名字。"我们打算在这儿呆一个月,要是觉得合意的话,也许还多住些日子。"

"嗯,我想可以的。"她顿住了一会儿说。她打量着他们。"我可以给你们一间房间,可你们在里面做买卖时我就得另外收费。我跟别人一样,得挣钱过日子。"

"我们不会在这儿做生意的,"方卓说,"我们要在学校里办事。"

"什么学校?"莉芭小姐说。

"理发学校。"方卓说。

"哎哟,"莉芭小姐说,"你这自以为是的小家伙。"接着她手抚胸口大笑起来。她喘着粗气哈哈大笑,他们冷静地望着她。"上帝啊,上帝,"她说,"进来吧。"

房间在屋子的顶楼,在后部。莉芭小姐领他们去看浴室。她拉门时里面有个女人说:"宝贝儿,等一下。"门打开了,一个穿着和服式晨衣的女人从他们身边走过去。他们看着她沿着走廊走远了,留下一缕香味,让他们年轻的身体从头到脚微微震动。方卓鬼鬼祟祟地推了推维吉尔。他们回到房间里,方卓说:

"又是一个。她有两个女儿。好家伙,真了不起;我进了一个只有鸡婆娘的家了。"

---

① 原文 business 有"生意"、"买卖"、"事情"等含意。莉芭小姐以为他们是做生意的人。

第二十一章

这第一夜,由于睡在陌生的床上和房间里,也因为外面的人声,他们好半天不能入睡。他们听得见城市的喧闹,既能引起联想又陌生疏远,既近在咫尺又远不可及;既有威胁又有希望——一股深沉的持续不断的声音,伴随着在看不见的地方的闪烁摇曳的灯光:五彩缤纷的、卷曲盘绕而又光彩夺目的形体,女人们已经温文尔雅地在这光彩中开始走动,既给人以新的欢乐又令人奇怪地缅怀昔日许下的诺言。方卓想象自己被一层又一层放下来的玫瑰色遮阳窗帘所包围,窗帘外面,他那年轻完美的躯体在丝绸的窸窣声和带喘息的悄声细语中变成千百个神祇的化身。也许这一切就会从明天开始,他想;也许到了明天晚上……一道光线从窗帘上方照射进来,在天花板上形成扇面形的一片光亮。他听见窗下有人在说话,先是个女人的声音,后来是个男人的:他们的话语汇成一片嗡嗡声;有扇门关上了。有人穿着窸窣作响的衣裙上楼来了,踩着女人轻快敏捷而有力量的步子。

他开始听见楼房里的各种声响:说话声、笑声;一架机械钢琴开始弹奏起来。"你听见吗?"他悄声说。

"我看她家里人口一定很多,"维吉尔说,嗓音已被睡意弄得含糊不清了。

"去你的,什么人口多,"方卓说,"这是在开晚会。真希望我能在场。"

第三天早上他们正要出门时,莉芭小姐把他们堵在门口。她想在他们下午不在家的时候用一下他们的房间。城里要开个侦探大会,买卖会忙一点,她说,"你们的东西不会出问题的。我会叫米妮事先都锁起来的。在我家,不会有人偷你们东西的。"

"你看她做的是什么买卖?"等他们走到了街口,方卓说。

"不知道。"维吉尔说。

"反正我希望能为她干点活,"方卓说,"尤其还有那么许多穿晨衣的女人,进进出出地奔忙。"

"不会对你有什么好处的,"维吉尔说,"她们全都结婚了。难道你没听出来?"

下一天下午他们从学校回来,在脸盆架下面发现一件女人的内衣。方卓捡了起来。"她是个裁缝。"他说。

"我想也是,"维吉尔说,"看看他们有没有拿走你的东西。"

这座房子里的人好像晚上都不睡觉似的。他们不论什么时候都听得见有人在楼梯上跑上跑下,而方卓总感觉到女人的存在,感受到女性肉体的存在。他甚至觉得虽然单身躺在床上,周围却都是女人,因此他躺在不断打呼噜的维吉尔身边,使劲竖起耳朵捕捉从墙外和地板缝里传进来的喃喃说话声和丝绸的轻微摩擦声,它们仿佛跟灰泥和木板一样是墙壁和地板的一部分,他心想来到孟菲斯已经有十天了,可还是只认识几个学校里的同学。等维吉尔睡着了,他常常起床,打开房门上的锁,让房门半开着,但是什么事情都没发生。

在第十二天,他对维吉尔说他们要去一个地方观光,跟一个也学理发的学生一起去。

"去哪儿?"维吉尔说。

"别问了,没问题的。你来吧。我发现了一个地方。一想到我都来了两个礼拜还不知道……"

"这要花多少钱?"维吉尔说。

"你什么时候曾不花钱找到过乐子?"方卓说,"走吧。"

"好,我去,"维吉尔说,"不过我可没答应花钱。"

"等我们到了那儿你再说吧。"方卓说。

理发师把他们带到一家妓院。他们出来时,方卓说:"想想看,我都来了有两个星期,居然还不知道有这么个地方。"

"我真希望你没打听出来,"维吉尔说,"这一来花掉了三块钱。"

"难道不值吗?"方卓说。

"凡是不能拿着带走的东西都不值三块钱。"维吉尔说。

他们快到家时,方卓站停下来。"我们得偷偷溜进去,"他说,"要是她发现我们到过什么地方,干了什么事,她也许不肯让我们再跟这些太太小姐住在一栋房子里了。"

"正是这样,"维吉尔说,"你真该死。你让我花了三块钱,现在你又要存心让我们俩都给轰出来。"

"你看我怎样干就怎样干,"方卓说,"别的你什么都不用管。别说话。"

米妮开门让他们进去。钢琴正奏得震天响。莉芭小姐在一扇门前露面了,手里拿着只马口铁杯。"好啊,好啊,"她说,"你们两个小伙子今天回来得可是够晚的。"

"是的,太太,"方卓边说边推着维吉尔朝楼梯走去,"我们参加了一个祷告会。"

他们上了床,在黑暗里还能听见那钢琴声。

"你害我花了三块钱。"维吉尔说。

"哼,别唠叨了,"方卓说,"一想到我来这儿快整整两个星期了……"

第二天下午,他们在暮色中回来,灯刚点着,开始闪烁,放出光芒,女人们迈着闪烁发亮的金黄色大腿,有的跟男人打招呼,有的坐进小汽车,或者干诸如此类的事。

"再花三块钱怎么样?"方卓说。

"我看最好不要天天去,"维吉尔说,"这样花钱太多。"

"说得有道理,"方卓说,"也许有人会看见了告诉她的。"

他们等了两晚上。"这下要六块钱了。"维吉尔说。

"那你就别去。"方卓说。

他们回家时,方卓说:"这次装得像样点。上一次你太不自然了,她差点发觉。"

"发觉了又怎么样?"维吉尔闷闷不乐地说,"她又不能把我们给吃了。"

他们站在格栅门外,悄声讲话。

"你怎么知道她就不能?"方卓说。

"她不想这么干嘛。"

"你怎么知道她不想?"

"也许她不会。"维吉尔说。方卓打开格栅门。"反正我是没法把那六块钱吃下去的,"维吉尔说,"但愿我有办法。"

米妮让他们进去。她说:"有人找你们俩。"他们在走廊里等着。

"这下我们真的给发觉了,"维吉尔说,"我劝过你别瞎花那份钱的。"

"哎呀,别唠叨了。"方卓说。

有个男人从一扇门里走出来,一个大个子男人,头上歪戴着一顶帽子，一条胳膊搂着一个穿红衣服的金发女郎。"那是克拉伦斯。"维吉尔说。

到了他们的房间里，克拉伦斯说："你们怎么会上这儿来的？"

"就这么找到的。"维吉尔说。他们俩把情况告诉了克拉伦斯。他戴着那顶脏帽子坐在床沿，手里夹了支雪茄。

"你们今天晚上上哪儿去了？"他说。他们不吭声。他们望着他，小心谨慎却又不动声色。"说吧。我都知道了。去哪儿了？"他们告诉了他。

"还害我花了三块钱。"维吉尔说。

"真够呛，你们真是杰克逊这一边最大的傻瓜，"克拉伦斯说，"跟我来。"他们畏畏缩缩地跟着他。他领着他们走出楼房，走过了三四个街区。他们穿过一条有不少黑人店铺和剧院的街道，拐进一条又黑又窄的小街，在一座窗子里点着灯、挂着红色窗帘的屋子前停下来。克拉伦斯撤了铃。他们听见门内有音乐声、刺耳的说话声和脚步声。他们给让进一间没有什么陈设的门厅，有两个衣衫褴褛的黑人在跟一个穿着油迹斑斑的工装裤的喝醉了的白人争吵。透过一扇开着的房门，他们看见一屋子咖啡肤色的女人，她们穿着艳丽的服装，梳着修饰过分的发式，露着灿烂的微笑。

"她们是黑鬼啊。"维吉尔说。

"她们当然是黑鬼啰，"克拉伦斯说，"不过你看见这张东西吗？"他在他堂弟的面前挥动一张钞票。"这玩意儿可是色盲啊。"

第二十二章

霍拉斯奔波了三天才给那女人和孩子找到栖身之处。那是座破房子，是一个据说给黑人制造符咒的半疯的白人老太婆的。它坐落在城边一块小小的长满齐腰高的草本植物的土地上，房前的草简直长得像一整片丛林。屋后有条从杂草中踩出来的小路，从破院门直通屋子的后门。晚上，房子深处不知什么鬼地方点亮着一盏灯，一直到天亮，而且从早到晚二十四小时内，总能看到在房后小胡同里拴着一辆大车或轻便马车，总有个黑人走进或走出那扇后门。

警官们曾经闯进屋去搜寻过威士忌。他们一无所获，只发现几把干枯的烟草和一堆脏瓶子，瓶里的东西谁都说不上来是什么，只知道那不是酒，而那个老太婆被两条汉子抓住了，平直的花白头发披散在亮闪闪的干瘪的脸上，用粗哑的嗓门尖声大骂。女人就在这房子的一间小坡屋里住下了，里面只有一张床和一桶说不出是什么的垃圾和废料，耗子在桶里整夜闹个不停。

"你在这儿不会有问题的，"霍拉斯说，"你总是可以打电话找我的，打到——"他说了个邻居的名字。"不，等一等；我明天让他们把电话重新接通。那样你就可以——"

"好，"女人说，"我看你最好别来这儿了。"

"为什么？你以为这会——我居然会在乎她们——"

"你还得在这儿过日子呢。"

"我要是这样,可真倒霉了。我已经让太多的女人来管我的事了,要是这些溺爱老婆的……"但他知道自己只是说说而已。他知道她也明白这一点,因为她那女人的天性使她始终对别人的一言一行保持着怀疑态度,这初看起来不过是她本性喜好邪恶,其实却是很切合实际的见解。

"我想如果我需要的话我会找你的,"她说,"除此以外我没有别的办法了。"

"上帝啊,"霍拉斯说,"你可别让她们……那些泼妇,"他说;"那些泼妇。"

第二天,他把电话装好了。他一个星期没去看妹妹;她根本没法知道他有电话了,然而,法院开庭的前一周,一天傍晚他正坐着看书,尖利的电话铃声刺破了屋内的寂静,他还以为是娜西莎打来的,但电话筒里传来的是个男人谨慎而死板的声音,其中夹杂着遥远的留声机或收音机中的音乐声。

"我是斯诺普斯,"打电话的人说,"你好,法官?"

"什么?"霍拉斯说,"谁啊?"

"斯诺普斯参议员。克拉伦斯·斯诺普斯。"留声机喧闹地放着音乐,但声音轻微、遥远;他能想象出这人的模样:肮脏的帽子、宽厚的肩膀,正俯身在电话机上——不是在杂货店就是在饭馆里——一只柔软的戴着戒指的大手挡着嘴,另一只手握着玩具似的电话筒,凑在上面悄声说话。

"哦,"霍拉斯说,"是吗?有什么事?"

"我打听到了一点消息,也许你会感兴趣的。"

"我会感兴趣的什么消息?"

"我想你会感兴趣的。还有一两个人也会感兴趣。"那收音机或留声机冲着霍拉斯的耳朵,两支萨克斯管的簧片吹奏出一串串琶音和弦。声音淫秽而肤浅,它们仿佛像两个关在笼子里的机灵猴子在彼此争吵。他听得见电话线另一端那男人的粗重的呼吸声。

"好吧,"他说,"你知道了什么会使我感兴趣的消息?"

"我会让你自己判断的。"

"好吧。我明天早上到闹市来。你可以找个地方来见我。"接着他马上说,"喂!"这男人好像正对着霍拉斯的耳朵在呼吸;不知怎的,平和的粗气忽然变得有些兆头不妙了。"喂!"霍拉斯说。

"看来你没有兴趣。我看我还是跟另一方去打交道,不再来麻烦你了。再见。"

"别挂;等一下,"霍拉斯说,"喂!喂!"

"怎么了?"

"我今天晚上就过去。大概十五分钟以后就到——"

"没有必要,"斯诺普斯说,"我有车。我可以开车去。"

他出屋走到院门口。今天晚上有月亮。柏树枝桠组成的银黑色的拱道里,萤火虫像若隐若现的针眼似的到处闪烁。柏树呈黑色,刺向天空,被衬托得像是黑色的剪纸;斜坡形的草坪闪出一片淡淡的光泽,银子似的光润。某处有只夜鹰啼叫起来,反反复复,声音发抖而凄凉,压倒了虫鸣。三辆汽车开了过去。第四辆放慢速度,拐向院门。霍拉斯走进车灯的光圈里。斯诺普斯坐在方向盘后,显得硕大无比,给人一种印象，仿佛是在汽车顶装好以前硬塞进去的。他伸出手来。

"晚上好，法官。我给沙多里斯太太打电话找你，才知道你又住到本城来了。"

"嗯，谢谢你，"霍拉斯说，他抽出自己的手。"你打听到的是什么消息？"

斯诺普斯趴在方向盘上，从车顶下向房子方向张望。

"我们就在这里谈吧，"霍拉斯说，"省得你把车子调头了。"

"这儿可不太保密，"斯诺普斯说，"不过该由你说了算。"他显得庞大而笨重，驼着背，看不清五官的圆脸在月光的折射下仿佛就是那月亮。霍拉斯发觉斯诺普斯在仔细打量他，又感到刚才电话里传来的那种不祥之兆；感到对方工于心计、狡猾而居心叵测。他觉得对方看着自己的思绪在前后左右飘忽不停，始终在撞击那硕大、柔软、毫无生气的躯体，仿佛被淹没在雪崩般倾泻而下的棉籽壳里。

"我们上大屋去吧。"霍拉斯说。斯诺普斯打开车门。"你朝前开吧，"霍拉斯说，"我走过去。"斯诺普斯向前行驶。霍拉斯赶上他时，他正在下车。"说吧，怎么回事？"霍拉斯说。

斯诺普斯又看看那栋房子。"独守空房，对吗？"他说。霍拉斯一言不发。"我一向都喜欢这么说，每个结了婚的男人都应有他自己的一个小天地，他可以一个人呆在那儿，不管干什么都跟别人没关系。当然，男人总是欠他老婆一份情的，不过，她要是不知道的话，那就对她没有伤害，对吗？只要他做到了这一点，我看不出来她还有什么可抱怨的。你要说的是不是这么回事？"

"她不在这儿，"霍拉斯说，"你不用吞吞吐吐话里有话。你究竟找我有什么事？"

他又一次感到斯诺普斯在打量他，不加掩饰的目光流露出工于心计和完全不相信的神情。"嗯，我总是说，男人的私事只能由他自己来处理。我不是在责怪你。不过，等你对我有了进一步的了解，你就会发现我不是个信口乱说的人。我见过世面。去过那种地方……来支雪茄？"他的大手飞快地伸到胸口，拿出两支雪茄。

"谢谢你，我不抽。"

斯诺普斯点上了雪茄，在火柴的火苗下，他的脸像块竖立起来的馅儿饼。

"你究竟为什么要找我？"霍拉斯说。

斯诺普斯抽了一口雪茄。"几天前我了解到一点情况，要是我估计得对的话，这消息对你挺有价值。"

"噢。挺有价值。什么价值？"

"这得由你来判断。我另外还有一个人，可以跟他做这笔买卖，不过你跟我是同乡，有诸如此类的关系。"

霍拉斯的思绪不时来回跳跃。斯诺普斯的老家在法国人湾附近某个地方，现在还有人住在那边。他知道住在本县那一区不识字的人们传递消息时那种转弯抹角的不够正大光明的方式。但这肯定不是个他想出卖给州政府的消息，他想。即使他这样的人都不至于是那么大的傻瓜吧。

"那你最好告诉我是什么消息。"他说。

他觉得斯诺普斯在打量他。"你还记得吗，你有一天在奥克斯福乘过火车，你先乘了辆公共汽车——"

"有这么回事。"霍拉斯说。

斯诺普斯花了一段时间，用心地抽着雪茄，使烟叶很均匀地红亮起来。他举起手，摸摸后脑勺。"你还记得你跟我提起过一位姑娘。"

"是啊。那又怎么样？"

"这得由你来说。"

他闻到从银色斜坡上飘来的忍冬花香，听见夜鹰的啼声，清脆，悲伤，反反复复。"你的意思是，你知道她在哪儿？"斯诺普斯没有吭声。"而且你要拿到一笔钱才肯告诉我？"斯诺普斯一声不吭。霍拉斯攥紧拳头，伸进口袋，把拳头紧贴在身体两侧。"你凭什么认为我会对这消息感兴趣？"

"这得由你来判断。我并不在乎什么谋杀案。我没有上奥克斯福去找过她。当然，你要是没兴趣的话，我就去跟另外那个人做这笔买卖。我只不过先给你个机会。"

霍拉斯转身向着台阶。他小心翼翼地走去，像个老年人。"我们坐下吧。"他说。斯诺普斯跟过去，在台阶上坐下来。他们坐在月光下。"你知道她在哪儿？"

"我看见过她。"他又用手摸了摸后脑勺，"是的，先生。要是她不在——没有在那儿呆过，你可以把钱收回去。这够公平交易了，对吗？"

"那你开价多少？"霍拉斯说。斯诺普斯用心地抽着雪茄，使烟叶均匀地发出红光。"说下去啊，"霍拉斯说，"我不跟你讨价还价。"斯诺普斯告诉了他。"好吧，"霍拉斯说，"我付。"他蜷起双腿，把胳臂肘搁在膝盖上，两手捂住了脸。"在什么地——等一下。你也许是个浸礼会教徒吧？"

"我家里的人都是。我本人相当开明。我的思想一点都不保守,你对我了解深了就会发现。"

"好吧,"霍拉斯用手捂着脸说,"她在哪儿?"

"我信任你,"斯诺普斯说,"她在孟菲斯的一家妓院里。"

第二十三章

霍拉斯走进莉芭小姐的院门,朝着格栅门走去,忽然有人在他身后喊他的名字。这是傍晚时分;饱经风吹日晒、斑驳剥离的墙上,只见一方方封得严严实实的白蒙蒙的窗户。他站停了,回头张望。附近墙角后面,斯诺普斯像火鸡似的探出脑袋。他走了出来。他抬头看看房子,接着朝街道的两端望望。他顺着栅栏走过来,小心翼翼地走进院门。

"好啊,法官,"他说,"男人总是男人,对吧?"他没有表示要跟对方握手。相反,他肥硕的身躯赫然矗立在霍拉斯的面前,不知怎的,神情既充满自信又同时保持着警惕,他回头向身后的街道瞥取了一眼。"我常说,男人偶尔出去走动走动,压根儿没什么坏处——"

"你又怎么了?"霍拉斯说,"你想从我这里捞取什么?"

"好了,好了,法官。我回到家不会把这事说出去的。你一百个放心。要是我们男子汉到处去说我们知道的事情,我们中间就谁都不能再在杰弗生下火车了,对吗?"

"你跟我一样,完全知道我在这儿干什么。你找我到底要干吗?"

"当然;当然,"斯诺普斯说,"我知道兄弟你的心情,结了婚可又不知道老婆上哪儿了。"他在慌慌张张回头瞥看街上动静的间隙里,居然还对霍拉斯使了个眼色。"你放心好了。事情到了我这儿就跟进了坟墓一样。我只不过不想眼睁睁地看着一个好——"霍拉斯早已向大门走去了。"法官,"斯诺普斯压低嗓门,尖声地说。霍拉斯转过身来。"别呆下。"

"别呆下?"

"见了她就走。这是个宰人的地方。骗乡下小伙子的地方。比蒙特卡洛①的价钱还要贵。我在外边等你,我要领你去一个地方,那里——"霍拉斯走过去,进了格栅门。他坐在莉芭小姐的卧室里跟她谈了两个小时,门外楼道里和楼梯上不时传来脚步声和说话声,后来米妮走进房间,把一张撕破的纸交给霍拉斯。

"那是什么玩意儿?"莉芭小姐说。

"是那个长着馅饼脸的大个子男人留给他的条子,"米妮说,"他说叫你到下边去。"

"你让他进来了?"莉芭小姐说。

"没有,小姐。他根本不打算进来。"

"我看他也不会打算进来的。"莉芭小姐说。她嘟哝了一声。"你认识他吗?"她对霍拉斯说。

"认识。我对此好像没什么办法。"霍拉斯说。他打开纸条。那是从一张传单上撕下来的,上面有用铅笔写的一个地址,字迹端正而流利。

"大约两个星期前他上这儿来过,"莉芭小姐说,"他来找两个小伙子,坐在餐厅里一边吹牛吹得天花乱坠,一边摸姑娘们的屁股,可我没听说他花过一分钱。米妮,他可曾叫你送过吃的?"

"没有,小姐。"米妮说。

---

① 摩纳哥公国一城市,世界著名赌城。

"而且过了一两天,他晚上又来了。没花一分钱,除了吹牛什么事都不干,我就对他说,'听着,先生,你有时也得掏点腰包,好比使用了候车室,总得上火车一样。'于是他再来时带了半品脱威士忌。要是个好顾客这么做,我一点都不在乎。可像他那样的家伙来这儿三次,拧我姑娘们的屁股,却只带来半品脱威士忌,而且只要了四瓶可口可乐……宝贝儿,他不过是个低级下流的家伙。所以我吩咐米妮不要再放他进来,可有一天下午,我刚躺下想睡个午觉,那时候——我始终不知道他怎么说动米妮让他进屋的。我知道他从没给过她什么东西。米妮,他是怎样干成的?他一定让你看了样你从来没见过的东西。对吧?"

米妮甩了下脑袋。"他才没有我想看的东西哪。我见过的世面可多呢,多得对我自己没好处啦。"米妮的丈夫抛弃了她。他不赞成米妮干的工作。他是一家餐馆的厨子,把白人太太们送给米妮的衣服和珠宝席卷一空,带着餐馆里的一个女招待跑掉了。

"他没完没了地打听那个姑娘,拐弯抹角地老是提到她,"莉芭小姐说,"我就跟他说,要是真的着急想了解情况的话,那就去问金鱼眼。我什么都没告诉他,只是叫他滚出去,不要再来,明白吗;可那天下午两点来钟的时候,我正睡着觉,米妮把他放进来了,他问她屋里有谁在,她告诉他没人,他就上楼来了。米妮说就在这个时候金鱼眼走了进来。她说她不知道该怎么办。她不敢不让他进屋,可她说她知道要是放了他进来而他把那大个子混蛋打得楼上地板上溅满了血的话,我会把她辞掉的,偏巧她丈夫刚刚把她撇下了。

"所以金鱼眼像猫似的悄没声响地上了楼,撞见你那位朋友跪在地上,从钥匙孔眼往里张望。米妮说金鱼眼在他身后站了约摸一分钟,帽子歪戴着遮住一只眼睛。她说他摸出一支香烟,在拇指指甲上划了根火柴,没发出一点声响,点着了香烟,然后她说,他伸出手去,把火柴凑到你朋友的脖子后面,米妮说她站在楼梯半中央看着他们:那个脸蛋像一张没烤好就拿出烘箱的馅饼的家伙跪在地上,金鱼眼一边从鼻孔里喷烟,一边好像在对着他甩脑袋。后来她退下楼来,大约十秒钟后,那家伙两手抱着脑袋冲下楼,像那些拉大车的牲口似的喉咙里呜—呜—呜的直响,米妮说他在门口乱抓乱推了大约一分钟,像风倒灌进烟囱那样顾自直哼哼,一直到她打开大门让他出去。那是他最后一次按这门铃,直到今天晚上……让我看看。"霍拉斯把纸条递给她。"那是家黑鬼的妓院,"她说,"这肮——米妮,去跟他说他朋友不在这儿。告诉他我不知道他上哪儿去了。"

米妮走了出去。莉芭小姐说:

"各种各样的男人都上我家来过,可我总得对某些人划条界限啊。我还有律师哪。孟菲斯最了不起的大律师就在我餐厅里作过东,款待过我的姑娘们。是个百万富翁。体重二百八十磅,专门为自己定做了一张床,送到这儿来。现在就在楼上呢。不过他们全都照我做买卖的办法行事,不是搞他们那一套。没有充分的理由,我才不会让律师来打扰我的姑娘们哪。"

"可你认为这理由还不够充分?即使有人为了他没干过的事情正在受审判,也许会被判死刑?你现在也许已经犯了窝藏亡命之徒使他免受法律惩处的罪过。"

"那就让他们来抓他好了。我跟这事毫无关系。这楼里有的是警察,我才不怕他们呢。"她举起大口杯喝了几口,用手背擦了下嘴。"我不知道的事情我绝对不管。金鱼眼在外面干些什么，那是他的事情。他要是在我家里动手杀人，那时候我才会插手管起来。"

"你有孩子吗？"她望着他。"我可不想来打听你的私事。"他说。"我只是想到了那个女人。她又得流落街头，只有上帝知道她的娃娃会出什么事。"

"我有孩子，"莉芭小姐说，"我抚养着四个孩子，放在阿肯色州一个人的家里。不过不是我的孩子。"她举起大口杯，往杯里看了看，轻轻地摇晃了两下。她把酒杯又放下了。"孩子最好根本不要生下来，"她说，"哪个孩子都不该生出来。"她站起身，费劲地挪动身子向他走过来，喘着粗气站在他跟前。她把手放在他脑袋上，使他仰起脸来。"你没在骗我吧？"她说，目光尖利、专注、悲哀。"没有，你不是在骗人。"她松开手。"你在这儿等一会儿。我去想想办法。"她走出屋子。他听见她在楼道里跟米妮说话，后来他听见她在费劲地上楼。

她离开后，他安静地坐着。房间里有一张木床、一架描花的屏风、三把垫料加得太厚的椅子和一个壁式保险箱。梳妆台上凌乱地放着系着粉红色缎子蝴蝶结的梳妆用具。壁炉台上有只玻璃钟罩，里面是一支蜡制的百合花；钟罩上方挂着一幅用黑布围起来的照片，是个长着十分浓密八字须的显得很温顺的男人的像。墙上挂着几幅石印画，都是仿造的希腊风景画，有一幅是用梭织法编织成的。霍拉斯起身走到门口。米妮正坐在光线暗淡的楼道里的一把椅子上。

"米妮，"他说，"我得喝点酒。来个大杯的。"

他刚喝完，米妮进来了。"她说叫你上楼去。"她说。

他登上楼梯。莉芭小姐在楼梯口等他。她领着他穿过楼道，打开一扇黑屋子的房门。"你得摸着黑跟她讲话,"她说,"她不让点灯。"楼道里的灯光泻入房门,射在床上。"这不是她的房间,"莉芭小姐说,"她根本不肯在她的房间里见你。我看你要打听你要的消息的话得哄她高兴。"两人走进屋子。灯光落在床上一堆没有动静但呈弧形而隆起的被子上,而床的总体外观似乎没有受到破坏。她会憋死的,霍拉斯想。"宝贝儿。"莉芭小姐说。那隆起的被子没有动静。"他来了,宝贝儿。既然你全身都蒙着,我们就开个灯有点亮吧。那样就可以把房门关上了。"她开了灯。

"她会憋死的。"霍拉斯说。

"她一会儿就会钻出来的,"莉芭小姐说,"说吧。告诉她你想打听些什么。我最好还是呆在这儿。不过你别管我。我早就学会装聋作哑了,要不然就干不了这买卖。再说,要是我真有过好打听私事的心思,那也早就在这栋房子里给消磨掉了。椅子在这儿。"她转过身去,可是霍拉斯抢先一步拉过两张椅子。他在床边坐下,对着那毫无动静的隆起的被子说话,对她说他想了解些什么。

"我只想知道到底出了什么事。你不会受牵连的。我知道那不是你干的。在你开口以前我先保证你不必出庭作证,除非他们打算不开庭就绞死他。我知道你的心情。要不是那个男人有生命危险,我是不会来打搅你的。"

隆起的被子纹丝不动。

"他们为了他从来没干过的事情要把他绞死,"莉芭小姐说,"而她就会一无所有,连个亲人都没有。你有钻石,她可只有个可怜的娃娃。你亲眼看见过的,对吗?"

隆起的被子仍然纹丝不动。

"我知道你的心情,"霍拉斯说,"你可以换个名字,穿上别人认不出来的衣服,戴上眼镜。"

"他们不会来抓金鱼眼的,宝贝儿,"莉芭小姐说,"他精明得很。你不知道他的真名实姓,一点都不知道,要是你得去法院对人讲出真情,我会在你走了以后派人通知他,他就会上别处去,派人来接你。你跟他都不打算呆在孟菲斯。律师会照看你的,你不必说什么你——"隆起的被子动起来了。谭波儿掀开被子,坐了起来。她披头散发,面孔虚肿,面颊上涂着两摊红红的胭脂,嘴唇描成野性十足的丘比特的弯弓形。她怀着敌意恶狠狠地瞪着霍拉斯,然后转过目光。

"我要喝杯酒,"她说着,把睡袍的肩部拽上去。

"躺下吧,"莉芭小姐说,"你会着凉的。"

"我还要喝杯酒。"谭波儿说。

"躺下吧,反正该把你的光脊梁盖起来。"莉芭小姐边说边站立起来。"晚饭以后你已经喝了三杯啦。"

谭波儿又把睡袍往上扯了一下。她看着霍拉斯。"那你给我一杯酒。"

"好了,宝贝儿,"莉芭小姐说,试图推她睡下去。"躺下吧,盖好被子,告诉他那件事情。我马上给你倒酒来。"

"放开我。"谭波儿挣脱她的手。莉芭小姐拽过被子围在她的肩头。"那就给我一支香烟吧。你有烟吗?"她问霍拉斯。

"我马上就给你拿一支来,"莉芭小姐说,"那你肯不肯照他说的办?"

"为什么?"谭波儿说。她又用那恶狠狠的挑衅性的眼光瞪着霍拉斯。

"你不必告诉我你的——他——在哪儿。"霍拉斯说。

"别以为我不敢告诉你,"谭波儿说,"我到哪儿都敢说。别以为我害怕了。我要喝杯酒。"

"你告诉他,我就给你拿一杯来。"莉芭小姐说。

谭波儿坐在床上,把被子裹在肩头,开始告诉他她在那破败的房子里度过的那一夜的情况,从她走进房间用椅子抵住房门一直到女人来到床前把她领出去。在全部经历过程中似乎唯有这一段给她留下了深刻的印象——那个相比之下她保持纯洁未受侵犯的夜晚。霍拉斯时不时地试图引她往下讲,谈谈那桩罪行本身,但她总是避而不谈,又回到她坐在床上听男人们在外边门廊上聊天的情景,或者描绘她怎么躺在黑暗里听见他们走进屋子,来到床边,站在她身旁的景象。

"是的;就是这么回事,"她说,"就这么发生了。我搞不懂。我提心吊胆得太久了,因此我想我变得习惯了。所以我就坐在棉籽堆里望着他。我起先还以为那是只耗子。那儿有两只耗子。一只躲在角落里望着我,另一只在另外一个角落里。我不知道它们靠吃什么活下去,因为那儿除了玉米棒子芯和棉花籽以外什么东西都没有。也许它们上大屋去吃东西。可大屋里没耗子。我在大屋里从来没听见过耗子叫。我刚听见声息时还以为也许是耗子,不过呆在黑屋子里有人的时候你会觉得的:你明白吗?你用不着用眼睛看。你会感觉到的,就像你坐在汽车里会知道他们想找个好地方停车一样——你知道:暂时停一会儿车。"她就这样一直诉说着,用的是女人发现自己成为注意力中心时常用的那种轻松欢快、唠唠叨叨的独白形式;忽然,霍拉斯意识到她在复述这段经历时确实感到骄傲,带着一种天真而超然的虚荣心,仿佛正在编造一个故事,来回快速地看看他又看看莉芭小姐,就像一条狗在小胡同里追赶两头牲口时的情景一样。

"所以只要我一呼吸,我就听见那些玉米壳窸窣作响。我真不明白这样的床上怎么可以睡人。不过也许多睡睡你就会习惯的。要不,也许他们到了夜里都精疲力竭了。因为我一呼吸就听见玉米壳发响,即使我仅仅是坐在床上。我不明白为什么只要一呼吸就会引起声响,所以就尽量坐着不动,可我还是听见那窸窣声。这是因为人的呼吸是往下走的。你以为呼吸是朝上来的,但是不是这么回事。那是在你身子里往下走的,而且我还听见他们在门廊里喝酒喝到醉醺醺的。我心想,我能看见他们的脑袋靠在墙上的什么地方,我就对自己说,现在是这个人在从坛子里喝酒。现在是那个人在喝了。你知道,就像你起床后枕头上还留下脑袋压过的凹形那样。

"就在这个时候我开始想到一件稀奇古怪的事情。你知道人害怕的时候会怎么干。我望着自己的腿,努力设想我是个男孩。我想象如果我是个男孩会怎么样,然后我努力通过想象来使我变成个男孩。你知道你是怎么干这种事的。就像上课的时候,你知道一道题该怎么答,等到做到这道题时,你望着老师,心里使劲想,叫我答。叫我答。叫我答。我还想起他们对小孩说的话,说吻一下自己的胳膊肘,你就能男变女女变男,我就使劲去吻。我真的吻着了。我就是害怕到这种程度,我还捉摸要是我真变成男的自己是否会知道。我的意思是,在我看自己以前,我就想我已经变成男孩了,我会走出去让他们都看一下——你明白吧。我会划根火柴,说看吧。明白了吗?现在别再来惹我了。然后我就可以回到床上去睡觉了。我会想象怎样上床去睡,并且就睡着了,因为我实在困了。我困极了,眼睛都快睁不开了。

"所以我紧闭眼睛,不断说现在我是个男孩了。我现在是男的了。我端详自己的大腿,想到我为它们做了那么多的事情。我想到我带它们去参加了多少次舞会——就这样,傻乎乎地胡思乱想。因为我想到我为它们做了那么多,而它们现在却让我陷入这种困境。所以我想到要祈求上帝把我变成个男孩,我做完祷告,安安静静地坐着等待。后来我想也许我没法知道变了没有,就打算看一看。可我又想也许还得等一会儿再看;要是看得太早,会破坏好事,那就变不成了,肯定变不成了。因此我就数数。开始我说数到五十吧,可又想还太早,我就说再多数五十。后来我想要是不及时看一下,也许会太晚了。

"后来我想应该用某种方法把自己绑绑紧。我认识一个姑娘,有一年夏天她出过国,她告诉我在博物馆里看到一根铁带,是国王之类的人物在不得不外出时用来锁住王后的,我就想要是有这么一根带子就好了。因为这个原因我才取下雨衣穿在身上。雨衣边上挂了只军用水壶,我也拿了下来放在——"

"水壶?"霍拉斯说,"你为什么要这样做?"

"我不知道为什么把它取下来。我想我只是太害怕了,不敢让它挂在墙上。不过我想到要是有那个法国玩意儿① 就好了。我想也许那带子上面有些长尖钉,等到他发现已经太晚了,我会用尖钉来扎他。我会一直扎进去把他扎穿,我还会想象血会流到我的身上,我会说我想这对你是个教训!我看这下子你不会再来找我麻烦了吧!我会这么说的。我没

---

① 指上文提到的贞操带,那是中世纪时上层人士为防止妻子和人私通而强迫她们佩带的。

想到情况会正好相反……我要喝杯酒。"

"马上就给你,"莉芭小姐说,"说下去,给他讲啊。"

"噢,对;我还干了件怪事。"她叙述她躺在黑暗里,高温躺在她身边打呼噜,她倾听着玉米壳发出的声响,听见黑暗中各种动静,感到金鱼眼在走近。她听见自己血管里血液奔流的声音,听见眼角的肌肉轻轻地在撕裂,裂口变得越来越大,感到鼻孔内时冷时热。接着他就站在床边了,她暗暗地说来啊,摸我吧,摸啊!如果你不摸你就是胆小鬼。胆小鬼!胆小鬼!

"你知道我想入睡。可他老是站在那儿。我想要是他就动手干,干完了我就可以入睡了。所以我说你不摸我你就是胆小鬼!你不摸我就是胆小鬼!我觉得我的嘴巴张开来要尖叫了,也感到心里那一小团要尖叫的热烘烘的东西。接着他真的摸我了,那只冰凉的讨厌的小手,摸弄着雨衣里面我没穿衣服的地方。这手像块会动的冰,我的皮肤开始像小船前面的小飞鱼那样弹跳开去。仿佛我的皮肤在他的手还没动的时候就知道它要摸到哪儿去,我的皮肤总是抢先一步躲开了,好像等手摸到的时候那儿就什么也没有了。

"后来它朝下伸到我的肚子上,而我从前一天晚饭起就没吃过东西,我的胃肠开始咕噜咕噜地响起来,响得没完没了,那些玉米壳也窸窸窣窣地响个不停,好像在哈哈大笑。我想它们是在笑我,因为他的手不断地伸进我裤衩的裤腰,而我还没变成男孩。

"这事真有点怪,因为我当时并没有在呼吸。我好长时间没呼吸了。所以我想我已经死了。接着我干了件稀奇古怪的事情。我看见自己躺在棺材里。我看上去很可爱——你明白吗:浑身上下一身白。我还戴了块面纱，像个新娘，我在哭，因为我死了，或者因为我看上去很可爱，或者因为别的原因。不对：那是因为他们在棺材里放了玉米壳。我在哭，因为他们在我死了躺着的那口棺材里放了玉米壳，可我始终觉得我的鼻子一忽儿凉一忽儿热一忽儿凉一忽儿热，还看见所有坐在棺材周围的人，他们在说她不是看上去真可爱吗。她不是看上去真可爱吗。

"可我不断地说胆小鬼！胆小鬼！摸我呀，胆小鬼！我气坏了，因为他慢吞吞地不肯动手干。我真想对他说话。我想说难道你以为我会光为了侍候你在这儿躺上一夜吗？我会这么说的。我会说，我来告诉你我打算干什么吧。我就那么躺着，那些玉米壳都在笑我，我在他手到以前就躲闪开了，还想着该对他说什么话。我要像学校里的老师那样对他说话，那时我真的成了学校里的老师，我面前是个黑色的小玩意儿，有点像个小黑鬼，而我是他的老师。因为我要说我多大年纪了？我要说我四十五岁了。我头发花白，戴副眼镜，跟这种年纪的妇女一样这儿大得很。我穿着定做的灰色套装，可我从来不适合穿灰色衣服。我对那玩意儿说我打算干什么，可它好像不断地在挺起来挺起来，好像它已经看见鞭子了。

"后来我说这样不行。我应该是个男人。于是我就成了个老头，长着长长的白胡子，而那小黑人变得越来越小，越来越小，我对他说你现在明白了吧。你现在明白了吧。我现在是个男人了。我就想怎么变成个男人，我刚这么想，那事就发生了。好像发出啪嗒一声，就像把一小根橡皮管倒过来吹时的声音。我觉得有点凉气，就像你张大嘴时嘴里觉得发凉那样。我感到了这种凉气，我就躺着一动不动，憋着劲儿不笑出来，因为我想到他会大吃一惊的。我感到衬裤里我的皮肤在他手摸到之前不断躲闪,而我躺在那儿,一面想到他马上就会大吃一惊并且气得不行,一面使劲憋着不笑出声来。忽然一下子我睡着了。我甚至没法在他的手摸到那儿时保持清醒。我就那么睡着了。我甚至不再觉得自己在躲闪他的手,可还是能听见玉米壳的窸窣声。直到那女人进来,要把我带到粮仓,我才醒过来。"

他离开屋子的时候,莉芭小姐说:"我希望你把她带到那儿去,别让她回来了。我要是知道该怎么联系的话,我会自己出面去找她的亲人的。不过你知道该……照她跟他在楼上那间屋子里过的日子,不出一年她不是死去就是进疯人院。那里面有点不大对头的地方,我还没闹明白是怎么回事。也许问题出在她身上。她生来不是过这种生活的人。过这种生活你得有天生的本事,我想就像有人天生就能当屠夫或者剃头师傅一样。没有人只是为了钱财或者取乐才干这两种行当的。"

她还是今天晚上就死去的好,霍拉斯边走边想。对我来说也是件好事。他想象把她、金鱼眼、那女人、那孩子、戈德温全都关进一间屋子,一间光秃秃的、致人死命的房间,直截了当而又寓意深远:处于愤慨与惊讶之间的抹掉一切的一刹那。连我也一起抹掉;想到这倒是唯一解决问题的办法。从古老而悲惨的世界里消除掉、烧毁掉。连我一起,既然我们大家都六亲无靠;想到一股幽暗的微风掠过睡眠的长廊;想到在持续的雨声中躺在低矮温馨的屋顶下:那邪恶、那不公正、那泪水。在一条小巷口站着两个人影,面对着面,互不接触;男的低声用抚爱般的细语吐露着一个又一个无法见诸文字的形容词,女的纹丝不动地站在他跟前,仿佛在回味纵欲的快感,觉得心醉神迷。也许正是在这一瞬间我们意识到,我们承认邪恶是有其逻辑形式的,我们是会死的,他想,想起了以前在一个死孩子眼睛里看到过的表情,在其他死者眼睛里看到过的神情:怒火逐渐冷却,震惊中的绝望逐渐消逝,只剩下两个空洞的球体,深深地潜伏其中的是个具体而微的毫无动静的世界。

他连旅馆都不回。他去了火车站。他可以乘半夜里的一班火车。他喝了一杯咖啡,但马上就后悔了,因为咖啡像个滚烫的皮球在胃里翻腾。三小时后,他在杰弗生站下车,热皮球还在他的胃里,还没有被吸收。他步行进城,穿过不见人影的广场。他想起他上次穿过广场的那个早上。在这两次之间,时光似乎从未流逝过:灯光照亮的钟面摆着同样的姿态,门洞里还是同样的像兀鹫般凶恶的黑影;这完全可能是同一个清晨,他只不过穿过了广场,转过身子,正在走回来;两者之间不过是一场梦,充满着他活了四十三岁才能设想的梦魇中的一切幻影,浓缩成为他胃里一团滚烫的硬块。突然他加快了步伐,咖啡像块滚烫沉重的石头在他胃里上下颠簸。

他静悄悄地走上房前的汽车道,开始闻到爬在栅栏上的忍冬花的香味。屋子黑黢黢的,一片寂静,仿佛在时光的消逝中被孤零零地困于广袤空间。草虫已进入低沉单调的吟鸣,唧唧虫声无所不在而又无处寻觅,疲惫无力,仿佛有一个荒芜而垂死的世界被遗弃在它赖以生存并呼吸的混沌流体的潮汐边沿,而这片虫声则表达了那个世界中由化学作用产生的苦痛。天穹中月亮高悬,但并无光亮;天幕下大地低卧,却并不黑暗。他打开门,摸索着走进屋子,寻找电灯开关。夜晚的声响——不管是虫鸣还是其他声音——追随着他登堂入室;他突然明白这是地球轴心处传来的摩擦声,因为时候到了,它得决定是继续旋转还是永远停止不转:一个在日趋冷却的空间中静止不动的球体,球体上像冷森森的烟雾似的缭绕着浓郁的忍冬花香。

他摸到了电灯开关,把灯开了。那张照片仍在梳妆台上。他拿起照片,捧在手里。照片没有镜框,但四周仍有镜框窄窄的压痕,印迹之中是用可人心意的明暗对照法拍摄的小蓓儿的梦幻般的面容。由于纸板对灯光的某种感应,也许由于他双手的某种难以察觉的细微颤动,由于他本人呼出的气,照片里的面庞似乎在他的手掌中呼吸着,沐浴着淡淡的强光,经受着无形无影的忍冬花缓慢而青烟似的舌喙的抚摸。花香弥漫着整个房间,浓郁得几乎看得见摸得着,照片中的小脸显得慵懒,似乎消融在肉欲的满足之中,越来越模糊不清,渐渐地淡化,在他的眼睛里像那香味本身似的留下柔和并逐渐消失的回味无穷的邀约、性感的许诺和秘而不宣的确认。

于是他明白他胃里究竟是什么感受了。他慌忙放下照片,冲进浴室。他在奔跑中打开浴室的门,摸索着寻找电灯开关。但他还没摸到就忍不住了,他停止摸索,向前猛扑,撞在洗脸池上,弯下腰用两臂撑住身体,与此同时,她大腿下的玉米壳发出一阵惊人的响声。她仰天躺着,略微抬起脑袋,低垂下颏,像是从十字架上取下来的人形,她注视着某种乌黑而狂暴的东西喧嚣着冲出她苍白的躯体。她赤身裸体,被仰面朝天地绑在一节平板车上,飞速穿过黑暗的隧道,黑暗犹如一根根僵硬的线在头顶上流过,耳边响起铁轮的喧闹声。平板车爬上漫长的坡道,一头冲出隧道,头顶上的黑暗这时被两行平行的跃动着的灯火撕成碎片,声音越来越强,犹如屏住的呼吸,在那停止的间歇中,她在充满苍白的无数光点的虚无之中懒洋洋地微微摇晃着。从她身下远处传来玉米壳轻微而狂暴的喧嚣声。

第二十四章

谭波儿第一次走到楼梯口的时候,米妮大吃一惊,她站在莉芭小姐房门口昏暗的光线里,眼珠瞪得都快弹出来了。谭波儿回到屋内,又靠在拴上的房门上,听见莉芭小姐费劲地走上楼来敲她的房门。谭波儿靠在门上默不作声,莉芭小姐在门外呼哧呼哧地喘着粗气,说了一大堆连哄带骗加威胁的话。她一声不吭。过了一会儿,莉芭小姐回楼下去了。

谭波儿离开房门,在房间中央站住了,默默地拍击着双手,苍白的面庞上眼睛显得格外黝黑。她穿着一套上街作客的衫裙,戴着帽子。她摘下帽子,扔到墙角,走到床前,脸朝下地趴在床上。床没有铺好。床边的桌子上零乱地丢满了烟头,靠床的地板上到处都是烟灰。床这边的枕头套上有不少黄黑的窟窿。她常常在半夜里醒过来闻到香烟味儿,看到一只红宝石色的火眼,那该是金鱼眼嘴巴的所在。

这是上午九十点钟的时候。一缕阳光从南窗的窗帘底下射进来,先照在窗台上,然后泻在地板上像一条狭窄的带子。整栋房子静悄悄的,没有一点动静,带着上午这个时候才有的有气无力的气氛。偶尔楼下街头驶过一辆汽车。

谭波儿在床上翻了个身。她翻身时,看见了搭在椅子上的一套黑西服,那是金鱼眼无数黑西服中的一套。她躺在床上盯着它看了一会儿,然后起身,一把抓起衣服,扔到她刚扔过帽子的那个墙角里。另一头墙角里有座用一道印花布帘临时拦起来的衣橱。里面是各种各样的裙服，都是新的。她气呼呼地把这些衣服拉下来，团成一团团，使劲往西服上扔过去，接着又从架子上取下一堆帽子扔了过去。衣橱里面还挂着金鱼眼的另一套黑西服。她把它拽下来扔掉。西服后衣橱的钉子上挂着一把装在涂过油的丝绸枪套里的自动手枪。她小心翼翼地取下来，从枪套里拿出手枪，拿着它站着。过了一会儿，她走到床前，把枪藏在枕头下。

梳妆台凌乱不堪，堆满了梳洗用具——刷子、镜子，也都是新的；还有各种各样精致而形状稀奇古怪的带法文标签的细颈瓶和广口瓶。她把它们聚在一起，扔到墙角，乒乒乓乓地一阵响，都成了碎片。梳妆台上还有一只白金丝钱包：用轻巧的金属丝编成，闪现出金券①的洋洋得意的橘黄色光芒。它跟其他东西一样也被扔到了墙角里，她这才走回到床边，又脸朝下地躺下，房间里慢慢地开始弥漫起一股昂贵而浓郁的香味。

中午时分，米妮来敲门。"你的饭来了。"谭波儿一动不动。"我把它放在门口。你想吃的时候可以来拿。"她的脚步声远去了。谭波儿还是躺着不动。

那道阳光缓慢地在地板上移动；窗户朝西的一边现在处在阴影中。谭波儿坐起身子，头转向一侧，仿佛在倾听，手指习惯而娴熟地抚弄着头发。她悄悄地站起来，走到门边，又侧耳听了一下动静。她然后打开房门。托盘放在地上。她跨过托盘，走到楼梯口，向栏杆下张望。过了一会儿，她辨认出米妮的身影，她正坐在过道的一把椅子里。

---

① 这不是美国通用的绿色纸币，而是一种在 1882 到 1922 年间发行的金券。票面价值为二十美元的金券背面为桔黄色。

"米妮。"她说。米妮猛地抬起头；她眼珠又往上翻，露出了眼白。"给我拿杯酒来。"谭波儿说。她回进房间。她等了一刻钟。她砰地推开门，怒气冲冲地冲下楼，这时米妮正好又在过道上露面了。

"是，小姐，"米妮说，"莉芭小姐说——我们没有——"莉芭小姐的房门开了。她没有抬眼朝谭波儿看，只对米妮说话。米妮又抬高了嗓门。"是，小姐；好的。我马上送上去。"

"你最好马上送上来。"谭波儿说。她回进屋，就站在门的里面，一直等到听见米妮上楼的声音。谭波儿打开房门，只留出一条门缝。

"你难道不打算吃饭了？"米妮边说边用膝盖顶门。谭波儿抵住了房门。

"在哪儿呀？"她说。

"我今儿早上还没收拾过你的房间嘛。"米妮说。

"给我，"谭波儿说，从门缝里伸出手去。她拿起托盘上的玻璃杯。

"这一杯你最好慢慢喝，"米妮说，"莉芭小姐说不能再给你了……你干吗要这样对付他？看他在你身上这样花钱，你都该害臊了。他是个挺好的小男人，就算不是约翰·吉尔伯特[①]，而且他花起钱来够大方——"谭波儿关上房门，插上门栓。她喝下杜松子酒，拉过一把椅子到床前，点上香烟，坐在椅子上，把脚搁在床上。过了一会儿，她把椅子挪到窗前，把窗帘拉起一点，以便可以看到楼下的街道。她又点上一支香烟。

五点钟时，她看见莉芭小姐穿着黑绸衣，戴着带花的帽子出门顺着

[①] 20年代无声电影时期专门扮演浪漫的英雄人物的好莱坞红星，曾和嘉宝合演过《琼宫恨史》等片。

大街走去。她跳起身来，从墙角衣物堆里翻出那顶帽子，戴在头上。她走到门口，又转身到墙角，找出那只白金线钱包，然后走下楼梯。米妮守在过道里。

"我给你十元钱，"谭波儿说，"我十分钟之内一定回来。"

"不行啊，谭波儿小姐。莉芭小姐发现的话，我的饭碗就砸了，要是让金鱼眼先生知道了，我的脑袋也保不住了。"

"我保证十分钟之内一定回来。我发誓一定回来。给你二十元。"她把钞票塞进米妮的手里。

"你最好还是回来，"米妮边开门边说，"要是你十分钟之内不回来，我也就呆不下去了。"

谭波儿打开格栅门，向外张望。街上空荡荡的，只有一辆出租汽车停在路对面的行道右边，还有个戴便帽的男人站在汽车后面的一扇门前。她沿着街道快步疾走。走到拐角，有辆出租汽车赶上了她，司机放慢车速，用试探的眼光询问她。她拐进街角的杂货店，又转身回到电话亭。然后她朝楼房走回来。她绕过街角时遇到靠在大门上的那个戴便帽的男人。她走进格栅门。米妮打开大门。

"谢天谢地，"米妮说，"那辆出租汽车在那边要发动起来的时候，我也打算收拾铺盖卷了。要是你不把这事告诉人的话，我给你倒杯酒。"

米妮端来杜松子酒，谭波儿开始喝起来。她的手哆嗦着，脸上泛起一种得意的神情，这时她紧贴着门站着，侧耳细听外面的动静，手里拿着玻璃杯。这酒我以后用得着，她说。这一点还不够呢。她用只茶碟盖在玻璃杯上，小心地藏了起来。接着她在墙角的衣服堆里乱翻，找到一件跳舞穿的衫裙，把它抖开，挂回到壁橱里。她对其他的衣物看了一会儿，但又回到床上躺下来。她马上站起来，拉过椅子坐下，两脚放在没铺过的床上。随着房间里的阳光渐渐暗淡下去，她坐着一支接一支地抽着香烟，倾听着楼下的声响。

六点半时，米妮把晚餐送上来。托盘上又有一杯杜松子酒。"这是莉芭小姐给你的，"她说，"她还问你好点了没有？"

"告诉她，我挺好，"谭波儿说，"告诉她，我打算洗个澡，然后上床睡觉。"

米妮走后，谭波儿把两杯酒倒在一只平底大玻璃杯里，洋洋得意地望着酒，酒杯在她哆嗦的手里晃荡着。她小心地放下杯子，盖好，然后坐在床上吃晚饭。吃罢，她点上一支烟。她的动作猝然而突兀；她急促地抽着烟，在房间里来回走动。她撩起帘子，在窗前站了一会儿，然后放下帘子，转身朝着屋内，窥视着镜子里的自己的影子。她在镜子前抽着烟，转动着身子，端详自己。

她掐了烟，往身后的壁炉扔去，又走到镜子前，梳理头发。她拉开壁橱的帘子，取下那件衫裙，摊在床上，转身拉开梳妆台的一只抽屉，取出一件衣服。她拿着衣服发了会儿呆，然后又放回去，关上抽屉，飞快地拎起床上的衫裙，重新挂到壁橱里。过了一会儿，她又在房间里来回走动，手上又有支香烟，可不记得是什么时候点上的了。她扔掉香烟，走到桌前，看看手表，把手表斜靠在香烟盒上，以便从床上就能看得见，接着躺了下来。她躺下时感觉到枕头下的手枪。她抽出手枪，看了一眼，然后塞到身子一侧的下面，纹丝不动地躺着，两腿笔直，两手放在脑后，楼梯上一有响动，她的眼睛就眯成黑色的针尖状。

九点钟时她坐了起来。她又拿起手枪；过了一会儿，她把手枪塞到褥子下面，然后脱掉衣服，穿上一件仿中国式的印着金龙与绿玉色和猩红色大花的袍子，走出屋子。她回来时湿漉漉的鬓发贴在脸上。她走到脸盆架前，拿起平底玻璃杯，端在手里，但后来又放下了。

她从墙角拎回一些细颈瓶子和广口瓶，梳妆打扮起来。她在镜子前的动作既急促剧烈又仔细精心。她走到脸盆架前，拿起杯子。但又放下了，走到墙角，找出外套穿在身上，把那白金丝钱包放进口袋，又一次俯身照照镜子。然后她走过去拿起杯子，把杜松子酒大口喝下，快步走出房间。

通道里亮着一盏灯。那里空无人影。她听见莉芭小姐的房间里有说话声，不过楼下的过道里空寂无人。她悄悄地疾步下楼，来到大门口。她相信他们会在大门口拦住她，痛切地后悔没带那把手枪，她几乎停下了脚步，想到她会毫无顾忌地使用手枪，反而有些高兴起来。她冲到大门口，摸索着寻找门栓，脑袋朝后扭去。

门打开了。她冲出去，出了格栅门，顺着走道奔出院门。正在这时候，一辆沿着路石缓慢行驶的小轿车在她对面停下来。金鱼眼坐在驾驶座上。他似乎并未动手车门便打开了。他不动也不说话。他只是坐着，头上的草帽略微有点歪斜。

"我不干了！"谭波儿说，"我不干了！"

他不动也不出声。她走到车前。

"我告诉你，我不干了！"接着她怒气冲天地喊道，"你见他怕！你不敢干！"

"我是在给他一个机会，"他说，"你是回屋去还是上车来？"

"你不敢干！"

"我是在给他一个机会,"他说,口气冷漠又柔和。"说吧。你做决定吧。"

她俯身向前,把一只手放在他胳臂上。"金鱼眼,"她说,"爹爹①。"他的胳臂摸上去很脆弱,不比儿童的胳臂粗多少,冷冰冰的,坚硬而轻,像一根细棍。

"我不在乎你想干什么,"他说,"不过你要动起手来。来啊。"

她俯身向着他,一手搭在他胳臂上。然后她上了汽车。"你不会干的。你不敢干。他是个男子汉,比你强。"

他伸过手去,关上车门。"去哪儿?"他说,"去岩洞客栈?"

"他才是个男子汉,比你强!"谭波儿尖声说,"你根本算不上是个男人!他明白这一点。他要是不明白,还有谁会明白?"汽车开动了。她对着他大喊大叫。"你,一个男人,一个胆大包天的坏男人,可你根本不会——那时候,你只好找个真正的男子汉来——而你呆在床边,哼哼唧唧,流着口水,像个——你只骗得了我一次,对吧?怪不得我当初会流那么多血②——"他伸手捂住她的嘴,捂得很紧,手指甲掐进她的肉里。他用另一只手高速开车,完全不考虑后果。开过路灯下,她发现他紧盯着她,任凭她使劲挣扎,用力拉扯他的手,把脑袋左右摆动。

她停止挣扎,但还是左右扭动脑袋,费劲地掰开他的手。一只戴着粗大戒指的手指头顶开她的嘴唇,几只手指尖深深地扎进她的脸颊。他用另一只手驾驶汽车,在车流里穿进穿出,气势汹汹地逼近其他车辆,

---

① 原文为 daddy,为当时女人对供养她的有钱老情人的爱称。
② 金鱼眼是个阳痿患者。他带了下文提到的雷德来跟谭波儿性交并在一旁观看,因此谭波儿骂他不是男人并指出她终于明白他是用异物来强奸她的。

迫使它们转向外侧，弄得制动器吱吱直叫，到了十字路口，他还是毫无顾忌地直冲过去。曾经有个警察大声喝叫他，但他连头都没回。

谭波儿抽泣起来，在他的手掌下呜咽，口水流在他手指上。那戒指像牙医用的器械一样；她无法闭上嘴巴咽口水。等他松了手，她感到那些冷冰冰的手指头仿佛仍然压在她的下颔上。她抬起手摸摸下巴。

"你把我的嘴巴弄伤了。"她带着哭音说。他们快到郊区了，车速表上的指针指着五十英里。他歪戴着帽子，呈钩状的侧影显得很纤弱。她小心抚摸着下颔。住宅逐渐稀少，取而代之的是宽阔阴暗的为建造住宅小区而划分的一块块土地，上面突然阴森森地冒出房地产经纪人的标牌，带着一种凄凉而又自信的意味。空地间空旷寒冷的黑暗里悬垂着低矮而间隔很远的路灯，闪烁着一群群萤火虫的微光。她开始悄悄地哭起来，感受到胃里那两杯带凉意的杜松子酒的作用。"你把我的嘴巴弄伤了。"她自怜自艾地小声说。她试探着用手指去抚摸下颔，按得越来越使劲，终于摸到了痛点。"你会为此后悔的，"她瓮声瓮气地说，"等我告诉了雷德。难道你不希望自己就是雷德？难道不对吗？难道你不希望自己也能干他能干的事情？难道你不希望看着我们干的人是他而不是你？"

他们拐进岩洞客栈所在的巷子，驶过一堵用帷幕遮得十分严实的墙，里面传出一阵阵勃发的撩拨人心的乐声。他锁上车时，她跳下车，冲上台阶。"我给过你机会的，"她说，"是你把我带到这儿来的。我并没有要求你来啊。"

她走进洗手间。对着镜子，她仔细端详自己的脸。"呸，"她说，"竟没有留下什么伤痕；"她边说边来回拉扯脸上的肉。"矮杂种，"她说，察看着镜中的影子。她满不在乎地加上一句脏话,说得流畅自在,犹如鹦鹉学舌。她重新抹上口红。又进来一个女人。两人用短促、冷漠、隐蔽而无所不包的眼光打量对方的衣着。

金鱼眼站在舞厅入口处,手里夹着一支香烟。

"我给过你机会的,"谭波儿说,"你并不非来不可。"

"我不愿冒险。"他说。

"你冒过一次险,"谭波儿说,"你后悔吗?啊?"

"进去吧,"他说,用手推她的后背。她正要跨过门槛,忽然转身看着他,两人的眼睛几乎处于同样的高度;接着她的手刷地伸向他的腋下。他一把抓住她的手腕;她的另一只手也刷地朝他伸去。他用柔软冰凉的手把那只手也一把抓住。他们四目对视,她张着嘴,脸上搽胭脂的地方渐渐加深。

"我早在城里就给过你机会,"他说,"你接受了。"

乐曲声从她背后传来,撩拨人心而发人遐思;夹杂着一片脚步声,加上肌肉被疯狂的情欲所放纵,发出温暖的肉体的气息、血液的气息。"哦,上帝啊;哦,上帝啊,"她说,嘴唇几乎没有动一下。"我要走。我要回去。"

"你接受了,"他说,"进去吧。"

她的双手被他抓住了,她试图去揪手指尖儿几乎可以触及的他的上衣。他慢慢地把她转向门口,她的脑袋仍转向后方。"你敢!"她喊道,"你只要——"他的手一把抓住她的后脖根,那些手指像钢铁,可又像铝条一般轻巧而冰凉。她能听见脊椎骨挤压在一起时发出的微弱声响,他的嗓音冷酷而平静。

"进去吗?"

她点点头。后来他们跳起舞来。她觉得好像他的手还捏住了她的脖子。她隔着他的肩膀迅速扫视舞厅,目光飞快地掠过一个个跳舞的人的面庞。在低矮的拱门另一头,另一间屋子里,有一群人围着一张双骰赌台站着。她把身子左弯右扭,想看清人群中的那些面庞。接着她看到了那四个人。他们正坐在门边的一张桌子边。其中的一个在嚼口香糖;他面孔的整个下半部好像被一副牙齿占了去,洁白而大得叫人难以置信。她看到了他们,便把金鱼眼转个圈,使他背对着他们,并设法使她和金鱼眼跳着舞再朝大门挪去。她那心神不安的眼光再次逐一掠过人群的面孔。

她再次张望时,有两个人已站起来了。他们在走过来。她拽着金鱼眼去挡他们的路,但仍使他背对着他们。两人站住了,试图绕过她;她又把金鱼眼朝后推,挡住他们的路。她想张嘴对他说些话,但觉得满口冰凉。这一切仿佛用麻木的手指去捡掉在地上的一根针。她突然觉得自己给人抱了起来放到一边,金鱼眼短小的胳臂竟像铝条般轻巧又僵硬。她踉跄着朝后退,靠在墙上,眼睁睁地看着那两人走出房去。"我回去,"她说,"我会回去的。"她尖声笑起来。

"不许笑,"金鱼眼说,"你住不住嘴?"

"给我一杯酒。"她说。她摸摸他的手;她觉得两腿也发凉,好像不是自己的。他们坐在一张桌子边。隔着两张桌子,那人还在嚼口香糖,两只胳膊肘撑在桌子上。第四个男人挺直了腰板坐着抽烟,上衣扣得严严实实。

她注意人们的手:白袖子里伸出的一只棕色的手,肮脏的袖口下一只玷污的白手正在往桌上放瓶子。她手里端着一杯酒。她大口喝酒;她手端酒杯,看见雷德站在门口,身穿一套灰色西服,打一个有小圆点的领结。他看上去像个大学生,这时四下张望着,终于看见了她。他看看金鱼眼的后脑勺,然后看看她,她正拿着酒杯端坐着。另一张桌子边的那两个男人并没有走开。她看得见那个嚼口香糖的人的耳朵在不断地微微动着。音乐奏响了。

她设法使金鱼眼背对着雷德。雷德还在望着她,他比别人差不多高出一头。"来啊,"她凑着金鱼眼的耳朵说,"你要是想跳舞就跳吧。"

她又喝了一杯酒。他们又跳起舞来。雷德不见了。等音乐停了,她又喝了一杯酒。可是无济于事。它只不过使胃里堵得紧还烧得慌。"来啊,"她说,"别不跳啊。"可他不肯站起身来,她就站在他面前,由于疲累和恐惧,肌肉又哆嗦又抽搐。她开始嘲笑他。"还自称是个男人,胆大包天的坏男人,可跟个姑娘跳跳舞就把腿跳断了。"接着她的脸失去了血色,变得瘦小而憔悴;她像个孩子似的说话,口气平静,充满绝望。"金鱼眼。"他坐着,双手搁在桌上,正玩弄着一支香烟,面前是第二杯酒,里面的冰块已在溶化。她把手搁在他肩头。"爹爹。"她说。她侧过身子挡住别人的视线,偷偷地把手伸向他的腋下,摸摸那扁平的手枪把。手枪牢牢地夹在他的胳膊和侧腹之间,像被台钳夹住似的。"给我吧,"她悄声说,"爹爹。爹爹。"她把身子一侧贴在他肩上,用大腿去磨蹭他的胳臂。"给我吧,爹爹。"她悄声说。她突然把手迅速而又隐蔽地向他下身偷偷摸去;马上又反感地缩回来。"我忘了,"她喃喃地说,"我不是有意的……我不是……"

另一张桌子上,有个男人从牙缝中发出嘘的一声。"坐下。"金鱼眼说。她坐下了。她往杯子里倒酒，望着自己的手不断斟酒。后来她望着那灰色上衣的衣角。有颗扣子破了，她神思恍惚地想。金鱼眼纹丝不动地坐着。

"跳一个？"雷德说。

他低着头，但并不在看着她。他略微偏过身子，对着另一张桌子的那两个男人。金鱼眼还是坐着不动。他小心地撕开香烟头上的纸，摘下一点烟丝。他然后把它放进嘴里。

"我不跳。"谭波儿透过冰凉的嘴唇说。

"不跳？"雷德说。他没有挪动身体，用不高不低的音调说："小伙子好吗？"

"挺好。"金鱼眼说。谭波儿看着他划上一根火柴，隔着酒杯看到火苗变了形。"你喝得够多了。"金鱼眼说。他伸手拿走她唇边的酒杯。她看着他把酒倒进放冰块的碗里。音乐又奏响了。她坐着静悄悄地看着四周。她模模糊糊听见耳边响起一种声音，接着金鱼眼抓住她的手腕，使劲摇晃，她发现自己张着嘴，心想她嘴里一定发出了某种声音。"住嘴，别出声，"他说，"你可以再喝一杯。"他往杯里倒酒。

"我一点都不觉得醉。"她说。他递过酒杯。她喝了起来。等她放下酒杯时，她意识到自己喝醉了。她相信自己已经醉了有一阵子。她想也许曾醉得晕过去，而那事已经发生了。她听见自己在说我希望已经发生了。我希望已经发生了。接着她相信事情已经发生了，于是被一阵失落感和肉体的欲望所攫住了。她想，这事永远不会再发生了，于是腾云驾雾似的坐着，极度痛苦却又欲火中烧，满怀渴望，心醉神迷地思念着雷德的身体，望着自己的手拿着空酒瓶往杯子里倒。

"你把一瓶酒都喝光了，"金鱼眼说，"起来吧。跳跳舞醒醒酒。"他们又跳起舞来。她僵硬而慵懒地转动着，睁得大大的眼睛视而不见；身体随着音乐摇晃，耳朵却一时听不见那乐曲。接着她发现乐队正在演奏刚才雷德请她跳舞时的同一支乐曲。如果是这样的话，那事就不可能已经发生了。她大大地松了一口气，感到如释重负。还来得及：雷德还活着；她感到对肉体的渴望像一长道一长道浪潮般掠过全身，使她颤抖，使她的双唇失去血色，使她的眼珠直往后翻，陷入令人颤栗的心醉神迷的境界。

他们正在双骰赌台边。她听见自己对着骰子大喊大叫。她在掷骰子，她赢了；她面前的筹码越堆越高，金鱼眼一面把筹码扒过来，一面指导她，用柔和抱怨的口气纠正她。他站在她身旁，个子比她矮。

他本人握着骰子筒。她好讨人喜欢地站在他身旁，感到情欲在浑身上下像浪潮般一阵阵翻腾，被卷进乐曲声和自己肉体的气息之中。她平静下来。她一点点地往边上挪，终于有人站到她刚才的位置上。于是她小心翼翼地疾步朝门口走去，跳舞的人和音乐声像五光十色的波涛在她周围缓慢地打旋。那两个男人坐的那张桌子边没人了，但她连正眼都没望一下。她走到走廊里。一名茶房迎上前来。

"要个房间，"她说，"快。"

那房间里有一张桌子和四把椅子。茶房开了灯，在门口站下。她对他挥挥手；他就走了。她靠在桌子上，两臂死死地抵住桌面，两眼望着门口直到雷德前来。

他朝她走来。她一动不动。她的眼珠变得越来越黑，在半月形的眼白上方朝上翻，似乎插进了头骨，无法聚焦，跟雕像的眼睛那样空洞而僵化。她用气声发出啊—啊—啊—啊的声音,身体慢慢后仰,仿佛在经受极端痛苦的酷刑。他的手一碰上她,她就像弹弓似的反跳起来,一下子扑在他身上,下身紧贴着他来回扭动,像条死鱼似的大张着嘴,十分丑陋。

他用尽力气把脸扭开。她的大腿紧贴着他来回磨蹭,没有血色的嘴巴大张着,使劲地往外撇,她开始说话了。"我们快干吧。随便哪里都行。我离开他了。我对他说清楚了。这不是我的过错。是我的过错吗?你用不着找帽子,我也用不着。他上这儿来是要来杀你,可我说我给过他一个机会了。这不是我的过错。现在就我们俩啦。没有他在一旁看着。来啊。你还等什么?"她使劲把嘴凑上去,把他的脑袋扳下来,呜咽地呻吟着。他挣脱她的手,把脸扭开。"我告诉他我不干了。我说要是你把我带到这儿来。我给过你机会了,我说。现在他在那边找了人要谋杀你。可是你并不害怕。对吗?"

"你打电话给我的时候知道这情况吗?"他说。

"什么情况?他说不许我再见你。他说他要把你宰了。可是我打电话的时候他派人盯梢。我看见那人的。可是你并不害怕。他根本不是个男子汉,你才是。你是个男子汉。你是个男子汉。"她开始紧贴着他磨蹭,使劲拽他的脑袋,像鹦鹉一样喃喃地对他说些黑社会的粗话,口水顺着没血色的嘴唇往下淌。"你害怕吗?"

"怕那个蠢杂种?"他抱起她的身体,转身面对房门,然后腾出右手。她似乎并没觉察他转动过身体。

"求你了。求你了。求你了。求你了。别让我再等了。我觉得火烧火燎了。"

"好吧。你先回去。你等着我的暗号。你肯回去吗？"

"我等不及了。你必须干。我浑身火烧火燎的，说真的。"她紧紧地缠着他。两人一起跌跌撞撞地朝门口走去，他扶着她不让她靠在他身体的右侧；她满腔欲火，心醉神迷，没觉察他们正在走动，只顾使劲凑近他，仿佛要把全身的肌肤同时去触摸他的躯体。他脱出身来，把她一把推进走廊。

"去吧，"他说，"我马上就来。"

"你不会好半天才来的吧？我浑身火烧火燎的。我快死了，说真的。"

"不会的。马上就来。现在你走吧。"

乐队在演奏。她有点步履踉跄地顺着走廊走回去。她自以为正靠在墙上，可发现自己又在跳舞了；接着发现她正跟两个男人在一起跳舞；后来发现自己并不在跳舞，而是正夹在那个嚼口香糖的男人和那个上衣扣得严严实实的男人之间朝门口走去。她企图停下脚步，但他们一边一个挽住了她的胳臂；她绝望地扫视那打着旋的房间，张开嘴想尖声叫喊。

"喊吧，"穿着扣着纽扣上衣的男人说，"你且喊一声试试。"

雷德站在双骰赌台边。她看见他转过脸来，手里端着骰子筒。他拿着筒高高兴兴地对她急促地行个礼。他看着她夹在两个男人之间从门口消失。他然后朝室内短促地扫了一眼。他脸部表情大胆而镇定，但鼻孔下出现两道白印，前额湿漉漉的。他摇晃骰子筒，镇静地掷出骰子。

"十一点。"发牌的人说。

"就这么押着吧,"雷德说,"今天晚上我要大赢一番。"

他们把谭波儿扶上汽车。穿扣得严严实实上衣的男人掌握着方向盘。车道跟通往公路的小路汇合处停着一辆车身挺长的旅游车。他们经过时,谭波儿看见金鱼眼两手拢着火柴,俯身点上香烟,显露出歪戴的帽子下纤弱的呈钩状的侧影。火柴被甩了出来,像一颗微型的陨星,他们一冲而过时,侧影和火花一齐陷入了无边的黑暗之中。

第二十五章

桌子都已被搬到舞厅的一端去了。每张桌子都铺着黑色的桌布。窗帘仍然紧闭着；浓烈的浅橙色阳光透过窗帘照射进来。灵柩停放在乐队坐的平台下面。棺材极为讲究：漆黑，接头处包上银制配件，棺材的支架被大量的鲜花所淹没。在花圈、十字架和其他殡葬死者的礼仪所用的物件中，这些鲜花似乎颇有象征意味地扩散到棺材上、平台上和钢琴上，浓郁的香味让人透不过气来。

舞厅老板在桌子间来回走动，跟刚来的在找座位的人们不断地打招呼。黑人招待们穿着黑衬衫和浆烫得笔挺的外套，已经端着杯子和瓶装干姜水在大厅里出出进进。他们行走时表情既趾高气扬又端庄稳重；大厅的气氛已经很活跃，寂静的象征死亡的空气已经发热了。

通向赌场的拱门用黑布遮了起来。双骰赌台上盖着一块黑棺罩，上面渐渐堆满鲜花扎成的花圈。人们络绎不绝地走进来，男人们有节制地穿着端庄得体的黑色西服，其余的穿着浅色鲜艳的春装，加强了大厅里似葬礼又非葬礼的气氛。女人们——那些年纪较轻的——也穿着色彩绚丽的服装，戴着帽子和披巾；年纪较大的女人们身穿庄重的灰色、黑色或海军蓝的服装，浑身上下珠光宝气；肥胖的身材像是星期天下午外出游览的家庭主妇。

大厅里变得闹哄哄的，一片尖利而又压低嗓门的说话声。招待们高举几乎会倒翻下来的托盘在各处走动,他们的白上衣和黑衬衫像照相底片般黑白分明。秃顶的老板从一张桌子走到另一张,黑色的领带上插着一粒硕大无比的金刚钻,身后跟随着驱逐捣乱分子的壮汉,那是个身材粗壮、浑身肌肉、脑袋滚圆的汉子,仿佛随时会像破茧而出的虫蛹从礼服的后部绷出。

在一间私人用的小餐室里,一张铺了黑布的桌子上搁着一只巨大的装五味酒的大酒碗,碗里漂浮着冰块和水果片。桌边斜靠着一个胖男人,身穿的稍带绿色的西服说不上是什么式样,西服袖子里露出的肮脏的衬衣袖口覆盖在指甲缝里有一道道黑垢的双手上。脖子上围着的污秽的领子松松沓沓地耷拉着,领下系着一根油乎乎的黑领带,上面佩着一枚仿红宝石的饰钮。他脸上被汗水弄得油光光的,他用粗暴的口吻恳求人们来大碗里舀酒。

"来啊,乡亲们。由金恩请客。花不了你们一分钱。过来喝啊。天下没有比他①更好的小伙子啦。"人们喝完酒,退回去,让位给其他伸出酒杯的人。一位招待不时端着水果与冰块走进屋子,倒在酒碗里;金恩从桌下皮箱里掏出一些酒瓶,慢慢地往碗里倒;接着,他像主人似的又用粗暴的口吻劝说人们过来喝酒,冒着汗,不断地用袖子擦脸。"来啊,乡亲们。由金恩一个人请客。我不过是个酿私酒的人,可他没有比我更要好的朋友了。上这儿来喝吧,乡亲们。酒自有来路,有的是呢。"

从舞厅里传来一阵音乐声。人们进屋找座位。平台上就座的是从闹市一家旅馆请来的乐队,人人都穿着礼服。舞厅老板和一名助手在跟乐

---

① 指被金鱼眼杀死的雷德。

队领队商量节目。

"让他们演奏爵士音乐,"那助手说,"没有人像雷德那样爱跳舞的。"

"别,别,"舞厅老板说,"等金恩让他们灌饱了不花钱的威士忌,他们就会跳起舞来。那就太不像样了。"

"奏《蓝色的多瑙河》怎么样?"领队说。

"别,别;别奏蓝调①,说真个的,"舞厅老板说,"那边棺材里躺着个死人呢。"

"这又不是蓝调。"领队说。

"那么是什么?"助手说。

"是支华尔兹舞曲。斯特劳斯作的。"

"是个意大利佬②?"助手说,"去你的。雷德是个美国人。你也许不是,他可是地道的美国人。难道你一首美国曲子都不知道?奏《我只能给你爱》③吧。他一向喜欢这曲子的。"

"结果让大家都跳起舞来?"舞厅老板说。他回头看看那些桌子,那儿的女人们说话的嗓音已经开始有点尖声尖气了。"你们最好先奏《与主接近歌》④,"他说,"让他们可以多少清醒些。我跟金恩说过,供应五味酒有点冒险,开始得太早了点。我建议等我们快回城里时才发酒。不过我早该知道就是有人会把葬礼变成庆祝会的。你们最好先奏点庄严的曲子,一直奏到我发出信号。"

---

① 蓝调又称布鲁斯,是美国黑人的表现忧郁悲伤情调的歌曲或乐曲。
② 其实斯特劳斯为奥地利人。
③ 这是美国当时的流行歌曲。
④ 这首基督教的赞美诗一般用在信徒们灵修或哀悼死者的场合。

"雷德不会喜欢严肃音乐的,"助手说,"这你是知道的。"

"那就让他上别处去,"舞厅老板说,"我这么做完全是帮个忙。我又不是开殡仪馆的。"

乐队奏起《与主接近歌》。听众安静下来。一个穿红衫裙的女人跟跟跄跄地走进门来。"哈哈,"她说,"雷德,再见啦。不等我赶到小石城,他早就下地狱啰。"

"嘘——"好些人说。她倒在一张椅子里。金恩走到门口,站在那里等乐曲结束。

"来啊,乡亲们,"他喊道,两条胳臂使劲做出一个大幅度的挥手动作,"来喝啊。金恩请客。不出十分钟,我要让这儿的人没有一个嗓子发干或者不掉眼泪。"后面的人开始朝门口走去。舞厅老板跳起身来,向乐队猛的一挥手。那短号号手站起来独奏《在那安息之港》,但在屋子后部的人们陆续从金恩站着挥手的门口走出去了。两个戴着饰有花束的帽子的中年妇女悄悄地哭泣着。

他们在渐渐浅下去的酒碗周围推推搡搡,又喊又嚷。从舞厅里传来短号雄浑的乐声。两个拎着衣箱的浑身脏兮兮的年轻人使劲地朝桌子挤去,嘴里单调地喊着"让开,让开"。他们打开箱子,把一瓶瓶酒放在桌子上,这时正在当众哭泣的金恩打开酒瓶往碗里倒。"来啊,乡亲们。即使他是我的亲生儿子,我也不会爱得他更深,"他用嘶哑的嗓音高声说,一面用袖口擦脸。

一名招待端着一碗冰块和水果侧身挤到桌边,正要往酒碗里倒。"你他妈的想干什么?"金恩说,"把泔脚往酒里倒?你他妈的给我滚。"

"好啊——!"人们高喊着,互相使劲地碰杯,喧闹声淹没了一切,只有金恩还在继续演他的哑剧,拍掉招待手里的那碗水果,又忙着往酒碗里倒酒,有些倒进人们伸出的杯子里,有些溅在人们的手上。那两个年轻人正在拼命开瓶子。

舞厅老板仿佛被一阵刺耳的铜管乐声卷了过来,突然出现在房门口;脸色焦躁不安,挥动着双手。"来啊,乡亲们,"他喊道,"咱们先把音乐节目演完。这可花了我们不少钱呢。"

"去他的。"大伙儿高喊。

"花谁的钱啊?"

"谁在乎呢?"

"花谁的钱啊?"

"谁舍不得了?我来付钱吧。老天爷啊,我愿意花钱给他办两个葬礼。"

"乡亲们!乡亲们!"舞厅老板大声喊道,"你们难道不知道那间屋子里有口棺材?"

"花谁的钱啊?"

"啤酒①?"金恩说,"啤酒?"他用嘶哑的嗓音说,"难道这儿有人想侮辱我,用——"

"他舍不得给雷德花钱。"

"谁舍不得了?"

"乔②啊,那个混帐东西。"

"难道这儿有人想侮辱我——"

---

① 英语里,"啤酒"(beer)和"棺材"(bier)的发音相同。
② 这是舞厅老板的名字。

"那咱们换个地方办葬礼吧。城里又不是只有这个地方。"

"咱们把乔换掉。"

"把这兔崽子装进棺材里。咱们办两个葬礼吧。"

"啤酒？啤酒？难道这儿有人——"

"把这兔崽子装进棺材里。看他喜欢不喜欢。"

"把这兔崽子装进棺材里。"那个穿红衣服的女人尖叫道。人们涌向门口，舞厅老板正站在那里高举双手使劲挥舞，他的尖叫声盖过喧嚣的嘈杂声，他随即转过身子仓皇逃窜。

正厅里，从杂耍团体请来的男声四重唱正在演唱。他们用十分和谐的声音演唱表达母爱的感伤歌曲；他们唱的是《小乖乖》。年纪较大的妇女们几乎个个都在哭泣。这时招待们把五味酒一杯杯端进屋来给她们，她们用戴着戒指的胖手端着酒杯，坐着哭泣。

乐队又开始演奏。那个穿红衣服的女人跌跌撞撞地走进屋来。"来啊，乔，"她高声喊道，"把赌台开起来。把这该死的臭死尸扔出去，让咱们开赌吧。"有个男人想搀扶她；她转身对他骂了一串脏话，然后走到盖着棺罩的双骰赌台前，把一只花圈往地上扔。舞厅老板朝她冲过来，后面紧跟着那个壮汉。女人又拿起一只花圈，舞厅老板便一把抓住她。想搀扶她的那个男人插身进来，女人尖声咒骂，用花圈不偏不倚地打这两个男人。壮汉抓住男人的胳臂；他侧转身子，向壮汉打去，壮汉一拳把他打出半个舞厅。又进来了三个男人。第四个人从地板上爬了起来，他们四人一齐冲向壮汉。

他把第一个男人打倒在地，侧转身子，跳进正厅，灵活得令人难以相信。乐队正在演奏。但乐声立即淹没在一阵突发的尖叫声和椅子倒地声之中。壮汉又侧转身子,迎着冲过来的四个男人。他们纠缠在一起;又有一个男人高高地飞了出来,后背着地,在地板上滑过去;壮汉往后一跳,摆脱了他们。接着他一个大转身向他们冲去,混乱中大家倒向灵柩,陷了进去。乐队已停止演奏,乐手们正抱着乐器往椅子上爬。鲜花扎成的花圈和十字架四下飞舞;棺材摇晃起来。"扶住它!"有人喊了一声。人们一跃而上,但棺材重重地摔到地上,棺盖打开了。尸体缓慢而庄重地翻出来,倒在地上,脸庞嵌在一只花圈中央。

"奏乐!"舞厅老板挥舞胳臂大声吼叫,"快奏啊!快奏!"

他们抬起尸体时,花圈也跟着给抬起来,花圈上一根看不见的铁丝扎进死人的面颊。他本来戴着一顶帽子,现在帽子翻掉了,露出前额正中一个蓝色的小枪眼。枪眼原先用蜡仔细塞好封住,还上了颜色,但蜡块被震掉,不知掉在什么地方了。他们找不到蜡块,只好解开帽顶的摁扣,把帽子往下拉,遮住前额。

送葬的行列接近闹市区时,又有许多小汽车加入进来。灵车后面是六辆宽身长型的派克牌轿车,车篷敞开着,由身穿统一制服的司机驾驶着,车内堆满了鲜花。六辆汽车看上去一模一样,属于那种由高级车行按钟点出租的高级轿车。它们的后面是一长串难以归类的出租汽车、跑车和小轿车,随着送葬行列缓缓穿过不对公众开放的地区(那里人们从半拉下的窗帘下向外窥望)拐上通向城外的主干道朝墓地驶去,这车队愈来愈长。

灵车在林荫大道上加快车速,车列中各车辆之间的距离迅速拉大。渐渐地,私人车辆和出租汽车开始退出队伍。每到一个十字路口,就有汽车或左或右拐弯驶走,最后只剩下灵车和那六辆派克牌轿车,轿车里除了穿制服的司机外都没有乘客。大道路面开阔,这时车辆稀少,路面正中有一道白线通向前方,愈来愈细,消失在平坦的柏油铺成的虚空中。不久,灵车车速达到每小时四十英里,后来变成四十五英里又变成五十英里。

有辆出租汽车在莉芭小姐的家门口停了下来,她走下汽车,跟着下来的是一位身穿深色朴素衣裙、戴一副金丝边夹鼻眼镜的瘦女人,一个戴一顶插有羽毛的帽子、用手绢捂着脸的矮胖女人和一个脑袋滚圆的五六岁大的小男孩①。他们走上小道,走进格栅门时,拿手绢的女人还在抽抽噎噎地哭泣着。屋门内,两只小狗尖声狂吠起来。等米妮一开门,它们就簇拥而出,缠住莉芭小姐的脚踝。她把它们踢开。它们又热切地又咬又叫地纠缠她;她又一次把它们踢到墙根,发出沉闷的撞击声。

"进来,进来,"她说,一手捂着胸口。大家一进屋,拿手绢的女人便号哭起来。

"他看上去难道不惹人爱吗?"她哭着说,"难道不惹人爱!"

"好了,好了,"莉芭小姐边说边领着她们走向她的房间,"进来喝点啤酒吧。你会好受一点的。米妮!"她们走进那间有着漆有花饰的梳妆台、保险箱、屏风和挂黑纱的遗像的房间。"坐下,坐下,"她喘着气说,一边把几把椅子推上前来。她在其中的一把落了座,拼命朝她的双脚弯过身去。

"巴德大叔,宝贝儿,"那哭哭啼啼的女人擦着眼泪说,"过来给莉

---

① 瘦女人是老小姐洛兰,矮胖女人为默特尔小姐,男孩是她的儿子,外号"巴德大叔"。详见下文。

芭小姐解鞋带。"

小男孩跪下给莉芭小姐脱鞋。"宝贝儿,麻烦你给我把那儿床底下的拖鞋拿来。"莉芭小姐说。小男孩拿来了拖鞋。米妮走进屋子,两只小狗跟在她后面。它们冲向莉芭小姐,开始撕咬她刚脱下的鞋子。

"走开!"小男孩边说边用手打它们中的一条。它猛地回过头来张嘴便咬,牙齿嗒的一响,被毛皮遮住一半的眼睛亮晶晶、恶狠狠。小男孩往后直缩。"你咬我,你这狗娘养的。"他说。

"巴德大叔!"胖女人说,她转过那胖得打褶、淌着眼泪的脸,十分震惊地望着男孩,帽子上的羽毛颤悠悠地抖动着。巴德大叔脑袋相当圆,鼻梁上的雀斑颇似夏天的大雨点落在人行道上所形成的一个个斑点。另外那个女人颇为矜持地端坐着,金丝边夹鼻眼镜上挂着一根金链条,铁灰色的头发梳得光溜溜的。她看上去像位教师。"真想得出来!"胖女人说,"我真不明白他怎么能在阿肯色州的农场里学会说这种话。"

"他们在哪儿都能学坏。"莉芭小姐说。米妮俯身放下一只托盘,上面搁着三大杯结着白霜的啤酒。巴德大叔用清澈的蓝色的圆眼睛望着她们各自端起一杯。胖女人又哭起来。

"他看上去真惹人爱啊!"她抽咽着说。

"我们大家都会死的,"莉芭小姐说,"嗯,但愿这一天还不会马上就到。"她举起啤酒杯。她们互相正式地弯腰致敬,然后喝酒。胖女人擦干眼泪;两位女客端庄得体地擦擦嘴唇。瘦女人手遮着嘴,侧过脸轻轻地咳嗽。

"这啤酒真是好。"她说。

"可不是吗?"胖女人说,"我总是说我最高兴的事便是来看望莉芭小姐。"

她们开始彬彬有礼地谈天,话都很得体地只说一半,夹杂着表示同意的简短的语气词。小男孩已漫无目的地走到窗前,撩起窗帘向外张望。

"默特尔小姐,他还要跟你呆多久?"莉芭小姐说。

"就呆到星期六,"胖女人说,"他然后就回家。跟我住一两个星期,换换环境,对他来说是件好事。我也喜欢有他在我身边。"

"小孩子真能给人带来乐趣。"瘦女人说。

"是啊,"默特尔小姐说,"那两位挺不错的年轻人还住在你这儿吗,莉芭小姐?"

"还住着呢,"莉芭小姐说,"不过我想我该叫他们走了。我这个人心肠并不特别软,不过毕竟也不必帮年轻人去学会干这个世界上的坏事,除非他们非学不可。我已经没办法,只好不许姑娘们光着身子在屋里乱跑,她们可不高兴呢。"

她们又喝起来,气派端庄,端啤酒杯的姿势优雅轻巧,只有莉芭小姐紧紧地抓着啤酒杯,仿佛那是件武器,另一只手插在胸襟里。她放下空酒杯。"看来我真是渴得不行,"她说,"你们两位女士是不是也再来一杯?"她们彬彬有礼地含糊地说了一句。"米妮!"莉芭小姐喊道。

米妮进屋把酒杯又斟满了。"说真的,我实在太不好意思了,"默特尔小姐说,"不过莉芭小姐的啤酒真是不错。再说,我们今天下午都虚惊一场。"

"我奇怪的倒是今天下午还不算太糟,"莉芭小姐说,"像金恩那样免费给人酒喝,很可能出大乱子的。"

"那酒一定花了不少钱。"瘦女人说。

"我相信你说的有道理,"莉芭小姐说,"可有谁从中捞到好处了?你倒说说看。除了让他那个鬼地方挤满了不花一文钱的人。"她已把酒杯放在椅子边的桌子上。突然,她转过脑袋看看酒杯。巴德大叔这时正站在她椅子后面,靠在桌子上。"你没喝过我的啤酒吧,孩子?"她说。

"你呀,巴德大叔,"默特尔小姐说,"你难道不害臊?我说,我都到了不敢带他出门的地步。我这辈子还没见过像他那样偷啤酒喝的孩子。你过来,上这儿来玩。来啊。"

"好的,太太。"巴德大叔说。他毫无目的地走动起来。莉芭小姐喝了口酒,把酒杯放回到桌上,站起身来。

"既然我们大家都有点心烦意乱,"她说,"也许我可以劝两位女士喝一小杯杜松子酒。"

"不;真的不喝。"默特尔小姐说。

"莉芭小姐真是个十全十美的女主人,"瘦女人说,"这话我跟你说过多少遍了,默特尔小姐?"

"亲爱的,我实在说不上来。"默特尔小姐说。

莉芭小姐消失在屏风后面。

"洛兰小姐,你可曾见过这么热的六月?"

"我从没见过。"瘦女人说。默特尔小姐的脸又抽搐起来。她放下酒杯,开始摸索着找手绢。

"我莫名其妙地又难受起来,"她说,"想起了他们唱的那支《小乖乖》什么的。他看上去真惹人爱。"她哭哭啼啼地说。

"好了，好了，"洛兰小姐说，"喝一小口啤酒吧。你会觉得好受一点的。默特尔小姐又哭了。"她提高嗓门说。

"我的心肠太软了。"默特尔小姐说。她捂着手绢，抽了几下鼻子，摸索着找啤酒杯。她摸索了一阵子才碰到酒杯。她立刻抬起头来。"你，巴德大叔！"她说，"我不是叫你从椅子背后走出来，上这儿来玩的吗？你能相信吗？上一次下午我们走的时候，真觉得脸都丢尽了，都不知道该怎么办才好。我真不想跟你这个喝得醉醺醺的孩子走在街上，让人见了那才叫丢脸呢。"

莉芭小姐端了三杯杜松子酒从屏风后面走出来。"这能让我们多少振作起精神来，"她说，"我们三个人坐在这儿真像三只老病猫。"她们彼此欠身致意，喝口酒，咂咂嘴。她们开始说话。她们大家都张嘴说话，还是说不完整的句子，可并不停下来等别人表示同意或肯定。

"我们女人啊，"默特尔小姐说，"男人好像总是看不到我们的本色，也不让我们自由自在地做人。他们造就了我们，可又老指望我们不是这副样子。他们想来就来想走就走，可是要求我们绝对不对别的男人看上一眼。"

"要是有个女人想同时蒙骗好几个男人，那她准是个傻瓜，"莉芭小姐说，"男人都是麻烦，你干吗要给自己找加倍的麻烦？女人要是找到个好男人，一个花钱大方、不说一句重话、不让她提心吊胆过日子的男人，可是她却不能对他忠诚……"她看着她们，眼睛里渐渐地流露出悲哀的、难以言说的神情，以及迷茫而又忍气吞声的绝望。

"好了，好了。"默特尔小姐说。她俯身向前，拍拍莉芭小姐的大手。洛兰小姐用舌头发出轻轻的咯咯声。"你又要把自己搞得伤心起来了。"

"他就是这么个好人,"莉芭小姐说,"我们两人就像一对小鸽子。我们相处了十一年,就像一对小鸽子。"

"好了,宝贝儿;好了,宝贝儿,"默特尔小姐说。

"这种场合叫我想起了往事,"莉芭小姐说,"看到了那个小伙子躺在鲜花堆里。"

"他可从来不像平福德先生那么有福气,"默特尔小姐说,"算了,算了。喝点啤酒吧。"

莉芭小姐用袖子擦擦眼睛。她喝了口啤酒。

"他应该有点头脑,不去冒险勾引金鱼眼的相好。"洛兰小姐说。

"宝贝儿,这一点男人是永远学不会的,"默特尔小姐说,"莉芭小姐,你看他们上哪儿去了?"

"我不知道,也不想管这事,"莉芭小姐说,"至于他们什么时候抓到他,因为他杀了那小伙子而把他活活烧死,我都懒得管。我一切都无所谓了。"

"他每年夏天都要大老远地赶到彭萨科拉去看他妈,"默特尔小姐说,"有这样孝心的男人恐怕不会那么坏吧。"

"那我就不知道你心目中的坏人该是怎么样的了,"莉芭小姐说,"我一心一意开个体面的馆子,就是说开了这打靶场①有二十年了,可他倒好,居然想把这儿变成个看下流表演的戏院。"

"都是我们这些可怜的女人,"默特尔小姐说,"惹出这些个麻烦来,

---

① 莉芭小姐开的是妓院。"打靶场"是她的比喻说法。

结果吃尽了苦头。"

"我两年前就听人说过他不行，干不了那号事。"洛兰小姐说。

"我一直心里有数，"莉芭小姐说，"一个年轻小伙子，在姑娘们身上花钱像流水似的，可从来不跟她们中间的哪一个上床睡觉。这不合人的本性。姑娘们都以为这是因为他在城外什么地方有个小女人，可我说，你们记住我的话，他的确有点怪。他身上总有点不太对头的地方。"

"他花钱大方，这倒是真的。"洛兰小姐说。

"那姑娘买的那么些衣服和首饰，真是不像话，"莉芭小姐说，"有一件中国长袍，她就花了一百块钱——那是进口的——还有香水，十块钱一盎司；买来后第二天早上，我上楼一看，衣服给团成一团，扔在墙角里，香水和胭脂洒得满处都是，好像刮过了龙卷风。她生他气的时候，他打了她，她就这么干。后来他把她关在屋里，不许她走出这栋房子。他派人在大门口监视我家，好像这是个……"她拿起桌上的啤酒杯送到嘴边。突然她停下手来，眨巴着眼睛。"哪儿去了，我的——"

"巴德大叔！"默特尔小姐说。她一把抓住小男孩的胳臂，把他从莉芭小姐的椅子后面拖出来，使劲地摇晃他，他的圆脑袋在肩上上下晃动，脸上带着副宁静的傻相。"你难道不害臊吗？你真不害臊吗？你为什么就不能不去碰这几位女士的啤酒？我真想把我给你的那一块钱收回来，让你给莉芭小姐买一罐啤酒，我真会这么做的。现在，你给我走到那边窗口去，呆在那儿不许动，听见了吗？"

"算了，"莉芭小姐说，"杯子里本来也没多少啤酒了。你们两位女士也差不多喝完了吧？米妮！"

洛兰小姐用手绢擦擦嘴。她的眼睛在镜片后面带着掩饰的神情偷偷地转向一侧。她用另一只手捂住她平坦的老处女的胸部。

"宝贝儿，我们忘了你心脏不大好，"默特尔小姐说，"你看这一回你是不是最好喝点杜松子酒？"

"说真的，我——"洛兰小姐说。

"是啊；喝点吧。"莉芭小姐说。她挪动笨重的身子站起来，又从屏风后面端出三杯杜松子酒。米妮走进屋又把啤酒杯斟满。她们喝着酒，咂巴着嘴唇。

"原来是这么回事，对吧？"洛兰小姐说。

"米妮告诉我出了点稀奇古怪的事，我才知道，"莉芭小姐说，"说他难得在这儿住下，两天里总有一天不在这儿过夜，就算住下了吧，第二天早上她收拾床铺时也看不到什么痕迹。她听见他们吵过架，她说总是她①要出去而他不让她走。明白吗，他给她买了那么许多衣服，就是不想让她出门，结果她总是发火，锁上房门，不让他进屋。"

"也许他去动了手术，放进一条那种什么腺，猴子的腺②，把毛病治好了。"默特尔小姐说。

"后来，有天早上他跟雷德一起来，上楼进她屋去。他们呆了个把小时就走了，金鱼眼直到第二天早上才回来。那时他和雷德又回来了，又在楼上呆了个把小时。他们走后，米妮来告诉我是怎么一回

---

① 指谭波儿。
② 奥地利生理学家尤金·施泰纳赫（1861—1944）在布拉格和一些外科医生试验把某些动物的性腺移植在人体内，谋求增强性功能，恢复青春。

事,所以第二天我就等他们来。我把他叫进来,我说'听着,你这个狗杂——'"她住口不说了。一时间,她们三人一动不动地坐着,上身微微前倾。接着她们慢慢地转过脸望着靠在桌子上的小男孩。

"巴德大叔,心肝宝贝,"默特尔小姐说,"你不想上院子里去跟莉芭和平福德先生玩一会儿吗?"

"好的,太太。"小男孩说。他朝门口走去。她们看他走出去,门在他背后关上。洛兰小姐把椅子拉上前来;她们凑得更近了。

"他们就是这么干的?"默特尔小姐说。

"我说'我开这馆子有二十年了,可还是第一次有人在这里干出这样的事。你要是想给你的相好带头种马来,'我说'请你别处去。我可不想把我这儿变成胡作非为的法国式妓院。'"

"这兔崽子。"洛兰小姐说。

"他应该有点头脑,找个丑老头来,"默特尔小姐说,"居然用这么英俊的小伙子来勾引我们这些可怜的姑娘。"

"男人总以为我们能抵制引诱。"洛兰小姐说。她像个学校教师似的坐着,腰板挺得笔直。"这个狗娘养的兔崽子。"

"除非是他们自己提供的引诱,"莉芭小姐说,"那你就看着他们……他们一连四个早晨就这么干,后来就不再来了。整整一个星期,金鱼眼压根儿没露面,那姑娘竟跟小母马似的躁动不安。我还以为他也许上外地办事去了,可后来米妮告诉我他在城里,给她五块钱一天,让她看着姑娘不许出门,也不许打电话。我呢,一直在想办法托人给他捎口信,让他来把她接走,因为我不喜欢在我家里干这种事。是啊,先生,米妮说他们两个赤条条的像两条蛇,而金鱼眼呆在床脚边,连帽子都戴得好好的,嘴里哼哼唧唧地发出怪声。"

"也许他在给他们喊加油呢,"洛兰小姐说,"这狗娘养的兔崽子。"

楼道里传来一阵脚步声;她们听见米妮提高了嗓门在大声呵斥。房门打开了。她一手拖着巴德大叔走进屋子。他软沓沓地晃悠着,表情呆滞,一副傻相。"莉芭小姐,"米妮说,"这孩子打开冰箱喝掉了整整一瓶啤酒。你这个孩子!"她边说边摇他,"站起来!"他软绵绵地晃悠着,嘴角淌着口水,努力想绷个笑脸。接着,他脸部流露出一副担心惊恐的表情;他张口呕吐起来,米妮把他一把推开去。

第二十六章

太阳出来的时候,霍拉斯还没有上床睡觉,连衣服都还没有脱。他刚写完给妻子的一封信,要求离婚,信封上写的是她父亲在肯塔基州的地址。他坐在桌旁,低头凝望着那一张写得整整齐齐但却难以辨认的信纸,感到平静和空虚,自从四周前发现金鱼眼隔着泉水望着他以来,他还是第一次有这种感觉。他坐在桌旁,闻到了不知来自何处的咖啡香。"我要了结这件事,然后就去欧洲。我厌烦了。我太老了,干不了这事。我一生下来就老得干不了这事,因此我厌倦极了,只渴望安定平静。"

他刮好胡子,煮好咖啡,喝了一杯,吃了点面包。他走过旅馆时,去火车站赶第一班火车的公共汽车已经停在马路边,一群旅行推销员正在上车。其中一位是克拉伦斯·斯诺普斯,他拎着一只棕黄色的皮箱。

"上杰克逊去几天,办点小事,"他说,"真可惜,昨天夜里没见到你。我坐汽车回来的。我想你安排好了在那儿过夜,也许是这么回事吧?"他俯视着霍拉斯,面庞庞大而松弛,意图明确,不容误解。"我本来可以带你去一个大多数人都不知道的地方。那儿一个大老爷们想怎么干就能怎么干。不过以后还会有机会的,好在我现在对你更加了解了。"他朝一旁挪动了一下身体,压低一点嗓门。"你可别担心。我不是个好说闲话的人。我在这儿,在杰弗生,不过是一个人而已;至于我在城里跟一群好朋友干的事,那就谁都管不了,只是我和朋友们的事。是这么回事吧？"

后来，还是在那个上午，霍拉斯远远看见他妹妹在他前面的街上拐进一扇门消失了。他把她可能走进去的地方那一带的店铺逐一开门张望，向店员打听，希望能找到她。可她哪儿都不在。他唯一没去探查的地方是两家商店之间通向二楼走廊的那道楼梯，这走廊两边都是办公室，其中一间是地方检察官尤斯塔斯·格雷姆的办公室。

格雷姆先天性足畸形，这残疾帮助他当选为现在担任的地方检察官。他是靠半工半读进的州立大学并且读完了大学；本城的人记得他年轻时给杂货店赶大车或开卡车。大学一年级时，他因勤奋而出名。他在大学食堂里端盘子，他拿到政府的合同，在每班火车抵达时由他送去邮局要发的邮件并取回火车带来的邮件，背着邮袋一瘸一拐地来回奔走；他是个讨人喜欢的面容开朗的年轻人，对谁都有话可说，眼神略带戒备和贪婪。二年级时，他中止了邮局的合同，并辞掉了大学食堂的工作；同时他买了套新西服。大家都很高兴，因为通过发奋干活他终于攒够了钱，可以全力以赴攻读学问。当时他在上法学院，法学教授们像训练赛马似的栽培他。他毕业时成绩不错，尽管并不名列前茅。"因为他一开始就先天不足，"教授们说，"要是他一开始就跟别人一样……他会大有作为的。"他们说。

直到他毕业后大家才知道他在一家出租马车行的办公室里，在拉得严严实实的窗帘后面打了三年扑克。他毕业两年后，当选为州议员，人们开始传说他读书时代的一则轶闻。

这事发生在马车行办公室里的牌局上。该格雷姆下注了。他望着桌子对面的马车行老板，他是唯一剩下来的对手。

"哈里斯先生，你押下了多少钱？"他说。

"四十二元，尤斯塔斯。"老板说。尤斯塔斯往赌注堆里推过几枚筹码。"这是多少？"老板说。

"四十二元，哈里斯先生。"

"唔——"老板说。他看看手里的牌。"尤斯塔斯，你换了几张牌？"

"三张，哈里斯先生。"

"唔——谁发的牌，尤斯塔斯？"

"我发的，哈里斯先生。"

"我不叫了，尤斯塔斯。"①

他当地方检察官的时间还不长，可已经让大家知道他将凭他的定罪记录竞选众议会的席位，所以当他发现娜西莎正站在他简陋的办公室的桌子对面时，他脸上的表情跟当年往赌注堆里放上四十二元筹码时的神情极为相似。

"我只希望这案子的律师不是你哥哥，"他说，"我真不想眼看我的同行，你可以说是同一战壕里的兄弟承担一桩糟糕透顶的案子。"她以囊括一切却又不动声色的眼光望着他。"归根结蒂，我们得保护社会呀，即便有时候看来确实……"

"你肯定他赢不了吗？"她说。

"嗯，法律的第一原则是，只有上帝知道陪审团会作出什么样的裁决。当然啦，你不能指望——"

"但你认为他赢不了。"

---

① 这段对话表明老板知道尤斯塔斯在发牌时玩了手脚，自己没有赢牌的可能。

"当然啦，我——"

"你有充分的理由相信他赢不了。我看你一定知道一些他并不知道的有关事情。"

他飞快地瞥了她一眼。他然后从桌上拿起一支笔，动手用裁纸刀刮笔尖。"这纯属机密。我不说你也知道，我这样做是违反我的就职誓言的。不过你要是知道了他连半点赢的机会都没有，也许可以省去不少烦恼。我知道他会非常失望的，可这是没办法的事。我们正好知道那人确实有罪。因此，你如果知道有什么办法能让你哥哥放弃这桩案子，我劝你就去做。一个败诉的律师跟别的失败者一样，不管是球员、商人还是医生：一旦输了，他的事业就——"

"所以他输得越快就越好，对吗？"她说，"要是他们绞死这个人，把案子了结的话。"他的双手停止了一切动作。他没有抬起头来。她开口说话，语气冷漠而平静："我有很多理由要霍拉斯摆脱这桩案子。越快越好。三天前，那个斯诺普斯，就是在议会里的那一个，打电话到我家，要找霍拉斯。第二天他就去了孟菲斯。我不知道他去干什么。你得自己去打听。我只是要霍拉斯尽快摆脱这桩案子。"

她起身朝门口走去。他一瘸一拐地上前去给她开门；她又一次以那种冷漠、平静、莫测高深的眼光凝望他，仿佛他是条狗或者是头牛，而她正等着这畜生让路别挡她的道。她就走了。他关上房门，笨拙地跳起木屐舞[①]来，他正捻着手指打榧子时，房门又打开了；他赶快伸手去摸领带，望着她站在门口手扶房门。

[①] 检察官欣喜若狂，因为娜西莎给他提供了重要的信息。他本来并无定戈德温罪的证据。

"依你看这案子哪天能结束？"她说。

"嗯，我看——法庭在二十号开庭，"他说，"头一个审理的就是这案子。也许……两天。或者最多三天，在你好心帮助下。当然我不说你也会相信的，这事只有你我知道，绝对保密……"他朝她走过去，但她那毫无表情而又工于算计的眼光像堵墙把他包围起来。

"那就是二十四号了。"她又看了看他。"谢谢你。"她说完便关上房门。

那天夜里，她给蓓儿写信，通知她霍拉斯将在二十四日回家。她打电话给霍拉斯，问他要蓓儿的地址。

"干吗？"霍拉斯说。

"我要给她写封信，"她说，口气平静，毫无威胁的意味。真见鬼，霍拉斯拿着已没有话音的电话筒想，我怎么斗得过这些连托词都不会讲的人。不过他很快便把这事忘了，忘了她打来过电话。他在审判开始以前没再见过她。

法院开庭前两天，斯诺普斯从一家牙科诊所走出来，站在路边吐口水。他从口袋里摸出一支用金纸包的雪茄，剥去箔纸，小心地把雪茄放进嘴里，用牙齿咬住。他一只眼睛的眼眶青肿，鼻梁上贴了一块脏兮兮的橡皮膏。"在杰克逊给辆小汽车撞的，"他在理发店里对大家说，"不过别以为我没让那狗杂种赔偿。"他边说边拿出一沓黄色的金券。他把钱放进钱包，收了起来。"我是个美国人，"他说，"我对这一点从来不吹牛，因为我生来就是美国人。并且我这辈子还是个正经八百的浸礼会教徒。哦，我不是牧师，也不是个老处女；我有时候也跟小伙子们厮混，不过我想我并不比好些在教堂里唱赞美诗唱得挺响亮的人坏多少。而且这个世界上最低下最卑贱的人并不是黑鬼：而是犹太人。我们真该有反他们的法律。很严厉的法律。一个该死的低贱的犹太人，只因为有了个法律学位，就可以大摇大摆地上这个自由的国家来，真该是制止这种事情的时候了。天下最卑贱的生物就是犹太人。而犹太人中最卑贱的就是当律师的犹太佬。而犹太律师中最卑贱的就是孟菲斯的犹太律师。一个犹太律师居然敢拦劫一个美国人，一个白人，而且只给他十块钱，而两个美国人，美国人，南方绅士；一位住在密西西比州首府的法官和一位有朝一日会跟他爸一样是个了不起的律师，而且也是位法官；当他们两个人为了同样的事情给这美国人的钱是那卑贱的犹太律师所给的十倍时，我们真该有条法律。我这辈子花起钱来总是很大方的；不管我有什么我都跟朋友们分享。可一个该死的卑贱的臭犹太佬拒绝付给一个美国人一笔另外一个美国人而且还是法官肯付的数目的十分之———"

"那你为什么卖给他呢？"理发师说。

"什么？"斯诺普斯说。理发师正打量着他。

"那小汽车撞上你的时候，你在向他推销什么？"理发师说。

"抽根雪茄吧。"斯诺普斯说。

第二十七章

审讯定于六月二十日举行。霍拉斯去孟菲斯后一个星期，打电话给莉芭小姐。"我只想打听一下她是不是还在你那里，"他说，"万一需要的话我可以找她。"

"她在我这儿，"莉芭小姐说，"不过你这样找她。我不喜欢。我不想让警察上这儿来，除非他们是来成全我的买卖。"

"只不过要来一名法警，"霍拉斯说，"只是派个人来把一张公文亲手交到她手里。"

"那就让邮差送来吧，"莉芭小姐说，"他反正要上这儿来的。而且也穿着一身制服。再说，他看上去也不比正式的警察差到哪里。让他送来吧。"

"我不想打扰你，"霍拉斯说，"我不会给你惹麻烦的。"

"我知道你不会。"莉芭小姐说。电话里她的声音微弱而刺耳。"我也不会让你给我惹麻烦。今天晚上，米妮大哭了一场，哭那个抛下她的混蛋杂种，而我跟默特尔小姐坐在这儿，我们也哭了起来。我、米妮和默特尔小姐。我们喝完了整整一瓶新开的杜松子酒。我可供应不起。所以千万别派什么傻乎乎的警察来给谁送什么信。你给我打个电话，我把他们两个都赶到街上，你就可以在大街上逮捕他们。"

他在十九日晚上又给她打电话。他费了好大力气才跟她通上话。

"他们走了,"她说,"两个人都走了。难道你不看报纸?"

"什么报纸?"霍拉斯说,"喂,喂!"

"我说过了,他们不在这儿了,"莉芭小姐说,"他们的事情我什么都不知道,也不想知道,我只想知道谁来付一星期的房租——"

"你难道真的没法打听一下她上哪儿了?我也许用得着她。"

"我什么都不知道,也不想知道。"莉芭小姐说。他听见话筒响了一下。但电话并没有马上切断。他听见话筒落到放电话机的桌子上的响声,还听见莉芭小姐呼唤米妮的喊声:"米妮。米妮!"接着有人拿起话筒,搁在机座的支架上;他听见电话线路咔哒响了一下。过了一会儿,又响起一个冷漠的德尔沙特①式的声音:"松树崖区……谢谢你!"

第二天,法院开庭了。桌上放着寥寥几件地方检察官提供的物证:从汤米头骨里取出的那颗子弹、一个装有玉米酿的威士忌的粗陶罐。

"请戈德温太太到证人席上来。"霍拉斯说。他没有回头望。但在搀女人坐进椅子时,他能感受到戈德温的目光正盯在他后背上。她宣了誓,孩子躺在她膝盖上。她重复了一遍孩子生病后第二天讲给他听的事情经过。戈德温两次想插嘴,都被法官阻止了。霍拉斯不愿对他看。

女人讲完了经过。她腰板笔直地坐在椅子里,穿着那套整洁的灰色旧衣衫,戴着那顶有织补过的面纱的帽子,肩头缀着紫色的饰物。孩子躺在她腿上,两眼紧闭,处于那种因服了药而昏昏沉沉的静止状态。她

---

① 法国音乐和戏剧教师弗朗索瓦·德尔沙特(1811—1871)曾制订一整套结合形体动作的发音、演讲、歌唱训练体系,于1872年被引进美国。此处是反话,指该电话接线员的发音似乎受过这种训练,但发音并不对头。

的手一度在孩子脸上摸索着，仿佛在不知不觉地做那些毫无必要的但显示母爱的动作。

霍拉斯退下，坐下来。这时他才朝戈德温望了一眼。然而对方这时安静地坐着，抱着两臂，微微低下脑袋，但霍拉斯发现他黝黑的脸庞上的鼻翼因气愤而变得蜡一般煞白。霍拉斯向他俯过身去，悄悄地说了几句话，但戈德温毫无表示。

地方检察官这时面对女人发问。

"戈德温太太，"他说，"你在什么时候跟戈德温先生结的婚？"

"反对！"霍拉斯站起来说。

"起诉人能证明这个问题同案件有关吗？"法官说。

"法官阁下，我放弃提问，"地方检察官说着，看了一眼陪审团。

法院当天休庭时，戈德温气呼呼地说："哼，你说过你有朝一日要把我宰了，我还以为你不是当真的。没想到你——"

"别犯傻了，"霍拉斯说，"你难道看不出这场官司你打赢了？没发现他们没办法只好抨击给你作证的人的品行了？"但他们离开监狱时，他发现那女人仍然凝望着他，仿佛深深地预感到大祸就要临头。"我跟你说，你千万不必担心。谈起酿威士忌或讲起爱情来，你也许知道的比我多，不过关于刑事审讯，我知道的可就比你多，记住这一条。"

"你认为我没做错？"

"我知道你没做错什么。难道你没看出你的那番话把他们提出的案情给破坏了？现在他们充其量希望陪审团不能取得一致的意见。而这种可能性小得很。我告诉你，他明天就能走出那监狱，做个自由人。"

"那我想我该考虑怎么付你钱了。"

"对,"霍拉斯说,"好吧。我今天晚上上你那儿去。"

"今天晚上?"

"对。他明天也许还会叫你上证人席的。不管怎么样,我们最好有所准备。"

八点钟的时候,他走进那疯女人的院子。黑暗里只有房子深处某个旮旯里亮着一盏灯,像困在荆棘丛里的一只萤火虫,但他大声叫这女人时她没有出来。他走到门前敲门。一个尖利的嗓门高声说了句话;他等了一会儿。他正想再敲门,又听见有人说话,嗓门尖利、粗野而又微弱,仿佛来自遥远的地方,像是被雪崩埋住的芦笛声。他穿过齐腰深的臭烘烘的杂草绕到房子的后面。厨房门大开着。那盏油灯就在里面,被黑乎乎的灯罩弄得光线暗淡,使这房间——里面隐约可见一大片混杂着老年妇女的体臭的乱七八糟的东西——并没有充满亮光却充满了阴影。只见塞进工装裤里的破汗衫上面一个闪着棕黑色微光的结结实实的圆脑袋,脸上方是往上翻的眼白。在这黑人背后,疯女人正在一个打开的碗橱前转过身来,用胳臂把稀疏的头发掠向脑后。

"你那个荡妇去监狱了,"她说,"快跟她一起去吧。"

"监狱?"霍拉斯说。

"我不是说了吗!那是好人们住的地方。你要是找到了个丈夫,把他关在监狱里,他就没法来打扰你了。"她手里拿着只小酒瓶,转身对着黑人。"来吧,宝贝儿。给我一块钱,把它拿去。你有的是钱啊。"

霍拉斯回到城里,去了监狱。他们放他进去。他登上楼梯;看守在他身后把门锁上。

女人开门让他进牢房。小孩躺在床铺上。戈德温坐在孩子身边,两臂交叉,伸着两腿,那姿态表明一个人已经精疲力竭到了最后关头。

"你干吗要坐在那儿,坐在那通风口前面?"霍拉斯说,"为什么不躲进墙角,我们可以用床垫把你遮起来。"

"你是来看我完蛋的,对吗?"戈德温说,"嗯,这可不大对头。这是你的工作。你答应过,我不会给绞死的,对吗?"

"你还有一小时可活,"霍拉斯说,"孟菲斯来的火车要到八点半才到。他肯定懂得好歹,不会坐那辆淡黄色的小汽车来的。"他转身对着女人。"不过你啊。我原来对你估价过高。我知道他跟我都是傻瓜,不过我想你会比我们高明一点。"

"你在替她做桩好事,"戈德温说,"她原来也许会缠着我不放,一直缠到太老了,勾引不上好男人了。你要是肯答应我,等孩子长大了会找零钱了,你会给他找一份卖报的工作,那我就放心了。"

女人回到了床边。她抱起孩子,把他放在腿上。霍拉斯走到她面前。他说:"得了,你放心吧。不会出事的。他呆在这儿不会出问题的。他心里明白。你得回家睡会儿觉,因为你们俩明天都要离开这儿了。来吧,嗯。"

"我看还是呆在这儿好。"她说。

"真该死,你难道不知道,你要是想象自己会大祸临头,那大祸肯定就会来的?你的亲身经历不就是明证吗?李是知道的。李,叫她别这样。"

"走吧,鲁碧,"戈德温说,"回去睡觉吧。"

"我想还是呆在这儿好。"她说。

霍拉斯高高地站在他们面前。女人抱着孩子沉思,低着头,整个身体纹丝不动。戈德温朝后靠在墙上,他抄着两手,黄褐色的手腕插在褪了色的衬衫袖口里。"你现在是个男子汉了,"霍拉斯说,"难道不对吗?真希望陪审团能看到你现在的这副模样,给关在钢骨水泥的牢房里,用五年级小学生的鬼故事来吓唬女人和孩子。那他们就会知道你是压根儿没胆量杀任何人的。"

"你自己最好也回去睡觉,"戈德温说,"要不是有人在这儿吵吵嚷嚷,我们可以在这儿睡觉的。"

"不行;我们这么干有点不太明智。"霍拉斯说。他走出牢房。看守给他开了门上的锁,他走出监狱大楼。十分钟以后他回来了,手里拿了包东西。戈德温还坐在原处。女人看着他打开那包东西。里面是一瓶牛奶、一盒糖果和一盒雪茄。他递给戈德温一支雪茄,自己也拿起一支。"你把他的奶瓶带来了,对吗?"

女人从铺下一个包袱里取出奶瓶。"里面还有点奶呢。"她说。她把奶瓶灌满。霍拉斯给自己和戈德温点烟。等他再抬头时,奶瓶已经不见了。

"还没到喂奶的时候?"他说。

"我把它焐焐热。"女人说。

"哦。"霍拉斯说。他把椅子后倾靠在墙上,靠在牢房床铺对面的墙上。

"床上还有地方,"女人说,"比较软一点。舒服点。"

"不过要换尿布,地方就不够了。"霍拉斯说。

"听着,"戈德温说,"你回家去吧。你这么做一点也没有用。"

"我们还有点工作要干,"霍拉斯说,"那位律师明天上午还会盘问她。这是他唯一的机会:用某种方法来驳倒她的证词。我们仔细讨论的时候,你也许可以睡一会儿。"

"好吧。"戈德温说。

霍拉斯开始训练女人如何作证,一边在狭窄的牢房地板上来回踱步。戈德温抽完了雪茄,又纹丝不动地坐着,交叉着胳臂,低着脑袋。广场上的大钟敲响了九下,后来又敲了十下。孩子哼哼唧唧地躁动起来。女人住了口,给孩子换了尿布,从腰窝里掏出奶瓶喂他。随后她小心地俯过身子,仔细望着戈德温的脸。"他睡着了。"她悄声说。

"我们要不要把他放倒?"霍拉斯低声说。

"别动他。让他就那么样呆着。"她轻手轻脚地把孩子放在床上,自己挪到床的另一头。霍拉斯搬过椅子,在她身边坐下。他们两人轻声轻气地说话。

大钟敲了十一下。霍拉斯还在训练她如何作证,一遍遍地演习可能出现的场面。终于他说:"我想这样就可以了。你能记住的吧?要是他提出一个问题而你不能确切地用今天夜里学会的话来回答,那你就暂时什么都不说。我会来对付的。你记得住吗?"

"记住了。"她悄声说。他伸手从床上拿起糖果盒,打开盒子,玻璃纸发出轻微的窸窣声。她拿起一块夹心软糖。戈德温没有动弹。她看看他,然后看看墙上狭窄的通风口。

"别看了,"霍拉斯轻声说,"他用别帽子的大头针都捅不进来,更别说用子弹来打他了。你难道连这一点都不明白?"

"我知道。"她说。她把糖拿在手里。她并不对他看。"我知道你在想什么。"她悄声说。

"什么？"

"你上那屋子去而我不在家。我就知道你是怎么想的。"霍拉斯仔细望着她，望着她扭转去的脸。"你说过今天晚上该是开始付你钱的时候了。"

他又望着她好一阵子。"哦，"他说，"噢，时代啊！噢，习俗啊！① 噢，地狱啊！你们这些愚蠢的哺乳动物难道永远不会相信任何男人，所有的男人——你以为我是为了这个目的才来这儿的吗？你难道以为要是我有这种打算的话，我会等这么久吗？"

她短暂地瞥了他一眼。"要是你没有等的话，也不会给你带来什么好处。"

"什么？噢。好吧。可你今天晚上会肯干的？"

"我还以为这是——"

"那你现在就会干了？"她扭头看看戈德温。他正在轻微地打呼噜。"噢，我并不是说此时此刻，"他悄声说，"不过一经要求你就该作出报答。"

"我曾以为这是你的打算。我告诉过你我们不必——如果那样做还不够酬劳的话，我知道我不会怪你的。"

"不是这么回事。你知道不是这么回事。难道你不明白，也许男

---

① 这是罗马政治家、律师、演说家、作家西塞罗（公元前106—前43）的名言。西塞罗在公元前63年当执政官时镇压破产贵族卡提利那企图发动的暴乱并迫使他逃离罗马。他在指责卡提利那时用了"噢，时代啊！噢，习俗啊！"这两句话。这也是他能言善辩的一大例证，因为他当时尚未搜集到足够的有关卡提利那的罪证。

人做一件事仅仅是因为他知道这是对的,为了世道的和谐他必须这么做?"

女人慢慢地转动手里的那块糖。"我以为你生他的气。"

"生李的气?"

"不。生他的气。"她摸摸孩子。"因为我不得不把他带来。"

"你的意思是,也许他得呆在床的下端?也许你得一直拽着他的腿免得他掉下床去?"

她凝望着他,眼神庄重、茫然,若有所思。窗外,大钟敲了十二下。

"老天爷啊,"他轻声说,"你都跟什么样的男人打过交道啊?"

"我有一次就是用这个办法把他救出监狱的。而且是把他从莱文沃思放出来的。当时他们明明知道他是有罪的。"

"你这么做了?"霍拉斯说,"给。再拿一块吧。你手里那块快化没了。"她看了看沾满巧克力的手指和化得不成形状的夹心软糖。她把糖扔到床铺后面。霍拉斯递过手绢。

"会弄脏的,"她说,"等一等。"她在孩子换下来的衣服上擦擦手,又坐了下来,两手交叉放在膝盖上。戈德温还在打呼噜,气息均匀。"他去菲律宾的时候,把我留在旧金山。我找了份工作,住在宿舍里,在小煤气喷嘴上做饭,因为我跟他说过我会这么过日子的。我不知道他会走多久,但我告诉他我会这么等他的,他也知道我会的。我根本不知道他为了个黑鬼女人杀了另外一个士兵。我五个月没收到他一封信。我是在打工的地方用张旧报纸铺在橱柜的隔板上时无意中发现他那个团要回国来了,我一查日历发现就是在那天。我一直规规矩矩过日子。我其实有的是好机会;每天只要有男人来饭馆我就有机会。

"他们不肯让我请假去接船,我只好辞职不干了。后来他们不让我去见他,连我要上船都不准。我站在那儿,看着他们排着队走下船,我留神找他,问走过身边的人知不知道他在哪儿,他们逗我,问我是不是当天晚上有约会,告诉我从来没听说过他这个人,要不就是说他已经死了,或者他跟上校的老婆私奔到日本去了。我又想办法上船,可他们还是不让我上。因此那天晚上我穿得漂漂亮亮的去夜总会,走了一家又一家,总算找到他团里的一个人,我让他跟我调情,他把实情告诉了我。我觉得我好像已死去了。我坐在夜总会里,那里奏着音乐,人们在跳舞什么的,那个喝醉酒的士兵在我身上乱摸,我心里想干吗我不能放开一点,跟他胡混一番,喝个烂醉永远不醒过来,我想,我浪费整整一年就是为了等这么样的一个畜生。今天想来,就是这个想法使我没有胡来。

"总之,我没有胡来。我回到自己的小屋子,第二天开始到处找他。我找啊找,他们对我撒谎,想让我跟他们干那种事,后来才弄明白他在莱文沃思。我没足够的钱买车票,只好又找了份工作。干了两个月才攒够了钱。我就去了莱文沃思。在查尔兹餐馆又找了当女招待的工作,上的是夜班,这样才可以每隔一个星期在星期天下午去探望李。我们决定去找个律师。我们不知道律师对联邦政府的犯人是帮不上忙的。那律师没告诉我,我也没告诉李我是怎么请到律师的。他以为我攒下了一笔钱。我跟律师同居了两个月才发现他帮不了忙。

"后来打仗了[①],他们把李放出来,送他去法国。我去了纽约,在一

[①] 此处指第一次世界大战。

家兵工厂里找到份工作。我还是规规矩矩过日子,当时城里可到处都是大把花钱的士兵,连不起眼的邋遢姑娘都穿绫罗绸缎。可我依旧清清白白做人。后来他回来了。我到船上去接他。他是被押着下船的,他们又把他送回莱文沃思,还是为了三年前他杀了个士兵那件事。后来我找了个律师,他找了位众议员想法把他放出来。我把攒下的钱都给了律师。所以等李出了监狱,我们一点钱都没有了。他说我们结婚吧,可我们没钱结不了婚。等我告诉他跟那个律师同居的事情,他把我揍了一顿。"

她又把化得不成样子的夹心糖扔到床后,在孩子的衣服上擦擦手。她从糖盒里又拿起一块来吃。她嚼着糖,望着霍拉斯,神情木然,若有所思,不慌不忙。墨黑的夜色从狭窄的牢窗侵入牢房,冷森森的,全无生气。

戈德温不打呼噜了。他动了一下,坐起身来。

"几点钟了?"他说。

"什么?"霍拉斯说。他看看手表。"两点半了。"

"他的车胎一定在路上给戳了个洞①。"戈德温说。

天快亮的时候,霍拉斯也坐在椅子里睡着了。他醒来时,一道窄窄的铅笔粗细的红色阳光从窗户孔平射进来。戈德温和女人正坐在行军床上悄悄地说着话。戈德温郁郁寡欢地望着他。

"早上好。"他说。

"我希望你睡了一觉,做完了你那个噩梦。"霍拉斯说。

"要是这样的话,这该是我做的最后一个梦。听人说你到了阴间那

---

① 戈德温认为女人在法庭交代了有关金鱼眼的事情,金鱼眼一定会来杀死他,只因为轮胎漏气而来不了的。

边是不会做梦的。"

"你已经做得够多了，不会因此感到遗憾的，"霍拉斯说，"我想经过了这件事以后，你会相信我们的。"

"相信你个屁，"戈德温说，他一直非常安静、非常泰然地坐着，面容冷漠，随便地穿着套工装裤和蓝衬衣；"你想过没有，经过了昨天那一场，这个人会让我活着走出那扇门，走上街头，走进那座法院大楼吗？你这辈子都跟些什么样的男人打交道来着？在育儿室里长大的？我自己是绝不会那么做的。"

"要是他这么干的话，那他是自投罗网。"霍拉斯说。

"可这对我有什么用？听我——"

"李。"女人说。

"——对你说：你下次想用别人的脑袋来押宝的时候——"

"李。"她说。她正用手缓慢地来回摩挲他的脑袋。她把他的头发理顺，挑出头路，轻轻拍拍他没佩硬领的衬衣，把它捋平。霍拉斯凝望着他们。

"你愿意今天就呆在这里吧？"他心平气和地说，"我可以去安排的。"

"不用，"戈德温说，"我烦透了。我要把它了结算了。只要去跟那该死的副警官说，走路时别太靠近我。你跟她最好还是出去吃点早饭。"

"我不饿。"女人说。

"去吧，照我说的去做。"戈德温说。

"李。"

"来吧,"霍拉斯说,"你吃了以后还可以再回来的。"

到了监狱外,他在早晨清新的空气里开始做深呼吸。"好好吸口气,"他说,"在那种地方呆了一夜,谁都会心烦意乱的。想想看,三个成年人……老天爷啊,我有时候真相信我们全都是孩子,除了孩子以外人人都是孩子。不过今天是最后一天了。到中午时分,他将走出那儿做个自由的人了:你明白这一点吗?"

他们在清新的阳光里,在柔和、高爽的晴空下朝前走。蓝天上高高飘浮着来自西南方向的一小团一小团的云彩,持续不断的清凉的微风把早已花谢花落的刺槐吹得微微颤抖,闪闪发亮。

"我不知道你上哪儿去领报酬。"她说。

"别谈这个了。我已经拿到酬劳了。你不会明白的,不过我的心灵四十三年来一直像个见习生在学习天意人事。整整四十三年啦。比你的年纪大一半吧。所以你明白吧,愚蠢跟贫困一样,都能自己解决问题。"

"可你知道他——他——"

"算了,别说了。我们都会想入非非的。上帝有时也挺傻,不过至少**他**还是个有教养的人士。难道你不知道这一点?"

"我一直以为上帝是个男子汉。"女人说。

霍拉斯穿过广场走向县政府大楼时,大钟已经在敲了。广场上已经挤满了马车和小汽车,穿工装裤和卡其服装的人慢吞吞地涌向大楼哥特式的大门口。他走上楼梯时,广场上空的大钟敲了第九下。

狭窄的楼梯的顶端,双扇大门已经打开。门内是一片开庭前的活动,人们正络绎不绝地走动着找椅子入座。霍拉斯可以看见椅背上的各种脑袋——秃了顶的、头发花白的、头发蓬乱的、晒黑的脖子上刚整齐地理过发的脑袋、在城里人硬领衬衣上露出的头发油光光的脑袋,而偶尔还有一顶阔边遮阳女帽或饰有花束的帽子。

人们说话和走动的嘈杂声逆着一阵阵穿门而入的微风传到门外。微风从敞开的窗户吹进屋里,掠过人们的脑袋,回送到站在门口的霍拉斯身边,带着浓重的烟草味、汗臭、泥土的气息,还有明显的法院的气味:那疲竭萎顿的欲望、贪婪、争吵和怨恨的霉味,加上用以取代任何好一点东西的一种笨拙的稳重气氛。窗户外面是拱形柱廊下的平台。穿过平台的和风带进来在屋檐下作巢的麻雀和鸽子的啁啾声和咕咕声,偶尔还带进来楼下广场上汽车的喇叭声,它穿过楼下走廊里和楼梯上空洞洞的脚步声,又被脚步声所淹没。

法官尚未入席就座。霍拉斯看见在屋子一端长桌子边的戈德温的黑发脑袋和瘦削的棕色脸庞,还看见那女人的灰色帽子。长桌的另一头坐着一个正在剔牙的男人。他脑瓜上蒙着一片密密的黑鬈发,朝天灵盖越来越稀,形成一个秃顶。他的鼻子相当长,显得苍白。他穿着一套黄褐色的棕榈滩牌子的西装;他身边的桌子上放着一只漂亮的真皮公文包和一顶饰有红褐两色帽圈的草帽,而他正懒洋洋地越过一排排脑袋望着窗外的景色,一边剔着牙齿。霍拉斯就在门口内站停脚步。"这是位律师,"他说,"从孟菲斯来的犹太律师。"他接着巡视桌子周围的人的后脑勺,那里坐的都是证人一类的人物。"我知道我毫不费力就能发现的,"他说,"她会戴顶黑帽子的。"

他沿着中央过道向前走去。从传来钟声和屋檐下鸽子的咕咕声的平台窗户的外面,法警的嗓门响了起来:

"根据法律规定,约克纳帕塔法县巡回法院现在开庭……"

谭波儿戴着一顶黑帽子。法庭书记员叫了她两遍,她才站起来到证人席就座。过了一会儿,霍拉斯才意识到法官在对他讲话,而且有点不太耐烦。

"班鲍先生,这一位是你的证人吗?"

"是的,阁下。"

"你要她宣誓作证并且把证词记录备案?"

"是的,阁下。"

窗户外面,在那些不慌不忙的鸽子下面,法警的嗓音仍然嗡嗡地回响着,反反复复,无休无止,无动于衷,虽然钟声已经停止了。

第二十八章

地方检察官面对着陪审团。"我把这个在作案现场找到的东西提供为物证。"他手里拿着一根玉米棒子芯。它看上去仿佛在黑褐色的颜料里浸过。"我以前没有提供这个物证是因为在被告的妻子作证以前我一直不明白这东西跟案件的关系,这份证词我刚让书记员根据记录给各位先生宣读过。

"你们刚才听到了那位药剂师和那位妇科专家的证词,你们各位都知道,这位妇科专家是生命中最神圣的东西——妇女的最神圣的事务的权威——他说这已经不是一件让刽子手来干的事情,而是该用汽油来燃起火堆——"

"我反对!"霍拉斯说,"检察官在企图左右——"

"反对有效,"法官说,"书记员先生,把'他说什么什么'这句话划掉。班鲍先生,你可以要求陪审团对这句话不予理会。地方检察官先生,请就事件本身发言。"

地方检察官欠了欠身。他转向谭波儿坐着的证人席。她黑帽子下面漏出像一团团树脂般的紧密的红色鬈发。帽子上别着一件无色钻石仿制品做的饰物。穿着黑缎子裙子的膝盖上放着一只白金丝的钱包。浅黄色的外套没扣上扣子,露出裙衫肩头紫色的花结。两手手心向上,一动不动地放在腿上。两条白皙的长腿斜伸着,脚腕并未交叉,两只有闪闪发亮的饰扣的轻便舞鞋一动不动地侧搁着,仿佛里面没有脚。她坐的席位高于一排排目光专注、犹如漂浮在水里的死鱼肚皮般惨白的面孔,她的姿态显得既冷漠又畏缩,两眼直瞪瞪地盯着房间后部的某样东西。她的脸色十分苍白,两摊胭脂像是两张贴在她颧骨上的圆纸片,她的嘴唇抹成浓艳的十分完美的弧形,也像是从紫色纸片上细心地剪下后贴在嘴上的,既富有象征意义又神秘莫测。①

地方检察官站到她面前。

"你叫什么名字?"她没有回答。她微微地侧了一下脑袋,仿佛他挡住了她的视线,而她正凝望着房间后部的某样东西。"你叫什么名字?"他又问,同时也挪动身体,又站到她的视线之内。她张了张嘴。"大声一点,"他说,"大声说出来。没人会伤害你。让这些好心人,这些做父亲做丈夫的人听见你想说的话,为你申冤。"

法官扬起眉毛,看了霍拉斯一眼。但霍拉斯毫无表示。他静坐着,脑袋微微低垂,两手攥得紧紧的放在膝盖上。

"谭波儿·德雷克。"谭波儿说。

"多大年纪?"

"十八岁。"

"你家在哪里?"

"孟菲斯。"她用低得简直难以听清的声音说。

"说得响一点。这些男人不会伤害你的。他们坐在这儿是为了替你受的苦申冤。你去孟菲斯以前住在什么地方?"

---

① 此处暗示谭波儿的服饰打扮同法庭的场合并不相称,更适宜于二十年代的夜总会。

"杰克逊。"

"你在那儿有亲人吗?"

"有的。"

"说吧。告诉这些好心人——"

"我父亲。"

"你母亲去世了?"

"是的。"

"你有姐妹吗?"

"没有。"

"你是你父亲的独生女儿?"

法官又看了看霍拉斯,他还是无所表示。

"是的。"

"今年五月十二日以来你一直住在什么地方?"她微微动了动脑袋,仿佛想看到他身后的某个地方。他站到她的视线之内,迫使她看着他。她又眼睁睁地望着他,像鹦鹉学舌似的回答他的提问。

"你父亲知道你在那儿吗?"

"不知道。"

"他以为你在哪儿?"

"他以为我在学校里。"

"这么说你躲了起来,因为你出事了,你不敢——"

"我反对!"霍拉斯说,"这句提问会导致——"

"反对有效,"法官说,"检察官先生,我早就想警告你了,不过被告一方出于某种原因没有表示反对。"

地方检察官向法官弯腰致意。他转身面对证人，再次迫使她看着他。

"你五月十二日星期天上午在什么地方？"

"我在谷仓里。"

房间里的人吐了一口气，这集体的叹息在带霉味的寂静中发出一阵嘶嘶声。又有几个人走了进来，但他们在房间后部站住了，聚在一起。①谭波儿已把脑袋转过去了。地方检察官捕捉住她的目光，迫使她看着他。他半转身子，指着戈德温。

"你以前见过这个人吗？"她望着地方检察官，神情僵硬呆滞。从近处看，她的两只眼睛、脸上的两摊胭脂和嘴巴像是一只鸡心形的小碟里的五样毫无意义的东西。"请朝我指的方向看。"

"见过。"

"你在什么地方见到他的？"

"在谷仓里。"

"你在谷仓里做什么？"

"我躲在里面。"

"你在躲什么人？"

"躲他。"

"那边的那个男人？请朝我指的方向看。"

"对。"

"可他找到了你。"

"是的。"

---

① 可能是谭波儿的父亲和兄弟们。

"那儿还有别人吗?"

"还有汤米。他说——"

"他在谷仓里面还是在谷仓外面?"

"他在外面,在门口。他在守望。他说他不会让——"

"等一下。你要求过他不要让人进谷仓吗?"

"是的。"

"所以他把门从外面锁上了?"

"是的。"

"但是戈德温走了进来。"

"是的。"

"他手里拿着什么东西吗?"

"他拿着那把手枪。"

"汤米拦他了吗?"

"拦了。他说他——"

"等一下。他对汤米干了什么?"

她眼睁睁地望着他。

"他手里拿着枪。接着他干了什么?"

"他朝汤米开了枪。"地方检察官往旁边走了几步。那姑娘的目光立即转向房间后部,凝视着那里。地方检察官走了回来,又挡住了她的视线。她动了动脑袋;他截住她的目光,迫使她看着他,在她眼前举起那弄脏的玉米棒子芯。一屋子的人吁了口气,一阵长长的嘶嘶声。

"你以前见过这东西吗?"

"见过。"

地方检察官转过身去。"阁下，诸位先生，你们听见了这位年轻姑娘讲述的骇人听闻的、难以置信的故事；你们看到了物证，听到了那位医生的证词；我不想再让这个失去贞操、无法自卫的年轻姑娘承受痛苦——"他顿住了；一屋子的人一起转过脸去看着一个男人昂首阔步地沿着中央通道走向法官。他步履稳健，一步步地走着，由那些凝视着他的苍白的小脸慢慢地目送着，只听得衣领缓慢地发出嘶嘶的摩擦声。他的白发梳得整整齐齐，黢黑的皮肤把修剪整齐的八字须衬托得像锤打成的银锭。他的眼睛下面有小小的眼袋。做工无可挑剔的亚麻西服扣得严严实实，裹住了不算太大的肚子。他一手拿一顶巴拿马草帽，另一只手拿着一根细长的黑手杖。他目不斜视地在犹如缓缓拖长的叹息声的寂静中顺着通道稳步走去。他走过证人席时没有对证人看上一眼（而她仍然在凝望房间后部的某样东西），而是像运动员冲过终点线似的径直切断她的视线，一直走到隔开法官的法庭围栏才停步，而法官已经手扶桌子半站起来。

"阁下，"老人说，"法庭是否已经结束对这位证人的盘问？"

"是的，法官先生，"法官说，"是的，先生。被告，你是否放弃——"

老人慢慢地转过身来，腰板挺直，凌驾在那些屏住了呼吸的苍白的小脸上，低头看了一眼律师席上的那六个人。他身后的证人没有动静。她像孩子似的一动不动地坐着，像个服过麻醉药的人，把眼光越过那些人脸，凝望着屋子的后部。老人向她转身伸出手来。她纹丝不动。屋里的人们吐了口气，又马上吸进一口，使劲屏住。老人碰碰她的胳臂。她转过脸来，三摊①浓艳的胭脂上方是一双毫无表情的只见瞳仁的眼睛。

---

① 指脸颊上的两摊及涂唇膏的一张嘴。

她把手放在他手里，站起身来，膝盖上的白金丝钱包滑到了地上，发出轻微的响声，她再一次直着眼睛凝视房间的后部。老人用他擦得锃亮的小巧的皮鞋尖把钱包踢向墙角，那里陪审团的席位和法官席正好交会，那里还摆着一只痰盂。他扶着姑娘走下台来。他们顺着中央通道往外走时，屋里的人再次吁了一口气。

　　姑娘走到一半停了步，没扣上纽扣的时髦外套使她显得苗条，没有表情的面容显得僵硬，接着她又朝前走，一只手放在老人的手里。他们顺着通道往外走，老人挺直腰板，目不斜视地在她身边走着，伴随着他们的步伐是一阵衣领的缓慢的摩擦声。姑娘又停了步。她开始往后退缩，身体慢慢地弯成弓形，被老人抓着的那条手臂绷紧起来。他俯身对她说了些话；她又走动起来，带着畏缩而专注的卑躬屈膝的神态。四个年轻男子正笔直而僵硬地站在出口处。他们像士兵似的站着，目视前方，直到老人和姑娘走到他们跟前。于是他们走动起来，把这另外两人团团围住，大家紧挨着，挡住了姑娘的身躯，一起朝门口走去。他们在门口停了下来；人们看见姑娘缩起身子靠在门口内的墙上，身体又弯成弓形。她似乎紧贴着墙不肯走了，接着那五个人的身体又挡住了她，又紧挨在一起，这群人走出大门消失了。屋里的人松了一口气：犹如起风似的刮起一阵营营声。这声音渐渐加速，冲向前方，这一声长长的叹息掠过犯人和抱孩子的女人和霍拉斯及地方检察官还有孟菲斯来的律师所坐的长条桌，越过陪审团直奔法官席。孟菲斯来的律师半躺半靠地坐着，出神地望着窗外。孩子发出烦躁不安的哭声。

　　"别哭，"女人说，"嘘——"

第二十九章

陪审团出去了八分钟。等霍拉斯离开县政府大楼时，天色已近黄昏。原先拴着的马车纷纷离开，有些得在乡下土路上赶上十二到十六英里路。娜西莎在汽车里等着他。他从那些穿工装裤的乡下人中间慢吞吞地走出来；他呆滞地坐进汽车，像个老头子，脸拉得很长。"你想回家吗？"娜西莎说。

"好的。"霍拉斯说。

"我是说，回老屋还是去城外的家？"

"好的。"霍拉斯说。

汽车是她在驾驶。马达在运转。她看看他。她穿了件深颜色的新衫裙，领子是白色的，式样很简朴，她还戴了顶深色的帽子。

"去哪儿？"

"回家，"他说，"我不在乎哪一个。只要是家。"

他们驶过监狱。沿着栅栏站满了跟随戈德温和副警官从县政府大楼回来的无业游民、乡下人、少年无赖和小伙子们。女人站在院门口，戴着那顶带面纱的灰帽子，双手抱着孩子。"站在他从窗口可以看见的地方，"霍拉斯说，"我闻到火腿香味了。也许我们还没到家他已经吃上火腿了。"接着，他坐在汽车里，在妹妹的身边哭起来。她开得很平稳，车速不快。不久，他们离开了城镇，两边一行行健壮的新植的棉花平行地向后移动，变得越来越小。在上坡的车道上还有一小层雪似的刺槐的落花。"春天真够长的，"霍拉斯说，"春天真长。你简直会认为其中有一定的目的。"

他留下来吃晚饭。他吃得很多。"我去看看你的屋子收拾了没有，"他妹妹说，口气相当温和。

"好的，"霍拉斯说，"你的心真好。"她走了出去。珍妮小姐的轮椅停在有固定轮子的狭槽的平台上。"她的心真好，"霍拉斯说，"我想到外面去抽袋烟。"

"你从什么时候开始不在这儿屋内抽烟了？"珍妮小姐说。

"是啊，"霍拉斯说，"她的心真好。"他朝门廊边走去。"我原先打算就在这儿停步的。"他说。他看着自己穿过门廊，然后踩上那纤细的白雪一般的最后一批刺槐落花；他走出铁院门，上了砾石路。他走了大约一英里，有辆汽车放慢速度，表示要让他搭车。"我只是在吃晚饭前散散步，"他说；"我马上就回去。"又走了一英里，他看见城里的灯光。灯光微弱，贴在地平线上，很稠密。他越走越近，城里的灯光就越来越亮。他还没进城，就开始听见人声嘈杂。后来他就看见了人群，涌来涌去的人群挤满了街道，还有那光秃秃的低洼的放风场，上方高耸着那四四方方的有一个个狭窄的透气孔的监狱大楼。在装有铁栅的窗户下面的场上，有个只穿着衬衣的男人正面对人群声嘶力竭地比划着。那铁窗里没有人影。

霍拉斯继续朝广场走去。治安官和推销员们在一起，站在旅馆外面的马路边。他是个大胖子，长着一张没精打采的宽脸，这跟眼睛边流露的担忧的神情相抵触。"他们不会干出什么事来的，"他说，"空话讲得太多了。乱哄哄的。而且还太早了一点。要是有一伙人真想干什么的话，他们是不会等那么多时间说那么多空话的。而且也不会在光天化日之下在大家的眼皮底下采取行动的。"

人群在街头逗留到很晚。然而他们很守秩序。大多数人仿佛是来看热闹的，来看看监狱和那扇装有铁栅的窗户，或者来听那个只穿件衬衣的人说话。过了一会儿，他说得精疲力竭无话可讲了。于是人群开始散开，回到广场上，有些人回家去，最后只剩下一小群人站在广场入口处的弧光灯下，其中有两位临时警官和夜班典狱长，他头戴一顶浅色宽边帽，带着一个手电、一个考勤钟和一把手枪。"现在回家去吧，"他说，"戏收场了。你们大伙都玩够了。回家上床去，走吧。"

旅行推销员们在旅馆门前马路边又坐了一会儿，霍拉斯跟他们在一起；往南去的火车要一点钟才开。"他们要让他干了这种事还放过他，对吗？"一个推销员说，"用那根玉米棒子芯？你们这儿都是些什么样的人啊？要什么样的事情才能惹你们这儿的人生气发火啊？"

"在我老家，大伙儿根本没那份耐心等他出庭受审。"另一个推销员说。

"连送监狱都不可能，"又一个人说，"她是干吗的？"

"女大学生。长得挺漂亮的。难道你没看见她？"

"我看见她了。她真是个漂亮的小妞。老天爷，我才不会用什么玉米棒子芯呢。"

终于广场上安静下来了。钟敲响了十一下；推销员们回到旅馆里面，看门的黑人出来把椅子放回到墙边。"你在等火车吗？"他对霍拉斯说。

"是的。你听到消息了吗？"

"火车准时到。不过那还得等两个小时。你愿意的话可以在样品室里躺一会儿。"

"可以吗？"霍拉斯说。

"我来领你去。"黑人说。这样品室是推销员们陈列货品的地方。里面有一张沙发。霍拉斯关了灯，在沙发上躺下了。他看得见县政府大楼周围的树木和高耸于安静空旷的广场上方的大楼一翼。但人们并未入睡。他能感觉到这种保持清醒的状态，镇上的人都醒着。"反正我也睡不着。"他自言自语地说。

他听见大钟敲十二下。然后——也许过了半小时，也许过了更长一些时间——他听见有人在窗外奔跑。脚步声比马蹄还响亮，在空寂无人的广场上激起了回声，响彻本应是宁静的睡眠时刻。霍拉斯听见的不是一阵声响；那是奔跑声消失在其中的一种难以捉摸的东西。

他顺着走廊朝楼梯走去时并未意识到自己在奔跑，后来他听见一扇房门内有人说，"起火了！这是……"这时候他已经冲了过去。"我吓着他了，"霍拉斯说，"他只不过是个从圣路易来的人，也许吧，他对这种事情还不习惯。"他奔出旅馆，冲上街头。旅馆老板跑在他前面，样子很可笑；这身高肩宽的男子汉两手在面前紧紧抓住了长裤而背带却在睡衣下晃荡，秃了顶的脑袋上乱七八糟地竖立着一圈蓬乱的头发；还有三个男人奔跑着经过旅馆。他们仿佛来自乌有之乡，从虚无缥缈中出现时步子正迈出一半，却衣冠整齐地在街中心奔跑着。

"着火了。"霍拉斯说。他看得见火光；火光把监狱的剪影衬托得突出而凶恶。

"就在那块空地上，"旅馆老板说，抓紧了长裤不放。"我去不了，因为没有人值班……"

霍拉斯奔跑着。他看见前面还有人在跑，他们拐进了监狱边的小胡同；接着他听见那声音了，大火燃烧时的呼呼声；汽油燃烧时狂暴的喧嚣。他拐进了胡同。他看见了那堆大火，就在赶集的日子里拴大车的那块空地中央。火焰衬托出黑色的人影，姿态千奇百怪；他听见喘着粗气的叫喊声；他从稍纵即逝的人缝里看见一个人转身奔跑起来，像一团火焰，手里仍然拎着一个五加仑的煤油桶，就在那人拎着它奔跑时，它爆炸了，像火箭般冒出冲天火焰。

他冲进人群，冲到空地中心围着一堆在燃烧的大火的人圈里。人圈的一侧传来那煤油桶在身边爆炸的人的哭叫声，但大火中心的那堆东西却没有任何声息。这堆东西已经无法辨认了，火苗从一堆白乎乎的炽热的东西里蹿出来，旋绕着长长的火舌，迸发着噼啪的轰响，而那堆东西里依稀可见几根烧尽的木桩和木板。霍拉斯奔跑着冲进火堆；人们拉住了他，但他毫无感觉；他们七嘴八舌地说着话，但他充耳不闻。

"这是他的律师。"

"这是那个为他辩护的人。企图为他洗刷罪责的人。"

"把他也扔进去。还有火，还可以烧死一个律师。"

"让我们用对付他的办法来对付这个律师。用他对她的办法。只不过我们可不用玉米棒子芯。我们让他希望我们用的是玉米棒子芯。"

霍拉斯听不见这些人的说话声。他听不见那个自己引火烧身的人的尖叫声。他连大火的呼呼声都听不见，虽然火势并未减弱，火苗还在旋绕着往上蹿，仿佛靠着本身在不断燃烧，而且无声无息：犹如梦幻中的愤怒声音，从宁静的虚空中默默地咆哮而出。

第三十章

在金斯敦火车站接客的是一个老头,他开着一辆能坐七个人的轿车。他身材瘦小,灰眼睛,花白的八字须须尖上过蜡。从前,在镇子还没有突然兴旺起来成为以采伐木材为主的城市以前,他是个种植园主、土地所有者、第一批殖民开拓者中的一个人的儿子。由于贪婪并容易上当受骗,他失去了所有的财产,开始赶一辆出租马车来回奔波于小镇和火车站之间,留着上过蜡的八字须,戴着一顶大礼帽,穿着一件破旧的艾伯特王子式的外衣①,边赶马车边对那些旅行推销员说当年他如何在金斯敦的社交界独领风骚;如今他为他们赶车。

马车时代过去了,他买了一辆汽车,还是做着接火车的营生。八字须仍然上蜡,但一顶便帽取代了以前的大礼帽,燕尾服也换成一套在纽约经济公寓区②犹太人缝制的灰色夹红条的西服。"你来了,"霍拉斯从火车上走下来时他说,"把箱子放汽车里吧。"他说。他自己先上了车。霍拉斯上车,在他边上的前座坐下。"你晚了一班火车。"他说。

"晚了?"霍拉斯说。

---

① 男式燕尾服,由于英国维多利亚女王的丈夫艾伯特亲王经常穿这种燕尾服而得名。
② 指纽约曼哈顿岛的下东区。自19世纪80年代到20世纪20年代一直是犹太移民居住的贫民区。

"她是在今天上午到的。我送她回家的。你的妻子。"

"噢,"霍拉斯说,"她回家了?"

对方发动马达,倒车,然后调转车头。这是一辆马力挺大的好车,开动起来灵活自如。"你原来指望她什么时候回家?……"他们朝前行驶。"我听说他们在杰弗生把那家伙烧死了。我想你一定看见了。"

"是啊,"霍拉斯说,"是啊。我听说了。"

"他也是活该,"司机说,"我们得好好保护我们的姑娘。我们自己也许用得上她们。"

他们拐了个弯,沿着一条街行驶。开到一个弧光灯照耀下的街角。"我在这儿下车。"霍拉斯说。

"我送你到你家门口吧。"司机说。

"我在这儿下车,"霍拉斯说,"省得你还得调头。"

"随你便吧,"司机说,"反正你车钱照付。"

霍拉斯下了车,拿起皮箱;司机并没有帮忙托一把。汽车开走了。霍拉斯拎起箱子,就是在他妹妹家壁橱里放了有十年的那一只,在她向他打听地方检察官名字的那天上午,他把它带进城去。

他的房子相当新,坐落在相当大的一块草坪上,他种下的白杨和枫树等树木还比较矮小。他还没走到房子前,就看见他妻子房间窗户上的玫瑰色窗帘。他从后门进屋,走到她的房门口向屋里张望。她正躺在床上看一本大开本的带彩色封面的杂志。台灯的灯罩也是玫瑰色的。桌上放了一盒已经打开的巧克力。

"我回来了。"霍拉斯说。

她从杂志上方看了他一眼。

"你把后门锁好了吗?"她说。

"对,我知道她会去的,"霍拉斯说,"你今天晚上有没有……"

"我有没有什么?"

"小蓓儿。你打过电话……"

"打电话干什么?她在人家家里参加聚会,要在那儿过夜。她为什么不可以去?她干吗要打乱计划,拒绝接受别人的邀请?"

"对,"霍拉斯说,"我知道她会去的。你有没有……"

"我前天夜里跟她谈过。去把后门锁上。"

"好,"霍拉斯说,"她平安无事。她当然没出问题啰。我只是想……"电话机放在昏暗的门厅的桌子上。他家的号码是乡间同线电话的一个分号;打通一个电话要花些时间①。霍拉斯在电话机旁坐下来。他没有关上门厅一端的大门。夏夜的轻风从门外吹进来,隐隐约约,撩人心弦。"夜晚让老年人难以承受,"他轻轻地说,手里拿着电话听筒。"夏天的夜晚使他们难受。应该想点办法才是,比如订条法律。"

蓓儿从她房间里叫唤他的名字,用躺着的人的嗓音。"我前天夜里给她打过电话。你干吗一定要去打扰她?"

"我知道了,"霍拉斯说,"我不会说很多话的。"

他拿着听筒,看着送进那隐隐约约、叫人心烦的微风的大门。他开始念他刚读过的一本书中的一句话:"更不常见的是安宁。更不常见的

---

① 在20世纪初,美国乡村小镇往往十来户人家共用一条电话线路,各户都有自己铃响的数字。但如果有一户在打电话,其他的人家就无法使用。因而打电话挺费时间。

是安宁①。"他说。

线路另一端有人作答了。"喂！喂！蓓儿吗？"霍拉斯说。

"谁啊"线路传来她的声音，细弱而模糊。"什么事呀？出什么事了吗？"

"没有，没有，"霍拉斯说，"我只是想跟你打个招呼，说声晚安。"

"说什么？什么事？你是谁呀？"霍拉斯拿着听筒，坐在黑暗的门厅里。

"是我，霍拉斯。霍拉斯呀。我只是想——"

纤细的电话线里传来一阵扭打的声响；他听得见小蓓儿的喘气声。然后响起一个声音，一个男人的声音："喂，霍拉斯；我要你见一位——"

"住嘴！"小蓓儿细弱轻微的声音说；霍拉斯又听见他们在扭打的声音；接着是一段令他屏息激动的间歇。"住手！"小蓓儿的嗓音说，"这是霍拉斯！我跟他住在一起！"霍拉斯把听筒贴在耳朵上。小蓓儿的声音有点上气不接下气气喘吁吁，颇有节制，冷静、谨慎、超脱。"喂。霍拉斯。妈妈好吗？"

"好。我们都好。我只是想告诉你……"

---

① 引自英国诗人雪莱的《致简：我的回忆》。1821年雪莱在意大利遇见简·威廉斯。两人一度有过恋情。雪莱描述简为"在我们多风暴的圈子里，她似乎是某种代表宁静的力量"。他们两人曾在一个风和日丽的日子去比萨郊外森林里游玩。此诗即是对那个美好日子的回忆。雪莱在诗中提到天气十分美好，连树林里的一摊摊水都能平静地映照天空、树林以及简和诗人的身影。这宁静美好的天气实际上是平和宁静的简的象征。这种宁静感染了一向思绪纷乱的诗人。全句原文为"虽然你永远美丽善良，／森林永远青翠，／在雪莱的头脑里，比平静的水面／更不常见的是安宁。"此处引文暗示霍拉斯对理想女性的要求。

"噢。晚安。"

"晚安。你玩得挺开心吗?"

"是的。是的。我明天给你写信。妈妈今天收到了我的信吗?"

"我不知道。我只是——"

"也许我忘了寄了。不过我明天不会忘记的。我明天会写信的。你就是要我写信吗?"

"是的,只是想告诉你……"

他挂上听筒;他听见线路给切断了。他妻子房间里的灯光投射到门厅里。"把后门锁上。"她说。

第三十一章

在去彭萨科拉探望母亲的途中,金鱼眼在伯明翰被捕,罪名是在当年六月十七日在阿拉巴马州一小镇上杀死了一名警察。他是在八月里被捕的。正是在六月十七日晚上,谭波儿曾走过他停在一家郊区夜总会门口的汽车而他正坐在汽车里,就在那天晚上,雷德被杀害了。

金鱼眼每年夏天都要去探望母亲。她以为他是孟菲斯一家旅馆的夜间接待员。

他母亲是一家供膳食的寄宿公寓老板的女儿。他的父亲专门从事破坏罢工的工作,一九〇〇年,一家电车公司曾雇他破坏罢工。当时他母亲在市中心的百货公司工作。一连三个晚上,她乘电车回家,就坐在金鱼眼父亲所坐的驾驶座边的座位上。有一天晚上,这位破坏罢工者在她下车的路口跟她一起下车,陪她走到她家。

"你这么做不会被开除吧?"她说。

"被谁开除?"破坏罢工者说。他们并肩走着。他穿着得体,衣冠楚楚。"他们那些人马上会来抓我的。他们也知道的。"

"谁会来抓你?"

"那些罢工的人。我一点都不在乎谁来开电车,明白吗。我给谁开车都可以。要是每天晚上这个时间走这条路线,那就更好。"

她走在他身边。"你说的不是真心话。"她说。

"当然是真心话啰。"他挽住她的胳臂。

"我想你跟谁都可以结婚,跟开电车一样。"

"谁告诉你的?"他说,"那些王八蛋说我坏话了吗?"

一个月以后,她告诉他他们非结婚不可。

"你这是什么意思,非结婚不可?"他说。

"我不敢告诉他们。我将不得不离开家。我不敢。"

"好了,别心烦了。我正好也乐意。反正我每天晚上要经过这儿的。"

他们结婚了。他每天晚上开车经过她家的街口。他总要踩一下脚铃。有时候他会回家。他会给她钱。她母亲挺喜欢他;星期天吃晚饭的时候,他会咋咋呼呼地冲进屋子,对房客们直呼其名,连年纪大的人也一样。后来,有一天,他没回家;电车经过街口时他没踩脚铃。那时罢工已经结束了。她后来收到他从佐治亚州某个小镇寄来的一张圣诞贺卡;一幅有只钟和一个金色花环凸饰的贺卡。上面写着:"大伙儿想在这里搞场罢工。但这儿的人行动慢得可怕。也许还得上别处去,一直到我们撞上一个好镇哈哈。""撞"字下面还画了横道。①

她结婚后三周就开始生病。她当时已经怀孕了。她没有去看医生,因为有个黑种老妇人告诉她她出了什么问题②。金鱼眼是在她接到贺卡那天出生的,正好是圣诞节。她们开始以为他是个瞎子。后来她们发现他眼睛并不瞎,但他一直到快四岁时才会走路说话。在此期间,她母亲

---

① "撞"(strike)在英语里还有"罢工"的意思。这里是个双关语,意思是他们先得制造罢工事件,然后有人会雇他们去破坏,他才能赚到钱。
② 即她从丈夫处感染了性病,因此下文说他们怀疑他儿子是瞎子。

又嫁了人，第二个丈夫个子矮小，脾气暴躁，八字须柔软而茂密，他慢条斯理地在家里干些琐碎的零活；把所有破损的楼梯台阶、漏水的管道等等都修理好；有一天下午他拿了一张签了名的空白支票走出家门去付十二元的肉账。他从此没有回家。他从银行里提取了妻子的一千四百元存款，消失得无影无踪。

做女儿的还在市区工作，她母亲则照料孩子。有一天下午，一位房客回来发现他房间着火了。他把火扑灭了；可一周以后，他在废纸篓里发现一块驱蚊子的熏烟。外祖母在家看孩子。她走到哪里都带着孩子。一天晚上，大家不见她的踪影。全楼的人都出动了。一位邻居去报了火警，救火员在阁楼里发现了孩子的外祖母，她正在用脚踩灭地板中央用一把细刨花点燃的一堆火，孩子熟睡在边上一张被废弃的床垫上。

"那些王八蛋想来偷走他，"老太太说，"他们放火烧房子。"第二天，所有的房客都走掉了。

年轻的女人辞去了工作。她整天守在家里。"你该出去呼吸些新鲜空气。"外祖母说。

"我呼吸的空气足够了。"女儿说。

"你可以出去买点伙食用品，"母亲说，"你可以买到便宜货。"

"我们买的已经够便宜了。"

她密切注意各种可能起火的地方；她不在屋子里放一根火柴。她只在屋墙的一块砖头后面藏了几根。当时金鱼眼才三岁。他的个子像一岁的孩子，尽管饭吃得不少。有位医生叫他母亲喂他用橄榄油煎的鸡蛋。一天下午，送食品杂货的小伙子骑着自行车驶进楼房之间的通道，车轮打滑，他摔倒了。食品包里有些东西流了出来。"不是鸡蛋，"小伙子说，

"看见了吗？"砸碎的是瓶橄榄油。"反正你原该买桶装的橄榄油的，"小伙子说，"他不会发觉有什么不同的。我给你再拿一瓶来。还有，你得把大门修修好。难道你要我在门口把脖子摔断吗？"

他到六点钟还没回来。当时是夏天。屋里没生火，也没火柴。"我出去一下，五分钟就回来。"女儿说。

她走出家门。外祖母看着她走远了。她然后用条薄毯子把孩子裹好，离开了家。她们家在大街边的一条小街上，大街上有很多市场，坐高级轿车的有钱人常在回家时在这儿停下买些东西。她走到拐角时，一辆汽车正在马路边停下来。一个女人走下汽车，走进一家商店，让黑人司机在汽车里等着。她走到汽车前。

"给我五毛钱。"她说。

黑人看看她。"要什么？"

"五毛钱。那小伙子把油瓶打碎了。"

"噢。"黑人说。他伸手去掏口袋。"你上外面来收钱，我这账怎么算得清？是她叫你上外边来拿钱的吗？"

"给我五毛钱。他把油瓶砸了。"

"那我想还是进去看看的好，"黑人说，"我觉得你们这些人总是想让人要买什么就一定得买得到，你们这些跟我们一样、一直在这儿买东西的人。"

"只要五毛钱。"女人说。他给了她五毛钱，便走进商店。女人目送着他。然后她把孩子放在汽车座椅上，跟着黑人进了商店。这是家自选商店，顾客们沿着一道栏杆成单行向前移动。黑人紧跟在那刚才走下汽车的白种女人的后面。外祖母看着女人转身把手里握着的一些瓶装的调料和番茄酱递给黑人。"这些要一块两毛五分钱。"她说。黑人给了她钱。她拿了钱,走过他们身边上屋子另一边去了。架子上有一瓶进口的意大利橄榄油,瓶上有个价格标签。"我还有两毛八分钱。"她说。她继续朝前走,仔细察看价格标签,终于找到一样标价两角八分钱的东西。那是七块洗澡肥皂。她拿着两包东西走出商店。拐角处站着一名警察。"我的火柴用完了。"她说。

警察把手伸进口袋。"你在里面的时候干吗不买一点?"

"我忘了。你知道带着孩子买东西容易忘事儿。"

"孩子在哪儿?"警察说。

"我把他卖了。"女人说。

"你应该去演杂耍唱滑稽,"警察说,"你要几根火柴?我也不多了,只有一两根。"

"只要一根,"女人说,"我从来点火都只用一根火柴。"

"你应该去演杂耍唱滑稽,"警察说,"你会博得满堂彩的①。"

"我会的,"女人说,"我会让房子毁掉的。"

"什么房子?"他望着她。"贫民院的房子?"

"我会把它毁掉的,"女人说,"你明天看报纸好了。我只希望他们把我的名字写对。"

"你叫什么名字?卡尔文·柯立芝②?"

"不,先生。那是我儿子。"

---

① "博得满堂彩"原文为 bring down the house,按字面可解为"把房子弄坍",所以老妇人接着这样说,表示她会烧掉房子而警察不知道她疯了,以为她一直在开玩笑。

② 柯立芝(1872—1933),美国第三十任总统(1923—1929)。

"哦。所以你买东西时才有那么多麻烦,对吗?你真该去参加杂耍团的……两根火柴够吗?"

那个地址已报过三次火警,所以他们并没有急忙赶来。她女儿是第一个赶到的人。大门锁上了,等救火员赶到把门砸开,屋子里面已经烧毁了。外祖母从二楼一个冒着卷卷浓烟的窗户里探出了半个身子。"那些混账王八蛋,"她说,"他们以为能抓到他。可我告诉他们我要给他们点颜色看看。我就是这么对他们说的。"

做母亲的以为金鱼眼也被烧死了。他们拉住了她,她声嘶力竭地叫喊着,与此同时,外祖母那张大喊大叫的面孔在浓烟里消失了,房架子坍了下来;那女人①和抱着孩子的警察就是在这着火现场找到她的:一个如痴如狂的年轻女人,嘴巴大张着,神情恍惚地望着孩子,两手缓慢地把披散的头发从鬓角往上推。她始终没有完全恢复过来。由于工作艰苦、缺乏新鲜空气和消遣活动,加上她昙花一现的丈夫留给她的性病,她没有一丝力量来承担惊吓,因此有时候,即便她手里抱着孩子,嘴里在对他低声哼唱,她仍然认为孩子已经在大火里烧死了。

金鱼眼完全可以说是已经死掉了。他一直到五岁才长出头发,那时候,他已经是个在一所学校走读的小学生了:一个身材矮小、体质虚弱的孩子,他的脾胃太弱,只要吃上一点点不是医生给他严格规定的食谱里的东西,就会又抽筋又昏厥。"酒会像士的宁②一样致他于死命,"医生说,"而且严格说来,他永远不可能成为真正的男人。如果受到精心照料,他也许能多活些日子。可他永远不会比现在长大多少。"医生是

---

① 指那辆汽车的主人,她在车中发现金鱼眼外祖母抛下的孩子,即金鱼眼本人。
② 一种中枢神经兴奋药。

在对那女人说话,正是她在金鱼眼外祖母放火烧房子那一天在自己的汽车里发现了他,后来鼓动这位医生来照看金鱼眼。她常常在下午或节假日把金鱼眼带到家里,让他一个人玩耍。她决定要为他举办一个孩子们的联欢会。她告诉了他,还给他买了套新衣服。到了联欢会的那天下午,客人们陆续来了,可金鱼眼却不见了。最后,有个用人发现浴室的门锁着。他们叫喊孩子的名字,可是没有回音。他们派人去找锁匠,但锁匠还没到,那女人害怕了,让人用斧子把门砸开。浴室里空无人影。窗户大开着。窗外是一个比较低矮的屋顶,有根排水管从屋顶通向地面。金鱼眼出走了。浴室地面上有一个柳条编的笼子,以前里面养着一对情侣鹦鹉;现在这两只小鸟正躺在笼子边,还有一把血淋淋的他用来活活杀死它们的剪刀。

三个月以后,在他母亲的一个邻居的鼓动下,金鱼眼被抓到了,给送到一家收容屡教不改的儿童的教养院。他用同样的办法把一只半大的小猫活活杀死了。

他母亲体弱多病。那位想对孩子表示友好的女人供养她,让她做点针线之类的活计。金鱼眼放出来以后——他在教养院里举止行为无懈可击,他们认为他的毛病给治好了,便在五年后把他放了出来——每年会给母亲写两三封信,先是从莫比尔,后来是新奥尔良,再以后是孟菲斯。每年夏天,他回家去看她,穿着紧身黑西服,颇为富裕,不声不响,瘦小黝黑,不愿跟人交往。他告诉她他的职业是做旅馆的夜间接待员;由于职业关系,他跟医生和律师一样,要从一个城市搬到另一个城市。

那年夏天,他们在他回家途中逮捕了他,说他在某时在某城杀了人,其实,当时他在另外一个城市杀了另外一个人——这个人赚了钱可不知拿钱做什么,应该怎么花,因为他知道酒精会像毒药一样使他送命,他没有朋友也从来没跟女人打过交道,明知道他永远不可能——于是他说了一句"看在上帝的份上",便打量起警察被杀的城市里那所监狱的牢房,那只自由的手(另一只手跟把他带到伯明翰来的警察的手铐在一起)摸索着从外衣里找香烟。

"让他把他的律师找来,"他们说,"让他把肚子里的事儿都说出来。你要打电报吗?"

"不要,"他说,冷漠柔和的目光短促地扫了一眼那张行军床、墙高处的小窗户和带铁栅的房门,光线正是透过那里射进屋的。他们解下手铐;金鱼眼的手动了一下,仿佛从稀薄的空气里轻快地抖出一个小火苗。他点上香烟,掐灭火柴往门口扔去。"我要律师干什么?我从来没在——这个破地方叫什么名字?"

他们告诉他。"你忘了,是吧?"

"这下他可再也忘不了啦。"另外一个人说。

"只是他会在明天早晨才想得起他律师叫什么名字。"第一个人说。

他们走出去了,留下他躺在床上抽烟。他听见砰砰的关门声。偶尔他听见其他牢房传来的说话声;走廊另一头某个地方,有个黑人在唱歌。金鱼眼躺在单人床上,穿着精光锃亮的小黑皮鞋的脚交叉着。"看在上帝的份上。"他说。

第二天上午,法官问他是否要个律师。

"要来干吗?"他说,"我昨天夜里就已经告诉他们了,我这辈子还是第一次来到这个地方。我不怎么喜欢你们这个城市,不会平白无故地带个陌生人上这儿来的。"

法官同法警走到一边商量了一阵。

"你最好找个律师。"法官说。

"好吧。"金鱼眼说。他转过身去对屋子里的人说："你们这些家伙里有没有人想找个只有一天的活？"

法官用小槌敲打桌子。金鱼眼转回身子，微微耸了耸衣服绷得很紧的肩膀，一只手伸向放香烟的口袋。法官指定一人当他的律师，那是个刚从法学院毕业的年轻人。

"而且我不想搞什么保释出狱，"金鱼眼说，"你得一下子解决问题。"

"反正你别想在我这儿办理交保释放的手续。"法官对他说。

"是吗？"金鱼眼说，"好了，老兄，"他对律师说，"开始吧。我这时候应该到彭萨科拉了。"

"把犯人带回监狱。"法官说。

他的律师长着一张丑陋、热切和诚挚的面孔。他滔滔不绝地说着，情绪似乎并不高涨，那时金鱼眼躺在床上抽着烟，帽子压在眼睛上，一动不动地像条在晒太阳的蛇，只是拿香烟的那只手时而动一下。终于他开口说："听着。我不是法官。你这些话去对他说。"

"但我得——"

"当然。给他们去讲吧。我什么都不知道。我当时根本不在那儿。出去走一走，把它忘了。"

审讯进行了一天。那位警察的同事、一位卖雪茄的店员和一个女电话接线员出庭作证，而他本人的律师驳斥得底气不足，热情得有些笨拙，感情真挚但常常判断错误，在这过程中，金鱼眼半仰半躺地靠在椅子上,两眼越过陪审团的头顶望着窗外。偶尔他打个呵欠;他伸手去摸放香烟的口袋,但又缩了回来,把手随意地放在黑西服上,这只蜡制似的毫无生气的手,从形状和大小来看都像是只洋娃娃的手。

陪审团出去了八分钟。他们站着望着他,说他有罪。他纹丝不动,没有改变坐着的姿态,慢慢地在一片寂静中迎着他们的目光对他们望了一会儿。"哼,我的天哪。"他说。

法官用小木槌使劲敲打桌子;法警碰碰他的胳臂。

"我会上诉的,"律师吐露心情,在他身边大步走着。"我要跟他们斗到底,上每一级法院——"

"当然,"金鱼眼说,在单人床上躺下,点起一支香烟,"不过别在这儿上诉。好了,走吧,去吃颗药安静下来吧。"

地方检察官已经在计划如何对付他的上诉了。"这案子了结得太容易了,"他说,"他的态度——你注意到他听判决时的神态吗?好像他在听一首歌可又懒得表示他是喜欢还是不喜欢,而法官是在通知他绞死他的日期呀。也许他早就找了位孟菲斯的大律师在州最高法院的门口等着,在等他的电报的。我知道他们这种人。就是他们这样的歹徒把法律变成了笑柄,以致即使我们把他定了罪,人人都会知道那是不管用的。"

金鱼眼把看守找来,给了他一张一百元的钞票。他要一套刮脸的用具和香烟。"找头归你,花完了告诉我。"他说。

"我看你跟我一起抽烟,也抽不了多久了,"看守说,"这一次,你会找位好一点的律师的。"

"别忘了买那种剃须用的搽剂,"金鱼眼说,"要埃德·平诺德牌的。"他把它念成"派一那德"。

这是个阴沉沉的夏天，天气有点凉。阳光很少射进牢房，因此走廊里日夜点着一盏灯，灯光照进牢房，形成一大片暗淡的方格形的图案，照到床上他放脚的地方。看守给他搬来一张椅子。他用来当桌子；上面放着那块廉价怀表、一条香烟和一只放香烟头的破汤碗，他就躺在床上，抽着烟，看着双脚，日子就这样一天天过去。他皮鞋的光泽日趋暗淡，他的西服需要熨烫，因为石牢比较凉，他整天穿着衣服躺在床上。

有一天，看守说："这里有人说那位副警官自己找死。他干过两三件坏事，大家都知道的。"金鱼眼抽着烟，帽子压在眼睛上。看守说："他们也许没有给你发电报。你要我再给你拍一份吗？"他靠在铁栅栏上，看得见金鱼眼的脚，他那一动不动的细小的黑腿向上汇入他瘦小的平卧着的躯体，还有歪盖在他转向里侧的脸上的帽子和一只小手拿着的一支香烟。他的脚在阴影里，在看守的身子挡住铁栅栏所形成的阴影里。过了一会儿，看守悄悄地离去了。

等到还剩下六天的时候，看守说要给他拿几本杂志和一副扑克牌来。

"拿来干吗？"金鱼眼说。他第一次正眼看了看看守，他抬起脑袋，光滑苍白的脸上，柔和的圆眼睛犹如儿童玩具弓箭上能百发百中射中目标的橡皮箭头。后来他又躺下了。自此以后，看守每天早晨都从铁栅门里塞进一份卷起来的报纸。报纸落在地板上，越积越多，由于自身的分量，卷着的报纸慢慢地一天天松开摊平。

还剩下三天的时候，从孟菲斯来了一位律师。他未经邀请便径直冲进牢房。整整一上午，看守听见他提高着嗓门时而恳求时而发火，还不断规劝；中午时分，他的嗓子嘶哑了，声音并不比耳语响多少。

"难道你打算就这么躺着让——"

"我挺好的,"金鱼眼说,"我没有请你来。别来管闲事。"

"你愿意给绞死?是这样吗?你存心要自杀?你真的赚钱赚腻了,以致……你这最最精明的——"

"我跟你说过了。我可是掌握了你不少证据的①。"

"你,你就让这么个不起眼的治安法官给你定罪!等我回到了孟菲斯,跟大家说了,他们是不会相信的。"

"那就别跟他们说。"他静静地躺了一会儿,律师以无可奈何、拒不相信的愤怒目光望着他。"这些天杀的乡巴佬,"金鱼眼说,"耶稣基督啊……好了,走吧,"他说,"我告诉过你了。我挺好的。"

最后一天的前夜,来了一位牧师。

"我可以跟你一起做祷告吗?"他说。

"当然可以,"金鱼眼说;"做吧,别管我。"

牧师在金鱼眼躺着抽烟的床边跪下。过了一会儿,牧师听见他起身走到房间另一头,又走回到床边。牧师站起来时,金鱼眼正躺在床上抽烟。牧师看看身后他听见金鱼眼走动的地方,发现墙根处有十二个仿佛用烧过的火柴划出来的记号,记号之间有一定的距离。在两个空档内堆满了排得整整齐齐的香烟头。第三个空当里有两个香烟头。牧师离开之前看见金鱼眼起床走到墙根,掐灭了两个烟头,细心地把它们放在别的烟头的旁边。

五点钟刚过,牧师又回来了。所有的空当里都排满了香烟头,只

---

① 金鱼眼在此暗示如果律师介入他的案子,他会揭发他,让他当不成律师。

有第十二个里没满。但烟头已占去了四分之三的空间。金鱼眼正躺在床上。"打算走吗?"他说。

"还不到时候,"牧师说,"做做祷告吧,"他说,"试试看吧。"

"好的,"金鱼眼说,"开始吧。"牧师又跪下了。他听见金鱼眼又一次站起来,走到墙根,然后走回来。

五点半时,看守来了。"我拿来了——"他说。他呆呆地把紧握的拳头从栅栏缝里伸进来。"这是那一百块钱的找头,你一直没——我拿来了……这儿是四十八块钱,"他说,"等一等;我来再数一遍;我不知道究竟花了多少,但我可以给你开个单子——给你那些发票……"

"你留着吧,"金鱼眼一动不动地说,"你给我滚吧。"

六点钟,他们来把他带走。牧师托着金鱼眼的胳臂肘,陪他一起去,站在绞刑架下做祷告,这时人们安好绳子,把它拉来套在金鱼眼抹了头油而油光锃亮的脑袋上,弄乱了他的头发。他的两手被绑着,于是他便开始甩脑袋,头发一耷拉下来便把它甩回去,这时牧师做着祷告,其他人各就各位,低着头一动不动站着。

金鱼眼开始把脖子短促地向前甩。"去你的!"他说,这一声尖利地打断了牧师低沉单调的祷告声;"去你的!"县治安官看看他;他不再乱动脖子而是僵直地站着,仿佛头顶上放着个鸡蛋,他不想让它滚下来。"老兄,帮我把头发捋捋平。"他说。

"好吧,"治安官说,"我来帮你捋一下。"他揿一下弹簧,打开绞架下的活板门。

这一天天色阴暗,这个夏天天气一直阴沉沉的,这一年的日子都阴沉沉的。街上,老年人都穿上了大衣,谭波儿和她父亲经过卢森堡花园①时,里面坐着打毛衣的妇女都披着披肩,连打槌球的男人们都穿着外套或披风,而在栗子树下凄凉的阴荫里,清脆的槌球撞击声、孩子们的胡喊乱叫声都带着这种秋天的性质,挺有气派,但短暂而悲凉。在围有仿希腊式的栏杆的圆形广场上,熙来攘往热闹非凡,弥漫着一片灰蒙蒙的光亮,跟喷泉洒落在水池中的水的光泽和色彩一模一样,从这圆形广场的另一侧不断传来一阵阵响亮的音乐声。他们朝前走去,经过孩子们和一个穿了件破旧的棕色大衣的老人正在漂浮玩具船的水池,又走进树林,找到了座位。立刻有一个老妇人以老年人的那种敏捷走过来收了四个苏的钱。

凉亭里,身穿蓝色陆军制服的乐队在演奏马斯内②和斯克里亚宾③的乐曲,还把柏辽兹④的乐曲演奏得仿佛在一块不新鲜的面包上薄薄地涂上一层忧患交加的柴可夫斯基的痛苦⑤,这时候,暮霭溶入枝头湿漉漉的闪光中,蒙上凉亭和那些昏暗的蘑菇似的雨伞。雄浑洪亮的铜管乐器在浓郁的绿色的暮霭中轰鸣消逝,像一阵阵深沉而悲哀的波浪滚过他们的身子。谭波儿用手捂住嘴打了个呵欠,然后掏出一个带镜子的粉盒,打开粉盒看到一张大大缩小的郁郁寡欢、满怀不满、愁苦悲怆的面

---

① 在法国巴黎塞纳河的左岸。这些花园以及附近的卢森堡宫是17世纪初法国国王亨利四世为王后玛丽·德·美第奇建造的。由于她思念家乡意大利的佛罗伦萨,花园和王宫都带有意大利风格。该宫是在文艺复兴时期建成的,具有希腊建筑的风格,因此下文中提及"仿希腊式的栏杆"。
② 马斯内(1842—1912),法国作曲家。
③ 斯克里亚宾(1872—1915),俄国钢琴家、作曲家。
④ 柏辽兹(1803—1869),法国作曲家、指挥家和音乐评论家。
⑤ 因俄国作曲家柴可夫斯基(1840—1893)曾创作《悲怆交响曲》等带有忧郁色彩的乐曲。

孔。她父亲坐在她身边,两手交叉放在手杖头上,呆板的八字须上落满水珠,犹如结了霜的银锭。她关上粉盒,精美的新帽子下,她的双眼仿佛追随着乐波,溶入逐渐消逝的铜管乐声,越过水池和水池对面呈半环形的树木——在那儿阴暗的树荫下,每隔一定的距离便有一尊死去的王后的污迹斑斑的大理石雕像宁静地伫立着,正在沉思默想——升入在雨水和死亡季节的怀抱里平卧着的、被征服了的天空。

侦探故事里的希腊悲剧[1]

◎安德烈·马尔罗

福克纳非常清楚侦探并不存在。警察所依赖的并非心理学或洞察力，而是秘密情报。逍遥法外的谋杀犯最终被缉拿归案，归功于多疑的居民中的"内线"，而非"侦探"先生或是"盯梢"先生，那些警察局里平庸的思考者们。只要读读警长们的回忆录，就会发现心理透视不是他们的特长，出色的警力只不过是以最高的效率组织起了线人的队伍。福克纳也知道歹徒首先是酒贩子。因此《圣殿》是一部没有侦探，却充满侦探故事气氛的小说；是一部关于无耻歹徒的小说，而这些歹徒有时却又怯懦而脆弱。通过这种方式，作者做到了一种被可能性、被情节背景合理化的残酷。同时，他并没有放弃一定程度上的逼真，使得强奸、私刑以及谋杀真实可信，这些暴力形式以情节为载体强行贯穿于整本书中。

也许无法从情节或是追捕罪犯的过程中寻找侦探故事的核心内容。就其本身而言，情节只不过是一种棋类游戏，艺术的失利。情节之所以重要，因为它是最有效的一种方法，能够最大强度地揭示伦理或诗意的

---

[1] 此文为法国小说家安德烈·马尔罗为1933年的法语版《圣殿》所作的序言，译自 Yale French Studies, No. 10, French-American Literary Relationships (1952), pp. 92—9。标题另起。

真相。情节的价值在于它引发了什么。

那么在此处它引发了什么呢？一个扭曲的、强大的、凶猛的个人世界，这个世界不无粗糙。在福克纳这儿，没有对人的特别展示，没有是非标准，也没有任何的心理呈现，即便在他最初的作品中运用了意识流独白。但是却有"命运"这一形象，独自伫立于所有这些相似而又多元的存在背后，如同医院临终室里的死神。内心的极度纠结压垮了他笔下的每一个人物，他们无论如何也无法抽离。这种纠结在他们身后盘桓，始终不变，召唤着他们，而不是等待他们的召唤。

长久以来，这样一个王国是蜚短流长的对象。即便没有美国的流言善意地提醒我们，酒精是福克纳个人传奇中不可或缺的部分，他的世界与坡以及霍夫曼的世界之间的联系就已明晰。相同的心理素材，相同的仇恨、马、棺材，以及纠结。福克纳与坡的区别在于他们各自对于艺术作品的理解。更确切地说，艺术作品为坡存在，左右着表达的意愿，而这可能是他最为与众不同之处。故事收尾时，他的脑海中呈现出画架上有限而又独立存在的一幅画卷。

随着事物包含的重要性日趋式微，我发现了我们的艺术发生转变的核心要素。在绘画领域，显而易见，毕加索的作品已非油画，而是越来越多地展现某种发现，为饱受折磨的天才们留下通行的地标。在文学领域，小说至高无上的地位意义斐然，因为在所有艺术中（我没有遗忘音乐），小说是最难驾驭的，意愿的表达范围最为有限。在读完福楼拜出彩的消极小说后，再读《卡拉马佐夫兄弟》和《幻灭》，就能最大程度地理解这两本书如何控制了陀思妥耶夫斯基和巴尔扎克。关键并非作者被控制，而是在过去的五十年间，他始终在收集挑选将会控制他的那些因素。他安排着他的艺术资源，而结局已然可见。某些伟大的小说对于作者而言，首先是创造能吞噬他们的那样事物。劳伦斯将自己包裹在性中，同样，福克纳深陷不可逆中。

每次当他让笔下的某位人物面对不可逆的境遇时，一种神秘的，有时颇具史诗气概的力量就在他体内释放。也许他真正的主题就是不可逆，也许对他而言，唯一的问题即是将人压垮。如果他经常先构思情景，再想象人物；如果在他眼中，作品并非是一个由情节展开决定了悲剧情境的故事，而相反的，戏剧对立或是无名人物被压垮创造了情节，而想象的作用只不过是为了这种预先设想的情境创造人物，对此我丝毫不会觉得惊讶。激烈的紧张感，福克纳的力量，来源于被充分领悟的受奴役的无能为力（歹徒屋里的那个姑娘），或是不可逆的荒诞（用玉米棒子芯的强奸，烧死无辜的受害者，逃亡的金鱼眼愚蠢地因他未犯的罪行而受刑；在《我弥留之际》中，农夫把受伤的膝盖用水泥固定，关于仇恨的奇特独白）。不仅如此，这种荒诞赋予他笔下略显滑稽的二号人物（妓院老板和她的狗）一种强度，可与谢德林所创造的相比拟。我不想提狄更斯，因为即便是福克纳笔下的二号人物，行为中也带着体现作品价值所在的情感特质——仇恨。这并不是个人与其价值观的斗争，也非所有伟大的艺术家，从波德莱尔到歌颂光的半瞎的尼采表达他们核心构成的宿命激情。这是一个心理状态的问题，几乎所有的悲剧艺术都取决于此，却未被研究，因为美学未能揭示它：魅惑。如同鸦片吸食者不抽鸦片就无法发现自己的天地，悲剧诗人也只有在特定状态下才能表达自己的世界，如此执着而成为一种需要。悲剧诗人表达他所纠结的，并非从中抽离（纠结的对象会在他的下一本书里重复出现），而是改变它的本质:结合其他元素将其表达,他使得纠结进入了他所构想和控制的事物构成的相关世界。他并非通过表达它,而是通过与它一起表达其他事物,通过使它重归这一世界来抵御痛苦。于艺术家而言,最深形式的魅惑,其力量的源泉在于恐惧与构想恐惧的可能性。

福克纳把希腊悲剧引进了侦探故事。

(许思悦 译)

企鹅经典丛书书目

第一辑

长夜行	【法】塞利纳
大都会	【美】唐·德里罗
纪伯伦经典散文诗	【黎巴嫩】纪伯伦
磨坊文札	【法】都德
去吧,摩西	【美】福克纳
人间失格	【日】太宰治
苏菲的选择	【美】威廉·斯泰隆
丧钟为谁而鸣	【美】海明威
神曲	【意大利】但丁
人间天堂	【美】菲茨杰拉德

第二辑

我是猫	【日】夏目漱石
看不见的人	【美】拉尔夫·艾里森
流浪的星星	【法】勒克莱奇奥
微物之神	【印度】阿兰达蒂·洛伊
漂亮冤家	【美】菲茨杰拉德
玻璃球游戏	【德】赫尔曼·黑塞
绿房子	【秘鲁】马里奥·巴尔加斯·略萨
炼金术士及其他鬼故事	【英】蒙塔古·罗兹·詹姆斯
老虎!老虎!	【英】吉卜林
小王子	【法】圣埃克絮佩里

第三辑

契诃夫短篇小说选	【俄】契诃夫
死屋手记	【俄】陀思妥耶夫斯基
双城记	【英】狄更斯
洪堡的礼物	【美】索尔·贝娄
局外人	【法】加缪
一九八四	【英】乔治·奥威尔
世界末日之战	【秘鲁】马里奥·巴尔加斯·略萨
圣殿	【美】福克纳
魔山	【德】托马斯·曼
暗店街	【法】帕特里克·莫迪亚诺